ぶらい、舞子

北村　想

表紙イラストレーション　あおきひろえ
装丁　下東　英夫
編集協力　小堀　純

目次

プロローグ

〔夢〕というものは卑近《ひきん》なものは吉兆《きっちょう》の占い、高尚《こうしょう》なものなら精神分析医学のファクターとして、古来から洋の東西を問わずに多く扱われてきた。有名なところでは、フロイドの夢の分析、またユングのそれがある。前者は人間の潜在の意識を〔衝動《しょうどう》の貯水池〕と形容し、後者はそれを〔集合的無意識〕と呼んで、その発露《はつろ》である夢を解き明かすことで、人間の精神の深遠に迫ろうとこころみた。

吉兆のことなら、比較的どの家庭でも眼にするものに『高島暦』がある。これは新聞店が年末になると次年のものをサービスで入れてくるので、わざわざ書店に赴《おもむ》かなくとも手にはいる。ここでも夢占いのようなものは記されている。もちろん、その根拠が何であるのかは不明だが、それをいいだせばそもそも占いそのものが成立しない。

さて、いま、彼も彼女も夢をみている。

まったく別々のそれぞれの家で眠っているのだけれど、両者ともに夢をみている。

時刻は、十月十一日の明け方である。

彼のみている夢を、先の学問に倣《なら》って〔既知夢《きちむ》〕、彼女のみている夢を〔予知夢《よちむ》〕と呼んでもさしつかえない。

彼のみている夢はこうである。

——彼は暗い空の下、白いぼんやりとした平面を移動している。

——端には黒い手すりのようなものがあって、平面はその手すりで囲まれている。

——彼の行く手には、痩せた壮年の男がカッと眼を見ひらいてこっちをみている。

——その男に向かっていく影のような自分が果たして、ほんとうに自分なのかどうか、彼にはよくわからない。というのも、その自分をしっかりと見届けている自分の視線を感じているからだ。ここいらあたりが、夢の夢である所以《ゆえん》であると思われる。

——彼はどんどんと前進し、ついに、その壮年の男を突き飛ばした。

——男は暗い空に〔落ちて〕いった。

恐怖が彼の全身を貫く。そのあまりの衝撃に彼は、……。

彼は眼を覚ました。

額の汗をパジャマの袖で拭うと、半身を起こした。

そのまま、ベッドに腰をおろして、しばらく呼吸を整えるようにしていたが、ふいに何か思い出したように、傍らの机のひきだしを開けた。

そこから大学ノートを一冊取り出してページを繰る。と、写真が挟んである。彼はその写真を手に取った。よく結婚式などの記念写真に使われる、大きめのサイズのモノクロ写真である。

まだ若い、それを少女と呼ぶならそう呼ぶことも充分に可能な、女性の裸身が写っている。少女は椅子に坐って眼線をカメラにあわせている。膝は閉じられ、そろえられた足は、わずかに左に傾斜している。下腹部のあたりに微《かす》かな陰影があるのは、いまではどの写真誌にもみられるアンダーヘアかも知れぬ。両手はまっすぐ下におろされて、椅子の両端を摑んでいる。何かに脅えるようでいて、それに対峙《たいじ》せんとする表情などからみると、ムンクの『思春期』をイメージしたポーズと思える。

彼は、その写真をみて大きな深呼吸をし、もとどおりにひきだしに仕舞うと、静かにそれを閉じた。それから椅子に背をもたれさせて、虚ろに天井を見上げた。

これは夢ではない。


もう一方の、彼女のみている夢というのは、こうである。

―それが何処であるのかはわからない。

—彼女は何者かの呼ぶ声に誘われて、その者を捜している。

—煉瓦の壁が長々と続いている。

—そのうちに何処かの部屋らしきところに到達した。

—部屋のドアは半分だけ開いていて、中がみえるが、どうしても彼女はそこに入って行くことが出来ない。

—すると、父が現れる。

—父が彼女に何かいう。

—彼女はその告白に驚いて立ち竦《すく》むが、具体的な告白の内容は彼女にはわからない。

—「あなたは、幽霊なの」

—彼女が訊ねると、父はゆっくりと頷いた。

—「何故、なぜ幽霊なの。死んでしまったの」

—父は誰かを指差す。

—その方向を彼女はみるが、誰がそこにいるのかわからない。

—父はまた何か彼女に語っている。

—歯痒いが、それも彼女には判読できない。

—そうして父の姿は彷徨《さすら》うようにして消えていく。

そのまま夢は終わり、彼女はまた白い眠りの中に沈んでいく。

この彼女の夢は彼女の潜在意識の中に深く閉じ込められる。つまり目覚めても記憶には残っていない。

二人のみたものは〔夢〕であり、それが現実とどのような結びつきを持つものであるのかを問うとすれば、その診断はカウンセラーにでも委《ゆだ》ねねばなるまい。ただ、この二つの夢（と、付随するひとつの情景）は、以下に記される事件のプロロオグとして描かれることに、充分な妥当性《だとうせい》を持っているといって、まったく差し支えない。

私たちは、その〔事件〕の一部始終をこれから辿《たど》っていくことになる。

一　舞子《まいこ》、その父の死

1

父の死が当局によって最終的に自殺と断定されたことについて、冴草舞子《さえぐさまいこ》はどうしても納得のいかない、不快な感情を抱いていた。

自殺者を出した身内というものは、死者が自ら死を選んだということを初めから首肯《しゅこう》する傾向が殆《ほとん》どみられないという、当局からの舞子に対するそういう懐柔《かいじゅう》な説得があったことに反発を感じたのも事実であるが、この件に関しては、そんな心理的感情的な問題以外に、もっと直感的な何かが、舞子にかたくなに、父の死を自殺と認めさせなかったといったほうがよい。

では、その直感的な何かとは何だろうか。舞子自身にもそれが何なのかうまく説明することは出来なかった。それはたぶん自分の言語能力の不足ゆえにコトバには組み立てることが出来ないけれど論理的であると考えられるもの。また、潜在意識の中には明確にそれがいえる筋道はあるのだけれど、おのれの頭脳の未熟さゆえになかなか顕在《けんざい》してくれないところのもの。そういったものであるには違いないと思えた。

そういったものをこの時点においては、自分は直感としてのみ感じとっているのだと、舞子は考えたのである。

理性という論理的な頭脳の働きと、直感のごとき感性とを同列に配してもいささかの矛盾を覚えないというのが、十六歳という、舞子のような年齢における特権のようなものである。舞子は、父の死が自殺ではないという結論を、理性的かつ直感的に下している自分について少しの躊躇《ちゅうちょ》も感じなかった。


舞子の父、冴草藤太郎《さえぐさふじたろう》は、最近まで愛知県警の刑事部捜査第一課に在職していた。階級は警部補である。それが、今年の初め身体の不調を訴えた。市内の病院で大腸潰瘍《かいよう》と診断され、入院、手術を受けた。その後退院したが、体調は元にもどらず、この春退職した。そうして夏に再入院、癌の告知を受けた数日後、十月十日夜半に入院先の病院屋上から飛び下りた。享年五十六歳。これが、藤太郎の死に関するだいたいのあらましだ。

つまり、当局のいい分によると、父、藤太郎は癌と告知されたのを苦にして自殺したことになる。舞子にはそんなことは信じられるわけがない。

検視官と名乗るその中年の男性は、未成年者に対する配慮からか、発見直後の死体写真こそ見せなかったが、スケッチで人体のようなものを描き、この場所が打撲《だぼく》、ここが挫傷《ざしょう》、ここが破裂と、まるで戦闘機の集中攻撃を受けて沈没していく戦艦のごとく、その人体スケッチに赤エンピツで印をつけていった。たちまちに父を模して描かれたその人体の輪郭は、あちこちの赤い斑点と斜線で燃え上がり、空母赤城《あかぎ》も、戦艦大和《やまと》もその最期はかくのごとしであったろうと、いつだったか、その方面のマニアにみせてもらったことのある、『帝国海軍の悲劇』とかいう写真集のことを舞子は思い浮かべた。

もちろん、舞子は伯母とともに、死体が父であるという身元確認の検分はしたのである。安置所の冷凍ケースに眠ったようになってじっとしている父の顔面は、当局の配慮によるものなのか、簡単な縫合が施してあったが、血の気が失せてしまっているに関わらず、所々から赤いものが滲《にじ》み出してきているようで、確かに正視に耐えるシロモノではなかった。それを舞子は眼を逸《そ》らすことなく、睨《にら》むように観たのだった。

遺族の意志によって行政解剖をすることは可能であるということだったので、舞子はそれを希望したが、それによって判明した新たな事実は何もなかった。

検屍した医師による死体検案書には、脳挫傷により十月十日午後十一時より十月十一日午前一時頃死亡と書かれてあった。

警察署の簡素な応接で向かい合って座っている検視官は、あなたはカソリックですかと舞子に訊《たず》ねた。何故ですかと聞き直すと、カソリックは宗教上の理由で、自殺という死に方を忌《い》み嫌うところがあり、これを断固として、死者の名誉のために認めたがらないのだという。自分は宗教とは縁はありませんと答えると、では戸籍のことを心配していらっしゃるのでしょう、という。舞子がそのコトバに小首をかしげると、日本人の多くは自殺者が出ると、戸籍にそう記載されることを忌むので、これを認めないのだという。また〔餓死〕という死因も現在は使用されない。たいていが心不全、衰弱死というところだ。

舞子は、自分が父の死を自殺と認めないのは、そういった理由からではないと説明すると、検視官は、そうですか、しかし事実ですのでね、という。

私、きっと自殺でないことを証明しますから、と舞子が高揚気味にいうと、じゃあ事故ですか、他殺だと思われるのですかと、逆に訊ねてきた。それは、と、舞子は言葉を詰まらせて、それはいまは上手く説明できませんと小さな声になった。

検視官は、そのうち納得していただけると思いますがと、もうそれ以上は彼女の父の死に方についてのレクチャーを打ち切った。

舞子は担当した刑事たちにいちいち礼を述べて、部屋を出ると、伯母《おば》の住む家に向かうことにした。

今日明日のうちに遺体が送り返されることもあって、これから葬儀の相談をしなければならない。伯母の家までは地下鉄と徒歩で四十分ほどだ。

薄暗い廊下をぬけて、玄関から表の道路に立つと、思いの他の光の眩《まぶ》しさに舞子は眩暈《めまい》を感じた。紺《こん》碧《ぺき》というのだろうか、空は青く高い。十月の太陽がその存在を清楚な輝きで主張している。刷毛《はけ》で掃かれたというふうに形容してもよい雲さえ流れている。季節の描く自然の絵画は、人ひとりの死などにはまったく無関心だ。

電話を入れておいたほうがいいかも知れない。舞子は最寄りのボックスに飛び込むと、伯母の家の電話番号を指で押した。

身寄りというのは、舞子には父の姉しかいない。舞子はこれまでの人生の大半を独身のその伯母とともに暮らしてきた。舞子とその父冴草藤太郎との親子の生活は、結果的にはたったの十六年という短さで幕を降ろしてしまったが、その十六年の間に父とともに食事をしたことが何度くらいあったろうか。両手で数えられるほどである。

母が家を出たのは、舞子が二歳の時だと聞いている。舞子に母の記憶はない。また、母が父と自分を捨てた詳しい理由も知らない。母親の写真一枚残ってはいない。しかし、その件について父に問うたこともなければ、父が話題にしたこともない。暗黙のうちに、母のことは禁忌《きんき》となっていた。触れられたくない、あるいは触れさせたくない事情があったに違いないが、舞子も、そういう父の態度をよく理解していたつもりで、今日までその件について事を荒立てる振る舞いは避けてきた。伯母には訊ねたこともあったが、伯母も殆どその件については知らないらしく、ただ、出ていったらしいよというだけだった。

父はその頃、滋賀県警勤めの刑事だったそうだ。これは何かの事情で出張させられていたということになる。正確に階級をいうなら巡査部長で、俗に部長刑事などといわれる職である。当時父はすでに四十二歳だったが、その出世が遅いのか早いのか順当なのか、舞子にはよく分からない。

その後父は誰とも再婚しなかったので、父と娘の二人きりの生活が始まったのだが、職業柄幼児を育てながら勤まるわけがなく、舞子は伯母の石村道子《いしむらみちこ》にあずけられたのである。伯母は若い頃に十五歳も年上の夫と死別してからは独身を通していた。子供は無く、その代わり夫の残した財が潤沢《じゅんたく》にあった。

電話がつながると、伯母の心配そうな声が、受話器を通して聞こえた。舞子は手短かに情況を伝えた。

「それで、真っ直ぐ帰ろうと思ったんだけど、私、病院に行ってみようと思ってるの」

「病院？　具合でも悪いのかい」

「違うわよ。父さんの入院していた病院よ。だって、現場を見てないんだもの。それに、父さんの部屋、かたづけなきゃいけないでしょ」

「現場だなんて、お前も刑事の娘だねえ」

「だって、すぐに警察に駆けつけたでしょ。それで、死体だけみせられたんだから。いったいどんなところから、飛び下りたのか、ちゃんとみておかないと。だって、そうでしょ。自殺だっていわれても、そんなこと、信じられるわけないじゃない。でしょ」

同意を求める口調で舞子はいった。

「そうかい。やっぱり自殺だったのかい」

ところが、伯母は、そう返事した。伯母の残念そうな顔が眼に浮かんだ。伯母は心痛のあまり父の死体の身元確認の後、伏せってしまっていた。

「だから、信じてないって。私、そんなこと信じてないよ。そんな馬鹿なことする人じゃないもの。だから、私、いまから病院に行く。その屋上に行ってみる」

「お前、危ないことはやめとくれよ」

馬鹿だなあ、何も飛び下りの実験に行くわけじゃないのに、と舞子は苦笑した。


刑事という職にある者が、日常的にもテレビドラマのように強い意志と正義感で生活しているなどということは、現在では殆ど誰も信用していないだろう。暴力団幹部がいうところ、暴力団構成員に勧誘する場合の最有力候補は現職の刑事だということである。つまり、刑事とて人の子、つましい生活に嫌気がさして、自分とは全くの対極の組織に招聘《しょうへい》されることを厭《いと》わない者すらあるのだ。（余談であるが、最も暴力団の構成員に向かない、というか嫌われる、というか、たとえそうなっても役にたたない人種は、学校の教師だそうで、彼らは自分の実力如何《いかん》を問わず、人に対してただ威張るという癖があるらしい。あるタクシー乗務員の弁によると、客にして一番始末に悪いのは、教師だそうである。態度が横柄だというのだ）しかし、中には、気弱な者もいるだろうし、小心、神経質な者とているに違いない。藤太郎はそうではなかった。舞子が知る限りにおいて、冴草藤太郎の生き方というのは、もう巷《ちまた》ではマイノリティとなってしまった、頑固なクソ親父であった。

刑事の休日がいつなのか、舞子は知らない。あって無いようなものだと理解している。旅行はおろか、遊園地の類はもとより公園にすら連れていってもらった記憶もない。幼稚園、中学、高校と父兄参観日に姿を現したこともない。給料日らしい日に、生活費らしいものが卓袱台《ちゃぶだい》に、茶色の封筒に入れて置いてある。それが唯一の父からの通信である。

舞子は伯母の家にいたり、父との家にもどってきたりする生活をしていたが、実家にもどってもすれ違うばかりで、顔を合わせても殆ど口をきいたことがない。「おう」「うん」それから「ああ」以外にこいつには言語がないんだろうかと、思ったりもした。それならまるで原始人だ。（原始人がそうであっ

たかどうかは確かめたことはなかったけど）たまに休みと思える日には、本だらけの自室に籠《こ》もってい
て、食事すらとろうとしない。よく親娘を続けてこれたなあと、つくづく舞子はそう思う。

とはいえ、二人の間に全くコミュニケーションがなかったというわけではない。

こんなことを憶えている。

舞子が犬が飼いたいといい出したことがあった。

伯母の家で飼うのだから、別に父の許可を得る必要はないわけだが、それほど畏《かしこ》まったふうではなく、舞子がそれをふっと口にした時だ。藤太郎は、それはダメだといった。飼ってはいけないといったのだ。

何故と、険《けわ》しくまた哀《かな》しい顔つきをして舞子が質《ただ》すと、藤太郎はこういった。

「犬はお前が生んだものではない。お前が生んだものなら、それは宿命というやつで、育てねばならない定めがある。犬は違う」

舞子は父が何を反対しているのか、よくわからなかった。無理もない、彼女はその時まだ九歳だったのだから。

結局、舞子は伯母の家で勝手に犬を飼うことにした。父は後にその事実に気づくと、めずらしく伯母の家に舞子を訪ねて来た。

「お前は、とうとう犬を飼っているそうだが、お前には、その犬を幸せにする責任があるのだぞ。犬は

お前に飼われたばかりに不幸になるかも知れないのだからな。生き物を育てるというのは、そういうことだ」

それを聞いて舞子は、父にこういった。

「父さんも、私を幸せにする責任があるんじゃないの」

藤太郎は舞子を黙ってしばらく見つめていたが、ぼそっと低い声で「不幸なのか」といったきり、もう何もいわず、これには幼いながらも舞子は何かとんでもない拙《ひど》いことを父にいったのではないかと、後悔した。

父は帰りぎわに伯母を呼ぶと、決して舞子の代わりに犬の世話をしないようにと、きつくいいつけた。

結局、この犬は病気で死んでしまったが、犬の臨終の一部始終を舞子は観ている。父の命令で観せられたといったほうが正しい。生き物が死ぬということはこういうことだと、父は瀕死《ひんし》の犬の傍《そば》に舞子を座らせ、犬が息をひきとるまでしっかり観とどけるようにいい渡したのである。

たかが、犬一匹のことでそんな調子だった。いささか訓話めいた話だが、父とのコトバの交換といえば、概《おおむ》ねいつもこんな調子だったと舞子は思う。ただ、この逸話《いつわ》だけを思い出しても、そんな父が癌を告知されただけで簡単に飛び下り自殺を計るとは、舞子には認めがたいのだ。

これが身内の者に対する判官贔屓《はんがんびいき》に過ぎるというのならば〈父↓癌告知↓自殺〉という論旨《ろんし》に対する

反証は他にもまだあるように舞子には思えた。

父の影響というのは、舞子との直接の関係だけに現れたわけではない。めったに顔を合わさなくとも父は父である。おまけに刑事ときては、市内の学園で生活の大半をおくる一人の女生徒としての舞子に、それがプレッシャーとなったのはいうまでもない。

家庭の事情というものが判明してしまうと、クラスメイトからは一種特別な視線を送られることになった。しかし舞子に母がいないということに対する同情は、自分たちにはちゃんと両親があって、フツーの家庭があるという優エツに簡単にすり変わってしまう。

父が刑事であるということに対して彼女に支払われた畏敬《いけい》は、いつの間にか彼女のことを煙《けむ》たい存在であるという彼女に対するスタンスに変わる。それは羨望《せんぼう》と蔑視《べつし》のようなものをとり混ぜて、彼女をひとつのある対象へと変貌させる。あからさまではないにしろ、イジメの標的となるのである。

舞子はそれを阻止しなくてはならない。自分が何も特別な存在ではないということを、何かにつけて表明しなくてはならない。常日頃からフツーの子を演じなければならない。

フツーの子とはどういう子か。彼女たちの年頃においては、それはある程度は悪いこともする子ということになる。

イケナイことをするというのは、集団からのコンセンサスが得やすい。また、自分を集団の中でアピールしやすい。悪い相談はすぐにまとまり、それにおける率先した行動は、イケナイことをしているという場合に限ってインパクトの強い印象を与える。禁止事項を守るより破るほうが目立つのはいうまでもないことだ。

口紅をひいたり買い食いをしたり、頭髪を染めたりならまだ可愛いほうだ。単に校則違反という範疇《はんちゅう》にとどまる。それが過ぎると大人たちはそれを非行と呼ぶ。

非行というのは、犯罪ではない。若者の反道徳的な行為のことだ。しかし、この道徳というやつは大人の基準に倣《なら》っている。大人が決めたことだ。しかも、ちょいと古めかしい衣《ころも》を纏《まと》っている。古き皮袋というやつだ。だからこれに常に新しい酒であろうとする若者が反抗するのは自然の理だといえる。しかし、未成年にはタブーとされることを未成年が破ると、それは非行と呼ばれる。

たとえば酒を飲む、煙草《たばこ》を吸う。これが未成年に許されないのは保健衛生上、健康上の理由からなどではない。酒や煙草は大人という人種の理解では一種のイニシェーションというふうにされている。もちろん性もそうだ。そこを通過して、一人前の大人と認知されるような習慣がこの国には存在する。したがってそれをするにはまだ時期尚早《しょうそう》なりという、禁忌も存在するわけだ。

舞子は学校という共同体で、イジメに対する潜在的な自己防御から、あるタブーを犯すこととなった。

酒に酔って管《くだ》を巻いたり、煙草をふかして粋がったりすることは、舞子にとっては、醜態《しゅうたい》としか思えなかった。絵にならないのだ。というより馬鹿にみえる。舞子は、そういう行為やその行為に耽《ひた》る連中には、どうしてもセンシビリティの欠落があると思えてならなかった。彼らは何か先人《せんじん》の過ち、そのスタイルを模倣しているに過ぎない。オリジナリティがない。これは舞子の一等嫌うものだった。舞子の美的なセンス、その自負が、そういう行為に走ることを許さなかった。

では彼女は何をしたのか。

脱いだのである。

自身のヌード写真を撮った。

誕生日の記念にフル・ヌードの写真を撮影することが、女子高生の間で密《ひそ》かな流行になっていた。無論、学校には絶対内緒の事である。世間にもまだ知られていない、彼女たちのサバス（儀式）であった。

三月に退院したばかりの父が、結局退職届けを出して再入院することになった七月。七夕の日に舞子は十六歳のバースディを迎えた。

その月の初め、予期していたことではあったが、記念写真を撮らないかと、同じ七月に誕生日を迎えるクラスメイトに誘われた。それが半ば試されているのだということを、舞子は知っていた。ここでその勧誘を辞退すれば、間違いなく自分は疎外者《そがいしゃ》の道を歩くことになる。それに、ヌードなら、撮ってもいいという気持ちは舞子にもあった。

肉体に自信があったというのではない。ちょっと痩せていて、やや胴長で、少し短足の自分の身体は、けして誇れるものとは思わなかった。けれども、いとおしむべきものではあると思っていた。

時折、浴場の鏡に映る自分の裸体を眺めて、まずまずよねえ、などとうなずく時もあったし、落ち込んでメランコリックな時に、発達の遅れた乳房や、なかなかスラリと伸びてはくれない大腿部《だいたいぶ》から足首にいたるラインを見て、これからよ、これから、と自分を励ますこともあった。

身長156センチ、体重42キロ、バスト少々にヒップ若干。自分はこういう肉体を持って生まれてきて、生涯この肉体に包まれて生きていくんだ。十六歳の自分の肉体というものがこういうものであって、それは、もう二度と経験することのない、人生にただ一度の肉体なのだ。そう思うと、裸体記念写真の密かな流行というものも理解できるような気がした。

舞子は少々いかがわしい写真屋で、自身の裸体をフィルムに焼きつけた。ところが、それが誰の陰謀かは知らない、ごく一部が学校に出回ったのだ。

このヌード写真露出事件はたいへんな騒ぎになって、舞子を含む三名の女子が、夏休みの直前に、結局一週間の停学という処分を受けた。

報告は入院中の父の下にも届いた。

その時、件《くだん》の写真を眺めながら父は舞子にこういったのである。

「お前は、あれだな、誰だったか、女優に少し似ているな」

「女優って誰よ」

「いやあ、名前は憶えてないが、ヤバイ写真集というやつは時々、署に持ち込まれることがあるんだ。ヌキウチってやつだ。それが、一課に回ってくることもある。刑事も人の子さ。その中で見た、誰かに似ている。あれは、猥褻《わいせつ》でもなんでもない、けっこういい写真だったが。誰だったっけ、サガラ、サガラハルコだったかな……」

「そう」

女優の誰かだって、私なんかそんなイイモノじゃないわよ。でも、案外、それくらいの掘り出しものかも知れないな。で、そういうふうに前ふりしておいて、どんなお説教がくるのかしら。舞子は首を竦《すく》めた。しかし、

「お前は私の娘だ。だが、私の所有物ではない。お前と私とはまったく違った人間で、違った生き方をして、別の人生を歩んでいる。十六になったのなら、それなりの考え方もあるだろう。この写真は大事にもらっておくが、いいかな」

父はそういった後、舞子を叱責《しっせき》するようなことはなかった。肩透かしをくったような気持ちだったけ

れど、舞子はコクリと頷《うなず》いた。

このエピソードだって、〔父→癌告知→自殺〕に対する反証の立派な論拠であると舞子は思う。

思い起こしても父に趣味のようなものがあったとは思えない。ただ、職務に忠実、かつまたその余暇ですら、何やら調査の延長にある仕事に没頭するといった、稀にみる、絵に描いたような昔気質《むかしかたぎ》の刑事であった。

そういう人間というものが、えてして自身の緊急事態に弱い、即ち柔らかい葦《あし》は折れにくいが堅い古樹は折れやすいという例もないではない。藤太郎の場合もそうではなかったかと、同僚の刑事たちは舞子に告げたが、それを俄《にわか》に鵜呑みにするほど舞子は単純ではない。

彼らのいい分の根拠にあるのは、父が遺《のこ》した書き置きのようなメモである。それは藤太郎の自殺を裏付ける有力な遺留品であった。

事件当夜、父のベッドの傍の小さなサイド・テーブルに、こういうメモが遺されてあった。

〔残念だが、事実であると認めざるを得ない〕

これを、癌の告知を受けた後の、覚悟のコトバであると当局は判断した。また、それをして、潔く自ら命を絶ったのだという解釈をした。つまり、遺書のようなものだと理解したのだ。

あるいはその書き置きは、当局のいうように父の無念の告白かも知れない。だが、遺留品といえば、舞子の直感的理性を援護するもう一つの遺留品があった。

毛布である。

屋上の手すりに、病室のベッドで使われている毛布が引っ掛かっていたというのだ。それは父の部屋の物であった。

つまり、父は毛布を羽織って、夜半屋上にやって来たのだ。

自死を覚悟したものが、身体を冷やさないために肩から毛布などかけて、その現場に向かうだろうか。もちろん、その意見は所轄署でも述べた。しかし、それはそういうこともあるでしょう、自殺者というのは、死ぬ覚悟をしてからも、なかなか踏み切れぬものですからね、と相手にされなかった。では、飛び下りるなら、身辺を整理する意味で、どうして毛布をキチンとたたんでおかなかったのかと、反論したところ、なかなか女性的な考えですなと一笑にふされてしまった。

舞子はいま、病院の前庭から屋上付近を見上げて立っていた。果たして当局のいうように、父は覚悟の死を選んだのだろうか。否、けしてそうではないはずだ。あの父なら覚悟の死ではなく、覚悟の生のほうを選んだはずだ。癌というものを生きてみたはずだ。

舞子の直感的理性は、確信に近いものになっていた。

あんな事件があったという事情からか、病院の事務員は、部屋の引き払いはゆっくりで結構ですよと、舞子に伝えてくれた。が、いつまでも居人のなくなった病室の荷物を放っておくわけにもいくまい。かといって、今日はそのつもりで来たわけではない。では、数日内にと返事をして、舞子は父が再入院の際に看護を受けていた七階の10号室の扉を開けた。

以前にも何度か見舞いに訪れたことのある病室は、十畳ばかりの二人部屋で、最初に来た時は同室の患者さんも居た。夏の暑さのたまる日であったせいか、同室の患者さんの世話をしている奥さんらしい人はノースリーブのワンピースだったことを憶えている。

鈴木という名札のついたベッドに横たわって、奥さんの団扇《うちわ》の風に眼を閉じていたその患者さんは、父よりも悪そうに見えた。痩せた腕でベッドの頭部分の金属パイプをどういうわけか握りしめていたようすが、思い出された。

何度か訪れるうちに、その鈴木さんは居なくなったが、不安気に主の居なくなったベッドを見る舞子に、藤太郎は、鈴木さんはホスピスに行かれたんだ、亡くなったわけじゃないよと笑って告げたものだ。あの時の父は、自分もまた癌であることをある程度は予見、覚悟していたのではなかったろうか。

その父の寝ていたベッドも、今は主も布団もなくなって、陽だまりの中で、何食わぬ顔で口を閉ざしている。コップやハブラシ、花瓶や数冊の書籍、ポットに急須といった身の回りの生活用品だけが、おいてけぼりをくった子供のように途方にくれたようすでこっちを見ている。それらを簡単に整理しながら、何か事件の手掛かりになるようなものはないかと気を配ってみたが、日記らしきものも何ひとつなかった。

警察は日記の類を没収したようなことはいっていなかったから、そういうものは最初からなかったに違いない。普段から、父に日記を記すような習慣があったかどうか、舞子には覚えがなかった。あるいは、自分の取り扱っている事件に関する調査日誌のようなものならば記していたのかも知れない。何れにせよ、実家にもどったら、一度も踏み込んだことのない未踏のサンクチュアリである、父の書斎を探索しなくてはならないだろう。

舞子はベランダに出てみた。コンクリートに塗料を吹きつけただけの簡易な普請《ふしん》は、年月を経て雨風に晒《さら》されてひび割れ、火星の運河のような滲《にじ》みが這っている。冊から頭を出して真下を見下ろすと、芝生の中に蘇鉄《そてつ》の植え込みが見える。そのままの姿勢で振り返って見上げると屋上の手すり。すぐ上の階がルーフ、すなわち屋上なのだ。

父は何故このベランダから飛び下りずに屋上まで上がったのだろう。飛び下りて死ぬつもりならば、ここからでも出来たろうに。自殺者の心理なんていうやつかしら。舞子は首をかしげる。

ともかく屋上に行ってみよう。

消毒液らしい臭いが漂う廊下を進み、屋上に向かう階段を昇る。

屋上は、一部が物干し場になっている。丸い大きな給水塔が、いましもそこに着陸した宇宙船みたいに鉄骨の足を延ばし、その影が東西の床面を横断している。

床面に枡目《ますめ》に敷かれた剝《む》き出しのセメントはところどころ剝《は》がれている。苔なのか、あるいは雑草の類なのかが顔を出し、それが逆にセメントの枡目をハッキリと見せて、セメントの濃淡をチェックに浮き上がらせているところなどは、病院が建築された後ずいぶん歴史を刻んできたということの証《あかし》だ。

検視官が説明してくれた場所は北っかわだったはずだ。

一メートルくらいの高さでコンクリの壁が柵となってL字型の屋上の周りを巡り、内と外をわけている。その柵の上にさらに二十センチばかりの高さで金属パイプの手すりがあって、赤茶色に錆《さび》を吹いている。

取り込まれていない洗濯物に風。

中央部分に背中合わせになった朽ちかけたベンチが幾つかあるのは、ここに昇ってくる患者や見舞い客、それから職員がいるということなんだろう。

今は人影がない。たぶん、北はこっちだ。舞子は、おそらく毛布が引っ掛かっていたであろう場所、父が飛び下りを決行した地点に立った。

柵になっているコンクリート壁の厚さはおよそ、二十センチ。飛び下りるためには、一旦そこに立たねばならないだろう。もちろん、腰かけていて、誤って落ちる可能性だってないとはいえないだろうし、誰かが、足を抱えるようにして持ち上げ、そのまま引っ繰り返す感じで放り投げれば、落ちる。誰かが父をそのようにして……。

うん、そうなのだ、父は殺されたに違いないのだ。

舞子はそう断じて、半身が少し震えるのを覚えた。

しかし、それを実証する手立てはないし、証拠もない。だが、事故でも自殺でもないとするのなら、論理的な結論はひとつなのだ。

他殺。

誰が、どうして、何のために。ああ、わからない。頭が混乱してグルグルする。眩暈《めまい》がする。吐き気もする。でも考えねばならない。舞子はその場にしゃがみこむと、拳を握って唇を嚙んだ。

と、今し方通ってきた屋上への出入り口のあたりに人の気配を感じた。

その気配に、立ち上がってそちらを見ると、学生服の男が壁にもたれて、向こうのほうでもこちらをみている。制服はボタンを全て外しているので、胸元からおなかまで、絵柄がプリントされたTシャツがのぞいている。おまけに両の手はズボンのポケットだ。つまり、一生懸命だらしないかっこうしているわけだ。

「あら……」

よく知っている顔だ。

「よお……」

向こうは気のない挨拶《あいさつ》をして返した。

「関口くんじゃないの。どうしたの、ひさしぶりね。ワークショップ以来ね」

「ああ」

関口と呼ばれた彼は、さらに怠惰《たいだ》な返事をした。

「あなた、ワークショップ、どうして途中でやめたの？」

「いいんだよ、あんなのはさ、気紛《きまぐ》れだったんだから」

関口は、ゆっくり舞子に向かって歩いてきた。

「煙草、注意されたって聞いたけど、ほんと？」

「されたよ。何だかまるで、学校とおんなじじゃないかよ。もちっと演劇ってのはさ、無頼《ぶらい》のやることだって思ってたけどさ」

関口は、舞子の傍にしゃがみこんだ。

「あなた、こんなところで、何してるの？」

「親戚が入院してんのさ」

「親戚？」

「四国にいた叔父さんさ」

「いつから？」

「ついこのあいだからさ。だから、見舞いに来たんだよ」

「そいで、屋上に煙草でもふかしに来たの？」

「そじゃねえよ。気紛れだよ。お前こそ、どうしたんだよ」

問われて舞子は、いい澱《よど》んだ。まさか、現場検証をしているとは言えない。父の死は新聞やニュースなどでは報道されなかった。自殺ということであったから、遺族の気持ちを配慮してのマスコミの良心というやつかも知れない。したがって、関口は、舞子の父の事件をまだ知らないはずだ。

「別に。私も気紛れよ」

だから、舞子も関口と同様に、そう答えた。

「帰るんなら、乗せてってやろうか。バイクあるから」

「いい、遠慮しとく」

バイクは校則で禁止になっている。そのため、関口は二度ほど停学をくらっている。あまり口をきいたことはなかったが、例のヌード写真の一件以来、一目置かれるようになったというのか、彼のほうから舞子に近づくようになった。親しい間柄ではないが、舞子も時々挨拶ていどの会話は交わしている。この夏の演劇ワークショップというやつで一緒だったのが、三日ばかりで姿をみなくなった。

結局、関口は舞子の前で煙草を一本吸ってみせて、黙って立ち去った。

ほんものの不良という人種ではないのだ。ありがちの虚勢にしか過ぎないことは舞子にもわかっていた。彼自身だって、そんなことは百も承知のはずなんだけどな。どうして男の子はあんなふうにするのかな。まあ、女の子だって、同じようなものだけど。

「無頼《ぶらい》かぁ。よくいうよまったく」

無頼というコトバが、学校で流行していた。何ものにも頼らずクールに生きていく恰好いい生き方、それが無頼だというのである。流行していたのは、コトバそのものだけではない。そんなふうにみんな理解して、そんな雰囲気、スタイルやポーズを決め込んで、カッコだけつけているやつがそこそこいたのだ。

けれども、本当の無頼とはこういうことだ。舞子は眼下の遠い風景を睨《にら》むようにみた。自分自身がいま置かれている情況、これこそ無頼ではないか。頼れる者、おのれ以外誰ひとりとしてなし。私、無頼だぞお。そんなふうに叫んでみようかと思った。だけど、やっぱり心細いんだよね。舞子はうなだれる。どうしよう。これから何をすればいい。何を成さねばならないかは、はっきりとしているのに、どうやって、どこから、どうしよう。舞子は自分の体内に小さな台風が発生してそれが迷走しているのを感じた。

その時、ふいに舞子の脳裏に一人の男の顔が過《よぎ》った。

ああ、そうだあの人。ひょっとしたら、彼なら、あの人なら力になってくれるのではないだろうか。

舞子はゆっくり立ち上がった。

人気のない屋上は、芝居の舞台のように、平坦な地平を空に結んでいる。

出番だと思えばいいんだ。これから、私、演じると思えばいいんだ。父殺しの犯人を捜査する探偵の役を演じるんだ。そう決め込んで、舞子はポケットの電話番号メモを取り出した。指が名前を順になぞる。ア行。……。

「あ、あ、あ、……雨森《あめもり》、慎介《しんすけ》。あった、雨森慎介」

舞子は屋上から、エレベーターを使わずに階段を一気に駆け下りた。それから最寄りの電話ボックスに飛び込んだ。

しかし、いざ受話器を手にすると、気がひけた。こんな用件を相談なんかしていいんだろうか。ただ、夏休みのワークショップで知り合っただけの人に。でも、信頼に足る人物、大人の人となると、彼しかいない。舞子は電話ボックスのガラスの壁にもたれると、そのまま座り込んだ。どうしようかなあ。

……爪を噛んだ。

ガラス越しの視線の向こうに病院の屋上がみえた。

「えっ……あれ？」

舞子は身体《からだ》を起こした。

屋上に黒い人影があったのだ。顔まではよくはわからないが、あれはきっとさっきの関口に違いない。

——あいつ、まだいる。下を覗いている。いったい、何してんだろ。

関口は、ちょうど舞子の父が落ちたと思われる地点を見下ろすようにして、手すりから身を乗り出していた。

ワークショップ・生徒募集の広報チラシ

夏のワークショップ　〔高校生のための演劇講座と実技演習〕

☆この夏休み、演劇の勉強と実技でおおいにエンジョイしてみませんか。愛知県文化教育センターでは、本年初めての試みとして二十四日間の演劇ワークショップを開きます。どうか皆さん、ふるって御応募ください。

資格・県下の高校に在学中の男女　人数・二十〜三十名

○期日・七月三十一日より八月二十六日まで（土曜休講）

○時間・午前十時三十分より午後三時（昼食休憩四十五分）

講師・雨森慎介《あめもりしんすけ》（劇作家）藤村順子《ふじむらじゅんこ》（俳優）酒田信の助《さかたしんすけ》（音響技術）大前三郎《おおまえさぶろう》（照明技術）加藤六郎《かとうろくろう》（演出家）斉藤聡《さいとうさとし》（俳優）呉勘一《くれかんいち》（舞台美術）

内容・基礎訓練、講義、実技演習（雨森慎介さんの作品『竹生島心中《ちくぶしましんじゅう》』を複数の班に分けて実際に上演できるところまで学ぶ）

特典・優秀とみられたチームは、九月十日午後三時より中央区文化会館ホールにて一般の方を観客に招いて上演する。

会場・県立緑の森文化センター（愛知県緑区塔の森一丁目）

舞子から雨森慎介に宛てた手紙。八月三十日消印。

前略。ごめんなさい前略しか他知らないんです。何か時候《じこう》の挨拶っていうのをいれなきゃなんないのかなって、思うんですけど、そんなの上手くできそうにないから、前略でいきます。

雨森先生へ。お元気ですか、舞子です。元気ですよね。それとも、私たちみたいな出来の悪いのを一ヵ月も相手にして、病気になっちゃったんじゃないでしょうね。

私、いま一ヵ月のワークショップを終えて、とっても複雑な心境です。なんでかというと、こんなにステキだった夏休みは、小学生の小さい時以来だし、こんなにキツかった夏休みも初めてです。夏というと私、比較的好きなんですけど、自分の生まれた季節だし、何か開放的だからかな。でも、やっぱり春がいい。あるのかないのか分からない季節でしょ、春って。ぼんやりしている間に過ぎていくから。でも、この春は最低でした。

先生はもう御存知でしょうけど、この春、というか夏の初めというか、私、補導されちゃって停学くらいました。一週間も。他にも二人いたんですけどね。何をやったかというと、煙草とか酒とか、もちろん不純異性交遊とかいう気色の悪いやつじゃないよ。あのね、実はヌード撮っちゃったんです。十六歳の誕生日の記念に。それが学校にばれてしまったんです。もうショックでした。だって、思い切りの勇気だして脱いだんですよ。それを、アカの他人のギラギラしてやがるだけのパーな男子生徒に見られたんですから。写真がばれたという事よりも、あの写真をあんなパーたちにみられたっていう事のほうが百倍ショックでした。

父は、十六歳には十六歳の考えもあるだろうからって、叱りませんでした。女優だかタレントだかに似てるねなんていうくらいです。サガラとか何とかっていう女優だっていわれた時は、わからなかったけど、ワークショップで雨森先生に、君は真剣な顔をすると、むかしなら、サガラ・ハルコ、いまでいうならスズキ・アンに似てるねといわれた時、ああ、そうだったのかと納得？　しました。ちょっとは自信もってもいいかなと、へへへ、思いました。

そいで、停学くらって、えっと、その前にいまお暇ですか？　何だかこの手紙、長くなりそうなんで時間のある時に読んで下さい。

それで、停学くらって、写真屋にねじこみに行ってやろうかとも思ったけど、それで事を荒だてると、また学校に物議をかもしたりするかなと思って我慢しました。でも、ほんとに腐ってたんです。生きるのがヤニなったくらい。クラスメイトからはなんか変な眼で見られるし。

でも、私が写真撮ったということで、逆に一目置《いちもく》かれたりもしたんです。高校って変なところでしょ。そんな時に夏休みのワークショップ『高校生のための演劇講座と実技演習』というチラシをみたんです。

正直いうと、私、演劇関係のことに関心も興味もまったくなかったんです。でも、女優さんてよく脱いだりして、話題になるじゃないですか。私だって脱いだんだから、女優の資格くらいあるんだぞと、変に自信もっちゃって、友達と一緒にやってみようと応募したんです。

週一回だけの休みで、朝の十時半から午後三時まで、二十四日もやれっこないなあと思ってたんだけど、ほんとにあの基礎訓練っての退屈でした。それに足やら腰が痛くなるし、筋肉痛はするし、声はガラガラになるし、やっぱやめようと思ったりもしました。でも、脚本の『竹生島心中』渡されて、それ読んでみて、ひょっとしてこれ、面白いんじゃないだろうかって感じたんです。勘なんですけどね。それ、ズバリ当たったみたいです。

第一班から四班まで分かれてやったわけだけど、主役クラスの姫子に選ばれるなんて思ってもみなかったから、もうびっくり。けど、こんなのやれねえぞと思ったんですよ。だって、お芝居の経験ないんだもの。案の定、最初に台本を読んだ時は、クソミソに（先生はやさしいから、そんなふうには仰らなかったけれど）仲間にいわれました。だけど、姫子って何だか可哀そうだし、私に似てるところだってあるし、なにより、その姫子を私、好きになったみたいなんです。そうしたら、この姫子という女性は、私しかやれないんだなんて、今度はものすごく思い入れちゃって、もう友達のいうことも全然耳に入ってこないんです。（もうやめようなんて友達はいったんですよ）

演技論って難しいのかなって思っていたら、先生の講義の時に、先生がホワイト・ボードに姫子の役と演技者の関係を絵にして描かれましたよね。あれで、私、ガビーンってなりました。そんな事が起こるのかと思いました。だって、舞台に立った瞬間、姫子と私のイメージと実体が逆転してしまうなんて、もうビックリ。あんなショックな授業はなかったです。

まず、演技者は役というものを自分のイメージとして思い描く。ところが、そのイメージというやつは、実際に演技者が舞台に立った場合、実体として具現されることになる。その時、当の演技者自体は何処にいるか、それは客観というイメージになって、意識の外の意識から、役として舞台に立っている者を視ていることになる。つまり、イメージと実体が舞台の内と外とでは逆転することになる。……と、これはその時のメモをもとにして書いてます。私、あんなこと考えたこともなかったので、ウッヘーっていう感じででした。でも、演技っていうのが何なのか、スッゴクよく分かったという気がします。（ほんとはもっと難しいんだろうけど）

『竹生島心中』の話を父にしたら、父がたいそう興味を示しました。父はいま病気で入院していますが、具合さえ良ければ、観に来るなんていってました。結局駄目だったけど。ああ、そうでもないか、まだチャンスはあるんだ。だって、優秀な班は、九月に特別公演やらしてもらえるんでしたよね。ゴマすっちゃおうかな。でも、それはズルイよね。ああ、でももう一回やりたい。あれで、終わりだなんてつまんないです。今度は、普通の一般客のいる前で演じてみたいです。父にも是非観てもらいたいな。なあんて、泣きおとしは駄目ですよね。

でも、あれをほんとの劇場でやれたら最高だなあって思います。

姫子を演じているあいだ中、私はほんとに姫子でした。その悲しみとか、喜びとか、ビンビンきちゃって、姫子が私なのか、私が姫子なのか、分からなくなったくらいです。

あとちょっとで夏休みが終わります。残っている宿題なんてもうどうでもいいっていう気になっています。なんだか、腑抜《ふぬ》け（こういう字でいいのかな？）になってしまっています。関係者の前で演じただけで、こんな具合だから、ほんとに観客を前にしたら、いったい私はどうなってしまうんでしょう。

私、卒業したら、きっと先生の劇団に行きます。高校生は駄目だって仰ってたから、卒業まで我慢して、どんな難しい試験でも絶対パスして、行くつもりです。あの基礎訓練はしんどいけど。

ワークショップの終わりの日に、みんなけっこうウルウルしたけど、私もちょっとウルウルしちゃったけど、手紙書いていいですかって聞いたら、気軽に、いいよっていって下さったので、その好意に甘えて書きました。何度か書き直したので、朝から書いてて、もうお昼になろうとしています。

先生、今日の昼御飯は何ですか？　もし、私を選んでくださったら、お昼御飯くらい作りに行きますよ。なんちゃって。でも、私、料理の腕はグンバツですよ。何しろ父子家庭っ子ですからね。

どうもくだらないことばかり書いてしまいました。迷惑だったらすいません。でも、なんかどうしても書かないと、眠れないような（ああ、まだ昼か）気がしたから。これから父の様子をみに、病院へ行きます。それから、仕方ないから宿題をします。いまこうやってペンを握っている時も、ドキドキしています。

では、お元気で、懲《こ》りずにまた手紙しますね。ゆるしてね。

草々

八月三十日

舞子

雨森慎介さま

ｐｓ・もう一回やりたいです。

雨森慎介からの返事。消印九月一日の葉書。

もう一回やりたければ、その例の写真をヨコセ！

というのは冗談。すでに連絡が入っているはずですが、あなたの第三班はめでたく最優秀と認められましたので、もう一回できますよ。

九月十日の土曜日、午後三時からでしたよね。中央区文化会館小ホールです。三百人くらいの劇場ですが、さて、どれくらい客が来るかな。

舞子から雨森慎介への手紙。第二信。消印九月十一日。

前略

まだ震えています。ちょっぴりビール飲みました。気が変に（いい意味でですよ）なりそうな感じです。昨夜は興奮して眠れませんでした。というのは嘘で、お風呂へ入ったらすごく疲れと眠気がきて、泥のように眠ってしまいました。驚いたことに、昨日、舞台にあがった時よりも、いまのほうが興奮しているみたいです。

終わったとたん、みんな泣きました。私はけしてそういう性格じゃないと思ってたんですが、わけわからずに、ただ、ポンプで押し上げられたみたいに眼から水がドオオッて出ていく感じで、そういう事態に逆にびっくりしてしまいました。ほんとうの感動ってあんなものなんですね。

本番の前ってみんなキンチョーしてました。袖《そで》から会場の客席を覗くと、お客さんがいるんだもの。でも、私の場合のキンチョーは、それはやっぱりドキドキ、ソワソワなんですけど、ちょっと違うって感じで、どういえばいいか、中学生の時に大好きな男の子とデートすることになって、その時に感じたドキドキソワソワと同じでした。だから、お芝居が終わってからは、その男の子が突然消えてしまったって、そんな感じです。

舞台のあの四角い空間てスゴイなって思いました。客席の一番前の人なんか、手をのばせば届いてしまうすぐそこにいるっていうのに、その人と、舞台の上の私たちとはもうまったく別の世界。同じ時間に同じ場所が、何も仕切りがあるわけでもないのに、全然、別の世界、別の空間に分けられちゃうなんて、何だか魔法みたい。

すごくステキなことだと思います。

それから私、舞台の袖から舞台でお芝居してるの見てるのが、とっても好きです。舞台の上は明るくボーッとしてて、キラキラピカピカ輝いていて。……涙が出そうな気持ちでした。袖から見てる私が、あと一ミリで舞台に出るって場所にいたって、やっぱり舞台の上の人とは別世界。すごく不思議です。袖で出番を待っている間、すきまからこぼれてくる光で自分の手や足や身体が、ちょっと明るくなると、なんだか、ドキッとするというか、キュンってなるっていうか。何ともいえない気持ちがして。舞台で芝居している人もキラキラピカピカしてて「あ、私もあと数分後にはあそこに居て、やっぱりああやってキラキラピカピカしてるのかな」って思うとドキドキしたり、うれしくなったり。

テレビや映画は、どんなにステキでも、どんなに輝いていても、ブラウン管やスクリーンの中の出来事で、現実じゃないなって思う。だけど舞台は違う。舞台は絶対に現実。たとえ作りもののお話を演じているんだっていったって、実際に、秀一さんも、佳子さんも遠山さんもすぐそこに居る。

ブラウン管もスクリーンも何もなくて、同じ時間に、同じ場所に、本物の生の秀一さんたちがいるんだから。現実じゃない現実。すごくいいなあ。

私、舞台の袖に居る時、なんかこれってクリスマス・イヴに似ているって思ってたんです。クリスマスじゃなくて、イヴなんです。私、小さい時からお誕生日よりもお正月よりも、クリスマス・イヴが好きだったんです。ウキウキドキドキ、ソワソワするんだけど、別に何にもうれしいわけじゃなくて、何だかさみしくて、悲しくて、胸がキューンってするっていうか。何の意味もないのに私、好きでした。

舞台はそれに似ている。袖でじっとしていると、だんだん気が遠くなっていくみたいでした。自分が誰なのかもよく分からなくなってきて、ボーッとして、だけど、あと数分後には私はあの舞台の上にいる。キラキラした光の中にいるんだって。

何だかほんとによく、分からないけど、あの時間と空間が好き。

舞台が終わった時、「ああ、もしかしてこれが最初で最後の経験かしら」なんて思っちゃったりして、何でなんでしょうね、そう思ったらたまらなくなった。そんなのヤダよォーって。

私、好きな男の子がいると、その人に会った日、家に帰ると、いつも思うんです。もうこれで会えないかな。もうTELもかかってこないかも知れないな。変なんです。好きだと好きなほどそう思うんです。変ですよね。なんか。……

私、女優さんになりたいと思いました。中学生の頃は保母さんになりたかったり、お嫁さんに憧れたりしたけれど、「女優さんになりたい」なんて思うなんて想像もしなかった。これ、雨森先生のおかげなんですか、それとも雨森先生のせいなんですか？　どっちでしょう。アハハ、ゴメンナサイ。

先生、アロエってキライですか？　アロエってあの植物のアロエです。あの、気にさわったらごめんなさい。雨森さんは私にとってアロエみたいです。あの、ちなみにこれはスゴクほめてるんです。私アロエがあると、すごく安心するんです。私好きなんですよ、アロエとかサボテンとか。多肉植物。特にアロエはとっても大切にしてるっていうか。なんかお守りみたいに。あの、せんじて飲んでるってことじゃなくて（まあ、ヤケドの時にはつかいますね）なんか、イガイガしてるし、キトキトしてるのにやさしそうでしょ。なんとなく。ペキッて折ると、シュルッてゼリーみたいでキレイだし。あ。だからって、どうして雨森さんがアロエなのかって聞かれると困るんですけどね。とにかく雨森先生に会うと、家にあるアロエを思い出してしまうんです。何か似てるんですよね。ただ、それだけのことですから、気にしないでくださいね。

父が芝居、見にきてくれました。もうビックリです。具合が良かったのかな。芝居なんてきっと生まれてから一度も見たことないんですよ。それがどういう風のふきまわしでしょう。なんか、ちょっと怖い。何が怖いのかよく分からないけど。授業参観にだって一度も来たことないくせに。

また長々と書いてしまいました。今度は先生のお書きになった芝居、見にいきますから、予定とかあったら教えて下さい。

これっきりでないことをせつにせつに、願いつつ。

草々

冴草舞子

九月十一日

雨森慎介さま

冴草藤太郎から雨森慎介への手紙。消印九月十五日。

冠省《かんしょう》
冴草舞子の父で藤太郎と申します。先日は先生の舞台を拝見いたしました。娘が御世話になったことについて、お礼を述べようかと思いましたが、根っからの無骨者《ぶこつもの》で、足が控え室のほうに向かず、失礼いたしました。

長年刑事をやっておりましたが、病に倒れてこの春退職し現在闘病生活というやつをおくっております。腹がいかんようです。二月頃に一度手術をしましたが、また駄目になりました。おそらく長い間の不摂生《ふせっせい》がここにきて、身体に仕返しをしているに相違ありません。

この度、雨森先生の芝居を拝見した理由は、もちろん娘が主役を演じるということについて、現役の間は父親らしいことは何もしてやれませんでしたので、せめて罪滅ぼしにという感傷もあったのですが、実をいいますとその題名の『竹生島心中』というのに心曳《ひ》かれたからであります。

といいますのも、あれは二十年以上昔になりますか、私が滋賀県警に居た頃、琵琶湖の北部に浮かぶ例の竹生島で、心中事件に遭遇したことがあるからです。まさか、それに材をとってらっしゃるわけじゃないだろうと思いながらの観劇でしたが、ひょっとすると、あれかも知れないなどと期待もしておりました。

　ここにたらたらと記すわけにも参りませんが、あれは妙な事件でした。心中にみせかけた殺人ではないかという意見も出ましたが、無理心中の線も考えられ、結局後者のほうでカタがつきました。その後、どうも納得がいかず、私、個人的に調査などしましたが、埒《らち》があかず、今日に到っております。病気が恢復《かいふく》しましたら、また一から洗い直してみるつもりです。このような事は、どうでもよろしき事ではありましょうが、ちょっと記しておきました。

　先日も娘が見舞いに参りまして、終始雨森先生の事を話しておりました。あの娘があんなに開放的に人の事を話すのは聞いたことがありません。芝居というやつの虜《とりこ》になっているようであります。女優になるなどと申しておりました。

　辛気《しんき》臭い病人ではありますが、お時間がありましたら、ぜひに、病院のほうへ訪ねていらしゃいませんか。不躾《ぶしつけ》ですみません。娘があんまりいうものですから、御本人に一度お会いしたいと思うのですが、何分、身体が無理を聞いてくれません。お暇な時でよろしゅうございます。

　では、これからの御活躍を祈念申し上げて、筆を置きます。悪筆を読ませまして真にあいすみませんでした。

　　　　　　　　　　　　　　　　　　　　　　　　　　　　　　　　　　　　　不一《ふいっ》
　　　　　　　　　　　　　　　　　　　　　　　　　　　九月十五日

冴草藤太郎

冴草藤太郎から雨森慎介への第二信。葉書。九月二十一日消印。

先日はわざわざありがとうございました。何のおかまいも出来ず、申し訳なく思っているところです。どうか、娘をよろしく。

ワークショップに於ける雨森慎介の講義より。八月一日、午前十時三十分。

「暑いですね、雨森です。雨森なんですけど、今年はどういうわけか、雨が降ってくれませんね。私は、ボロい一軒屋を借りて、独り暮らしをしているんですが、家の回りが緑でいっぱいなもんですから、まあ、雑草がはびこっているだけなんですけど（笑い）ここに雨が降ると、なかなか雑草でも風情《ふぜい》というものがあります。それで、たくさん降ると、ほんとうに雨漏りするんです（笑い）でも今年はまだそういうことがないなあ。まあ、それはともかくとして、これからお昼まで、私の講義ということです。退屈かも知れませんが我慢して聞いて下さい。きっといいことありますから。

私の講義の特色は、他の先生方のそれとは違って、あんまり役にたたないってことです。なんで役にたたないのかというと、まあ、私は理屈をこれから述べるわけですけど、そういう理屈ってのは、けっきょく理屈にしか過ぎないわけなんです。実技にこれを生かそうとすると、面倒臭いんです。でも、私の述べることは自分でも科学的であると思っています。ですから、私の述べることをですね、キチンと聞いておれば、真理に目覚めるわけなんです。なんか宗教の勧誘みたいですね。(笑い)

ではまず、ごく基本的なことで結局あんまり分かってはいないというところから、始めましょうか。みなさんの中には演劇というやつを経験した方もあるでしょうし、そうでない方もあるでしょう。しかし、演技する人を一度も見たことのないって方はいないはずだと思います。テレビとか、映画とか、いわゆるそういうドラマの中で、誰かさんが、誰かさんを演じているはずですから、そういうものなら観たことがあるでしょう。

そこで、最初の設問です。『演技とはなにか』ここからはじめましょう。どなたでもけっこうです、私はこう思っているという方、答えて下さい。

さあ、『演技とはなにか』こういう問題にズバリ答えてみて下さい。私の好きなテレビの番組に『がんばれ、まんま大先生』というのがあるんですが、(笑い)あの授業みたいにやりましょう。どうでしよう『演技とはなにか』誰か？

——女1「役という人格でコトバを発することだと思います」

はい、そうですね、それで間違いはありません。あなた、演劇の経験がありますね。

——女1「はい、少し」

いやあ、少しじゃないでしょう。

——女1「実は、ある劇団に、アマチュアですが、入っています」

でしょう、あなたの答えはきわめて優等生的な答えです。それゆえ、ちょっと難しい。たとえば役という人格というのは何ですか？

——女1「役は、まあ、与えられた、キャラクターというか。それが人間である以上は人格というか、性格があるわけですから、その性格の人ならこういうだろうなあって予想して科白《せりふ》を出すのが演技だと思うんですけど」

ええ、ええ、間違っているというわけじゃないんですよ。それで正しいんです。ところで、その場合ですね、役という人格でコトバ、科白ですね、それを発する場合、あなた自身はどうなってしまうんですか？　役もその人格も科白も与えられたものですよね。

——女1「私は、えーと、その役について同化するか、あるいは批判的になるか……」

うん、ますます、あなたが、そのサークルでどんな演劇論を教えられたか、わかるような気がします。それはつまり、あなたのいったことはスタニスラフスキーとブレヒトを総合していったわけですね。よろしい、他にありますか。

――男1「自分を違った形で表現する手段だと思います」

おうおう、これもまた正しいですね。さっきの女性は何ていいましたっけ、名前。

――女1「増田です」

増田さんですか。はい、で、君は？

――男1「高山です」

うんうん、高山くんは芸術家タイプですね。演技というのは、自分を表現する手段だというわけですね。つまり、私が増田さんに、あなた自身はどうなるんですかと聞いたので、高山くんは自分を中心にして演技というものを考えてみたんですね。

これは足し算すると面白いことになりますよ。増田＋高山。どうなるかというと、こうなりますね。演技というのは〈自分を違った形で表現するために、役という人格を借りてコトバを発する〉と、こうなりますね。たしかにこういうふうにいった人はいます。もう故人ですが、伊丹万作《いたみまんさく》という映画監督にしてシナリオ・ライターだった人があって、これとよく似たことを仰ってます。私もこれには反対するところはありません。

ただね、ただ、そうなると、演劇ってのは、お芝居ってのは、自己表現だっていうことになる危険性があるんです。ここはみなさんにはちょっと難しいところかも知れませんが、そうなると、戯曲の作者とか、演出家の表現と、どうワタリをつけていくんだという問題が頭をもたげてくるんですよね。もちろんこれには、いろいろな答えがあるんですが、たとえばスタニスラフスキーという人などは、この人はロシアの人なんですが、俳優というのは、作者の作品のテーマだけをなぞっていてはいけないんだ、その作者自身の課題のようなものを理解しないとダメなんだといってます。

それから、問題といえば、芝居ってのは、ほんとに自己を表現する現場なのか、あるいは自己って何だ、表現する主体が自己だとすれば、自己っていったい何だってことになってくるんです。そうなるともう哲学になってしまいます。

えーと、他に

——（中略）——

うんうん、まあ、いろいろ考えはあるんですね。でも、何だか、何処かで聞いたような答えが多いのはちょっと残念だなあ。最近は俳優さんなんかが、いろんな雑誌でインタビューの中でそういうこと喋ってます。それが残ってんのかな。

では、私の考えを述べます。『演技とはなにか』これに対する最も科学的な答えというのは、ただひとつです。〔それは演ずる技術のことである〕どうでしょう。（会場、ざわめきに包まれる）

いやあ、キツネに摘《つま》まれたような顔していますね。演技とは演ずる技術だって、そりゃあ、読んで字のごとしじゃないかっていう顔ですね。でもね、これが誰にも妥当な答えであることは間違いないんです。妥当というのは重要なキイ・ワードでね、ああもいえる、こうもいえる、それぞれがそれぞれの事をいう。いわゆる主観と、相対性があるだけで、客観と絶対性がないという場合に、お前はこういい、俺はこういうが、妥当なところではどうだろう。と話をすすめていった場合に、この妥当性こそが、人と人との了解点なんだということなんです。共通の了解ということです。

そういう意味でですね、演技というのは演じる技術だよっていったらね、文句のいいようがないんです。技術だっていうと、テクニックなのかって無味乾燥した答えかも知れませんが、これは、一つの立派な理屈なんです。演技とはすなわち演技だといってるわけですからね。論理というものはそういうモノです。循環理論、トートロジーというんですけどね。まあ、これ以上そういう訳のわかんないことをいうのはやめます。

さあて、それでは演技が演ずる技術だとしたらですよ、〔演ずる〕とは何でしょう。こういう設問を次にするんですよ。そのあとで〔技術〕とは何だという問題にも答えねばならないんですが、さて、演ずるとは何でしょう。答えを先にいってしまいます。

〔演ずるとはイメージを実体化することである〕なんですね。

会場はわからないって顔してますね。じゃあ、そういう時は譬《たと》え話がいいですね。昨日、みなさんに私の戯曲をお渡ししましたよね。『竹生島心中』というやつです。そこで、たとえば姫子って役があります。

女性の方は、それをどんな女性だと思いましたか？

読んだときに、漠然、朦朧《もうろう》とではあるけれど、姫子という女性に対するイメージが沸いてきたでしょ。私がさっき言ったイメージというのは、そのイメージと同じです。

役を演ずる場合、その役に対するイメージというものが、演技者の頭の中、観念といってもいいんですが、つくられるんです。あるいは、それをつくっていくプロセスというのがあるんです。どうやってそれは喚起《かんき》されるか。それは戯曲によるコトバ、つまり、科白からですね。

つまり、演技者の脳裏には姫子というイメージがたしかに出来ている。ところで、演技者はそのまま舞台には立たないんです。演技者が実際に舞台に立つ場合、自分がイメージしたところの姫子で立っているんです。そのつもりで立っているんです。これを実体化しているといいます。では、演技者自身は何処へ行くか。今度は逆に、視線というイメージで実体化した姫子を眺めている感じになります。難しいでしょうから、いまから絵に描いてみましょう。

（描く）

こんな感じですね。

そうするとね、演技とは演ずる技術である、なんていいましたが、定義をつなげるとこういうことができます。

〔演技とはイメージを実体化する技術である〕……どうでしょう。

――――（中略）――――

以上、イメージということについて、それが演ずるという場合の大切な要因、動機なんだと申し上げました。私の演技論ではそれが中心になっています。ここで留意しておきたいのは、人間というのは、他の動物とは違って、イメージというものをもつことが出来る動物だということです。さらに、それを実体、現実化することが出来るということです。

おこがましいですが、みなさんのような若い方を前にすると、どうしても人生論めいたことをいってみたくなります。みなさんには、未来があります。これからどんな大人になるのか、道はさまざまです。そういった場合にですね。まず、成りたいモノ、やりたいコトがあるのならばですね、イメージをはっきり持つことです。人間は、いくらでも生きなおせる動物です。こういうイメージの人間、というやつに必ずなれる存在なんです。今はあまり使われなくなりましたが、万年筆というやつがあります。いいのになると18金、24金のペンが使われていたりします。ところで、金というのは書きいいんですが、擦《す》り減るんです。そのため、金ペンの先にはイリジウムという金属が微量に使われています。金が擦り減るのを防ぐためです。私のいうイメージというのは、このイリジウムのようなモノです。それは擦り減るということがありません。それくらい小さな意志ということも出来ます。少しの意志と迷わない決断があれば未来はイメージの万年筆です。すらすらと書くことが可能なのです。

また何だか新興宗教みたいなことになってきましたね。(笑い)

では、次にその技術とは何なんだということについて、述べてみましょう。また、時間があれば、演技者は何を表現したらよいのかという話もしてみたいと思います。

——(以下・略)——

2

三回くらい呼び出しのベルが鳴ると、

「はい雨森です」

電話の向こうに少々寝惚けた男の声がした。

緊張しているせいか、最初のコトバが思うように声にならないのに舞子はちょっと慌てた。

心臓が急に喉の近くにまで上がってきたように感じる。

「もしもうし、どなたでしょうか、こちら雨森ですが」

受話器の向こうが舞子を急《せ》かす。

「あ、あの」

とだけ、いえた。

「はい、どちらさん?」

何だか不機嫌な声だ。

「舞子です」

「え?」

「冴草舞子です」

いって舞子はほうっと息をついた。

「ああ、君か。どうしたんだ、こんなに早く」

雨森の声がやさしいトーンに変わった。良かった。

「早くって、先生もう夕方ですよ」

「あっ、そうか、いやあ、昨夜は徹夜だったからなあ、昼前に寝床に潜り込んで、そいで、いま起きたばかりだよ」

「起こしてしまったんですか？」

「いやいや、いま起きて、コーヒーを入れてたところ」

トラックが一台、電話ボックスの傍を走り抜けて行った。舞子は、その騒音が消えるまで待った。そのあいだに、鼓動がようやく静かになってくれた。

「すいません、突然お電話なんかして」

「いやいや、それは構わないんだけど。……君、お父さんの具合はどう？」

雨森は勘が働いたのか、あるいは、急な電話に一抹《いちまつ》の不安を感じたのかも知れない。逆に父のことを聞いてきた。

「ええ、……それが、……亡くなりました」

また、心臓の鼓動が激しくなる。

「おいおい、冗談はナシだよ」

雨森は笑ったが、

「いいえ、ほんとうです。昨日、というか一昨日というか、はい」

と、舞子がいうと、その口調から事情を察したとみえて、暫《しば》し沈黙した。

舞子も何をどう切り出していいのか分からずに、受話器を握ったまま黙っていた。双方の呼吸の音だけが、耳元で聞こえた。

「君の舞台、ご覧になってるんだろ。えらく突然じゃないか。そんなに悪かったのか」

やっと聞こえてきた雨森の声は、曇っていた。

「飛び下りたんです」

「え？」

単刀直入。それを聞いた雨森の絶句している様子が想像できた。

しばらくして、雨森から、そういう最も簡単な疑問符が発せられた。

「何処から」

つづいての雨森の質問だ。

「屋上から。病院の屋上から飛び下りたらしいんです」

「うーん……」

「そういうふうに、警察はいうんですけど、私、そうじゃないと思うんです」

「ん？　そうじゃないって、どういうこと？」

「父は自殺するような人間じゃありません、絶対に」

舞子は眼に涙を感じた。何だかずいぶん興奮している自分が嫌だったけれど、感情の昂《たかま》りを抑えることができない。

「そうか。うーん」

雨森は唸《うな》ってばかりいる。こんな事を突然電話でいわれて、雨森先生きっと困っているだろうなあ、と舞子は思った。赤の他人に突然電話なんかして、自分は何をやってるんだろ。そんなふうにも考えた。

「解剖とかしたの？」

「はい。行政解剖というのをやってもらいました」

「何か不信な点でも？」

「警察は何もないっていいます」

「うーん。君の気持ちは分かるけれど……」

やはり、雨森も警察と同じような、あの検視官と同じ事を考えているんだろうな。握る受話器が汗ばんでくる。舞子は受話器を違う手に持ち替えた。

「それで、明日か明後日、葬式なんです。それが終わったら、お話したいことがあるんです。聞いていただけますか？」

「うーん、……よし、わかった。話くらいはいくらでも聞いてあげる。でも、君の思うような力になれるかどうか、それはわからないよ」

良かった。舞子は肩で大きな息をした。それから電話ボックスのガラスの壁に身体をあずけて、眼を閉じた。

たぶん雨森は舞子が何を相談したいのか、察したはずだ。でも、一緒に探偵ごっこをして欲しいとまではいわないでおこう。ただ、自分の気持ち、直感的理性が判断した自分の考えだけを、キチンと聞いてもらって、何か適切なアドバイスが貰えればいい。舞子はそう考えた。

「いま、何処にいるの？」

雨森が訊ねた。舞子は慌てて眼を開けると、

「はい、病院の近くです。現場に、屋上に昇ってきたんです。これから、父の家に寄って、それから伯母のところに戻ります」

そう答えた。

「そうか。たいへんだな。でも、けして不幸だなんて思っちゃいけないぜ。不幸だってイメージした時から、人は不幸になるんだからな。かといって幸福なわけはないだろうけど。わかった。よし、ここ何

日かは、たいていは家にいるから、連絡してきなさい」
「ありがとうございます」
電話に向かってお辞儀していた。

ボックスを離れて、歩道を街中に向かって歩いていると、影はもう長い。これからは次第に夕暮れの刻は短くなっていくのだろう。

警察署からの興奮ついでに、雨森にあんな電話をかけてしまうと、ふいに冷静さがもどってきて、自分が何かとても馬鹿なことをしているのではないかという気がしてきた。一人で相撲をとっているみたいだ。

検視官が言ったように、父のことは紛れもない自殺で、自分は一時の激昂《げきこう》で、つまらない探偵劇を演じようとしているのではないだろうか。不安が脳裏をかすめる。

子供の手を引いて歩いている母親たちらしい一団を追い抜いた。子供の甲《かん》高い声が耳に障《さわ》った。子供はキライじゃないのに。コンビニエンス・ストアの前に、自分と同年令と思われる男女がたむろしている。その連中からうんと遠いところに、自分が生きているのを感じる。たぶんもう学校にはもどらないだろうという、漠然とした予感がする。でも、それは正しいことなのだろうか。そんな反問も胸を過《よぎ》る。

進学ゼミの塾が入った、小さなテナントビルの前を横切る。看板だけが大きく目立ってそびえていて、かえってアルミサッシの窓枠の教室が貧弱に見える。受験ももう自分には関係のないことだという気がする。といって、これから具体的に何をしていいものやら、見当もつかないでいる自分に、焦燥《しょうそう》すらおぼえる。

父と暮らした家に行こう。父の部屋を覗いてみなくては。それから、伯母の家にもどって、伯母と葬儀の相談をしよう。先に伯母に葬儀社へ連絡してもらおうか。いや、伯母に面倒はかけたくない。そうだ、まず伯母の家にもどって、伯母の容体を診なくては。それから、葬儀の準備だ。病室の始末もしなくてはいけない。そうだ、かたずける事をかたずけてから、それから、何をしたらいいのか決めよう。それから、いや、その前に。……

循環する思考。道すがら何度も何度も舞子の頭の中で、いまから成さねばならない予定というやつが、繰り返された。

そうして、気がつくと、足は自然に父の家に向かっていたらしく、いつの間にか、冴草藤太郎・舞子という表札のかかった木造の小さな家の前に舞子は立っていた。

ともかく、こっちにもどってきたのだから、父の部屋を覗いてみよう。舞子は、玄関の鍵を開けて、三和土《たたき》に靴を脱いだ。それから、奥の父の部屋に向かう。

そうして、父の部屋のドアの把手《とって》に触れた時、奇妙な胸騒ぎに襲われた。

誰か、この部屋に入ったものがいる。父以外に、ここに侵入した者がある。

それが、何故わかったのか、彼女自身に理解できるまで、少し時間がかかった。

舞子は把手を引いた。特に荒らされた形跡はない。雑然としているが、父がよく籠もっていた書斎だ。書斎というほど瀟洒《しょうしゃ》なものではないが、他に名付けようもない。一歩も足を踏み入れたことのない部屋だ。その部屋の様子を何故知っていたのかというと、父は在室のときも不在のときも、常にドアを開けておくのが癖だったからだ。

そうだ。舞子はやっと理解した。ここのドアは、自分の記憶が正しければ、閉じられたことはなかったはずだ。それが、いま、閉じられていた。誰かがこのドアを閉じたのだ。どのみちこんな事を警察にいっても信じてはくれないだろう。しかし、ここに侵入者があったということは、間違いのない事実だと、彼女には思えた。

表に出ると煙が漂っていた。近所の老人が、塵《ちり》を燃しているのだ。視線があって、舞子は軽く会釈《えしゃく》した。

「ああ、珍しいね。ひさしぶりじゃないか」

この老人も父の事件をまだ知らないらしい。

「ええ、ちょっと用事があって」

「お父さんの具合はどうだね」

火かき棒で家庭用の簡易焼却炉を混ぜながら、老人はそう社交辞令で訊ねた。舞子は口籠《くちご》もった。

「はい、それが、ええ」

どう答えようかと迷っていると、老人は、ふいに小首を傾けるしぐさを見せて、舞子に向き直った。

「そういえば、昨日かなあ、女の人が表に立ってらしたが、あれは、お見舞いのお客だったのかなあ」

「え？　女の人ですか」

思い当たるふしは何もない。

「そう、オレンジ色の、帽子を被《かぶ》った人がね、そこにいたような気がしたんだけど、いやあ、私の思い違いか勘違いかも知れん」

オレンジ色の帽子の女性。……今度は舞子のほうが小首をかしげた。

3

冴草藤太郎はアルコールの類《たぐい》はまったく口にしない男であった。その代わり甘いものはけっこうよく食べたようである。そういう理由もあって、通夜の接待には、酒は出さなかった。饅頭《まんじゅう》やケーキ、クッキーにチョコレートなどを盛って机に並べ、緑茶やコーヒー、紅茶を用意した。多忙な仕事をぬって県警からは、生前に親しかった刑事などの関係者が、入れ代わり立ち代わり焼香に訪れたが、普段は口にしないであろう饅頭などを、供養だからとそれぞれ口に運んでいる姿は、舞子に、刑事という職業にある彼らの連帯の意識を強く感じさせた。

舞子の親しい友人たちも数人、セーラー服姿でやってきた。そのせいで、伯母の家で行われた父の通夜は、遺影のある居間に地味な背広と黒い腕章のいかつい刑事の集まりと、廊下を挟んだ応接間に短いスカートのセーラー服の輪が出来る、奇妙な風景を呈した。

その応接間で、

「学校どうするの？　やめるの」

友人の一人が舞子に聞いた。

「たぶん、……わからない」

舞子は曖昧に答えた。

「それはどっちでもいいけどさ。あんな学校なんて、親孝行のために通ってるようなもんだからさ。だけど、どっちにしても、私たちは友達だからね」

別の友人がいった。

「ありがとう」

「ね、ねえ、あれ出しなさいよ」

編んだ髪を後ろで結わえた、いちばん大人っぽくみえる少女が、ショート・カットの少女を促すと、ショート・カットは、鞄から掌に乗るくらいの小さな包みを取り出した。包みを開くと、携帯電話が出てきた。

「これさ、私たちからのプレゼントよ。これから、きっと必要になると思うから。趣味じゃないかもしんないけど、今どきケータイ持ってないのって、めずらしいんだから。学校やめて独りで何かやるんだったら、便利だから持ちなさいよ。私たちも応援するからさ」

「ありがとう。もらっとく」

たしかに、それは舞子の趣味ではなかったけれど、彼女たちの思いやりがこめられているのであろう、小さなアイテムを手にして、この時はほんとにありがたいと、素直に感謝した。

「私たちはさ、私たちのことを私たちで守んなきゃ、世の中なんて何にもアテになんか出来ないんだからさ」

そういったのは、舞子とともにヌード写真の一件で停学をくらった少女だ。

うん、そうかも知れない。何にもアテにはならない。いつの頃からか、自分たちはこの社会で消費されていく人種にされてしまった。この社会はモノだけでなく、女子高生という記号までも消費するようになった。自分たちがこの社会を消費するように、社会は自分たちを消費し始めた。結局のところ、彼女たちが生産しているのは、女子高生というイメージそのものである。かつて、女子高生のイメージなどというものを、当の女子高生が生産した時代があっただろうか。彼女たちはシンボライズされることはあっても、自らがその記号を生産することなどなかったはずである。しかしこの時代、この現在はそうだ。彼女たちは自らイメージを生産して、そうして消費されていく。

そんなことに気づかないほど彼女たちも馬鹿ではない。消費されるものは疲弊《ひへい》する。ならばその腐食から自分たちを守らねばならないという潜在意識は、おそらく強く彼女たちの行動を左右する。この社会に対する和解の道を何処に求めるのか、それが彼女たちの試行錯誤の日常だ。

評論家じみた御託《ごたく》はともかくとして、連絡すらしていないのに、どこで情報を聞き及んできたのか、わざわざ父の通夜にやって来てくれた彼女たちを、舞子は普段の何倍も心強い知己《ちき》であるように感じた。それは、こんな夜の特異な空気のせいでもあったろうけれど。

といって、喪主である舞子は友人たちの相手ばかりもしてはいられない。

「お嬢さん、ちょっと」

刑事らしい弔問客《ちようもんきやく》が舞子の傍に寄ってくると、舞子を祭壇のある居間の方へ誘った。

「刑事部長がいらしてまして、ちょっとご挨拶がしたいということですので」

「はい」

刑事連中が主にたむろしている居間にもどると、背が高く恰幅《かつぷく》のよい、父と同年輩と思われる男が、遺影に手を合わせているところだった。喪服のスーツのよく似合う、いかにも上級の役職についているといった印象の男性である。

焼香が終わって男はふりむくと、舞子に型通りのお悔やみを述べた。

葬儀屋に予《あらかじ》め教えてもらってある例文をつないで、舞子もそれらしい挨拶を返した。

「こちら、刑事部長の鯊倉《はぜくら》警視です」

部下らしい刑事が、そう紹介した。

「鯊倉です。冴草舞子さんですね」

「はい、そうです」

「うん、こんなに綺麗なお嬢さんがいたんだな」

鯊倉は舞子に慈しむような眼差しを向けた。その眼が潤んでいる。唇をきつく閉じているのは、冴草の無念を彼なりに思ってのことかも知れぬ。

「私はね、お嬢さん。あなたのお父さんの冴草藤太郎とは、古い親友です。同期で署に配属されたんです。あなたのお父さんは、出世には欲のない人でしたから、警部補という階級で満足されていましたが、本来なら私のように警視あたりの職にあっても不思議じゃないんです。それほど優秀な男でした」

「そうですか、父の」

「ええ、歴戦の同士というやつです」

鯊倉は内ポケットから名刺を取り出すと、舞子に手渡した。舞子は丁寧に両手で名刺を受け取ると、それに眼を通した。

「今度の冴草さんの自殺の件ですが、報道のほうに自粛《じしゅく》をお願いしてくだすったのも、この鯊倉警視なんです」

そういったのは、鯊倉の脇に坐っている先程の刑事である。

「え、そうなんですか」

舞子は顔をあげて、鯊倉をみた。

「出過ぎた真似をして申しわけない。しかし、現時点では私にできることはそれくらいです。最近のマスコミというのは、興味本位で人の死を取り上げ過ぎます。遺族の方もいらっしゃることだし、死因が死因だから、慎重にと、お願いしただけです」

そうだったのか、それで新聞にも報道記事が出なかったんだ。さすがに刑事部長の警視ともなると、バリューが違うな。舞子はあらためて警察の力を感じた。

「どうもありがとうございました」

両手を畳につくと、舞子は頭を下げた。

「でも、あの、鯊倉さんもやはり父は自ら死を選んだと、そうお考えなのですね」

こういう席でそんな質問は無遠慮なことかも知れないとわかってはいたが、思わず先に口が動いてしまった。

「そうですね。あいつらしいといえば、そうです。遺書のようなメモも残っていたことですから。あいつはね、昔から粘り強いくせに、そういう潔いところがあったんです。納得のいかないことはトコトン調べるんですが、こうと決まったら、もう曲げない。その性格が今度の件では裏目に出たというのか。私が思うのには、いままで第一線、最前線で闘ってきた刑事が、癌でのたうって死ぬのは、彼の美学のようなものが許さなかったんじゃないでしょうか」

「そうですか」

不満はあったが、これ以上は、こんな場所で論議をしてもしかたない。舞子は鯊倉に向かって、わかりましたというような顔をした。

「それでは、私は、これで失礼しますが、何か困ったことが出来たら、遠慮なくそこへ連絡して下さい。出来る限りのことはしますから。冴草とは、俺おまえの間柄だったんだから、気楽に何でもいってきてくれればいい。あなたは父上が自死されたことを納得していないと聞きましたが、不審なことがあれば、すぐに知らせて下さい。労を惜しむつもりはないから」

はい、ありがとうございます、とまた礼を述べて、舞子は玄関まで鯊倉を見送った。鯊倉が去ると数人の刑事も暇乞《いとまご》いをした。仕事の都合でか、あるいはお茶と饅頭では間がもたなかったのか、他の刑事たちも長居をする者はいなかった。

玄関からもどってくると、今度は三和土の上がりはなで、青いブルゾンの男に呼び止められた。

「お嬢さん」

「はい?」

その客も初めて見る顔である。

「これ、落としはりましたで」

男は四角い小さな紙を差し出した。

「え?、ああ、……」

男が手にしているのは、鯊倉に貰ったばかりの名刺であった。緊張していたのか、ポケットに仕舞いこんだつもりが、こんな所で落としたらしい。

「あの方、警視さんでっか。刑事部長はんか。偉い方でんな。いや、私は京都で冴草はんに世話になったことがあるもんですわ。これでも巡査、やってましたんや。今ではしがない探偵、まあ、情報屋ですわ。最近、冴草はんに連絡とろうと思うたら、もう辞めて居はらへん。警察やめて入院やいいますやろ。えろう、びっくりしとったんですわ。それが、こないなことになって。お嬢さん、気イ落としたらあきまへんで。ほな、ちょっと焼香の真似ごとだけさせてもらいまっさ」

青いブルゾンの男は名乗りもしないで、一人でそう喋ってしまうと、さっさと上がって、焼香を済まし、またさっさと帰っていった。

現警視に元巡査の探偵屋か、いろんな人とつきあっていたんだなあ、父は。そう感嘆しながら、舞子は少し疲労を覚えた。通夜の体裁は専門の葬儀屋が整えてくれたとはいえ、伯母の体調があまり芳しくないものだから、舞子一人が立ち働いていたのだ。疲れるのは無理もない。

それに気がついたのか、舞子の友人たちが、後片づけを率先して手伝ってくれた。するとまた少し元気が出た。それから深夜まで彼女たちと語らい、やがて、彼女たちも呼び寄せた一台のタクシーに便乗して帰っていった。

各々の部屋は明かりだけが皓々《こうこう》と灯っていて、襖や障子やドアが開け放されたままになっている。そんな家屋の中央に佇《たたず》むと、舞子は、撮影の終了した映画のセットの中に、ポツンととり残された俳優のような気分になった。

十月十四日はめずらしく朝から雨になった。

この年はカラ梅雨からこっち晴天が続き、夏は太陽が呪わしくなるほどの日照りで、全国的に水不足が深刻化した。八月の末に入り、不安定な気候や台風の接近でそれなりに雨も降ったが、それでも九月の半ばからは日和のよい秋の空が続いていた。

もとより身寄りなどない舞子たちである。見知らぬ、血の薄い親戚らしいものが幾人か葬儀に訪れたが、舞子にはそれが誰なのか、まったくわからないでいた。伯母に遠縁の誰其《だれそれ》と紹介されても、さしたる興味のある舞子ではなく、そうして、彼らは早々と退散し、結局火葬場で父の柩《ひつぎ》を見送ったのは、舞子と伯母の二人だけであった。

資本主義社会の生み出した見事な分業である葬儀屋という名の便利屋は、何も知らぬ伯母や舞子に代わってテキパキと業務をこなし、夜には、もうまったく元の暮らしに舞子たちは戻ることが出来た。

ところで、帳《とばり》も降りた頃、遅れてきた弔問客が一人あった。男は高岡親男《たかおかちかお》と名乗った。新米の刑事だという。

「冴草さんには面倒みてもらってましたから、署のモノにお前も行って来いといわれて、やってきました。と、いってもこの様子じゃ葬儀はもう終わりましたよね」

頓馬《とんま》なことをいう。

仏壇の前の遺影に向かって手を合わせると、こういうことは慣れていないので、ここは南無阿彌陀仏《なむあみだぶつ》ですか、それとも法蓮華経《ほうれんげきょう》ですかなどと聞く。どちらでもどうぞと、舞子のほうも無責任なことをいって答えた。

「いやあ、信じられないスよ。親っさん、いや冴草さんが自殺だなんて。まったくわかんないもんスねえ」

まるでヤクザのチンピラのような口のきき方だ。

「出張で別んところ行ってたんです。帰ってきてもうビックリです」

聞くと、父の藤太郎は、警察関係の面会、見舞いは一切お断りという触れを出したらしいのだ。だから、病院にも行けなかったと高岡はいう。

舞子は疲労がピークに達していたし、伯母の身体のことも心配だったので、この男が早く退散してくれるように願っていたが、話の相手もせずに帰すには、せっかくの弔問ゆえ心苦しく思い、ほんの社交辞令のつもりで、訊ねてみた。

「父は誰かに恨まれたりしていなかったでしょうか」

高岡は、大袈裟に手を振って、

「そんな、刑事ってのは、犯罪者を捕まえるのが仕事ですからね、そりゃあ、逆恨みってのもあるでしょうけど、そんな事いちいちかまってられないスよ。何なんですか、冴草さん、殺されたって思ってらっしゃるんですか」

そのとおりだ、と舞子は胸の内で返事した。

「冴草さんに限っては、そんなことないんじゃないかな。何しろ、仏の藤太郎って仇名があったくらいスから」

仏の藤太郎、なんだそれは、時代劇でもあるまいし。十手捕り縄の世界じゃないぞ。

「人に対しては仏でしたけど、仕事に対しては鬼でしたね。最近の刑事ってのは、サラリーマンになっちゃって、夜っぴいての張り込みなんて嫌がるんですよ。よく映画やなんかで、あんパンと牛乳で食事しながら、電信柱の陰に隠れて張り込んでたりするじゃないですか。あんなのほんとはナイですよ。最近は交代で飯食いに行きますよ。でも、冴草さんは、それやってたんですよ。自分のヤマは自分で責任を負うって態度でした」

父が昔気質なのは、いわれなくとも舞子のほうがよく知っている。おまえも最近の刑事なんだろ。そんな眼で高岡をみると、彼もそれに気づいたのか、頭をかいた。その仕種は刑事というより、営業課の新入社員といったふうだ。

「じゃあ、父を恨んでいた人は特にいないんですね」

「どうして、そんな事をお聞きになるんですか」

察しの悪い奴だな。舞子は高岡の問いには答えなかった。伯母が疲れた顔をかくして、お茶とお菓子を差し出した。

「あれですか、お嬢さんは、冴草さんが自殺じゃないって、意見だそうですね」

なんだ、わかってんじゃないか、コイツ。

「しかし、それは考えにくいですねえ。昔、冴草さんにとっ捕まった奴が、もう刑事の職を辞された冴草さんを、わざわざ病院まで出向いて、殺すかなあ」

「そうですね」

舞子も気の抜けた返事をした。

「でもね」

高岡は出されたお茶に口をつけると、

「冴草さんは、趣味でも刑事をやってましたからね」

今度は妙な事を口走った。

「趣味って?」

「いやあ、趣味というのか、あれも仕事のうちじゃあったんでしょうけど。なんスかその、お宮入りの事件を独りで調べてらっしゃいましたね」

「オミヤイリ?」

「ええ、あの、迷宮入りの事件です。未解決のままになっている事件の事件簿を引っ張り出して、あれこれ独自の調査をやってらっしゃいました。まったく、刑事の鑑《かがみ》のような方です」

ふーん、と舞子は頷く。休みの日はそんなことをしていたのか。

「あの、それで、どんな事件を調べていたんですか?」

「いやあ、それは、詳しいことは僕も知らんです。はい」

「それと、今度の自殺と、関係あると思われます?」

率直に舞子は訊ねたが、

「ないと思います」

素っ気なく高岡は返答した。

それから高岡はお菓子を口に放り込むと、モグモグいわせながら、お邪魔しましたと一言、帰っていった。変なヤツ、というより調子のいいヤツ、あれを昔の言葉でC調とかいうんだろうか。

入浴の後、伯母と二人で簡単な食事を済ますと、やや激しくなってきた雨足に雨戸の戸締りをして、二階の部屋で舞子は早めに床についた。時計を見ると九時を少し過ぎたところだ。明日、学校には休学届けを提出することにしよう。それから、ああそうだ、電話。雨森に電話をしなくては。舞子はパジャマの肩にカーディガンを羽織ると、布団から出て階段を降りた。

階下は、まだ明かりが灯っていた。伯母が、父の遺影の前で項垂《うなだ》れているのがみえた。その姿をみると、また涙が滲んできたが、そんな意気地《いくじ》のないことでは駄目だと、いい聞かして、そおっと電話のある場所へ移動した。

幸い、雨森は家にいた。べつにそんな義務はなかったけれど、舞子は葬儀が無事終わったことを報告した。雨森は舞子に労《ねぎら》いの言葉を二、三述べて、今夜は早く休むといいと進言した。会ってお話がしたいのですけどと、昨日いったことを繰り返すと、かまわなければ、出向いていらっしゃいといわれた。そこで、明日の午後、お邪魔しますと返事をして、短い電話を切った。

もどろうとすると、台所に明かりが灯っていた。伯母がナイト・キャップでも飲んでいるのだろうかと思って覗いてみると、奇妙な光景が眼に入った。

伯母が丼にご飯を山盛りよそって、そこにヤカンの湯を注ぎながら、それをスプーンで口に運んでいるのである。かきこんでいると形容したほうがよく、ご飯つぶが、頬や胸に飛び散っていた。

「どうしたの、道子伯母さん？」

舞子の声に伯母は、視点の定まらぬ眼で顔を上げた。

その顔を覗き込むようにして、再び舞子はいった。

「伯母さん？」

「……ああ、舞子ちゃん。あのね、これからは、あなたと私だけなのよね、だからね、私、しっかりしなきゃと思って、だって、ご飯まだだったでしょ。こういう時にはしっかり食べなきゃと思ってね」

伯母は脅えるような眼をして舞子をみた。あきらかにショックのせいで、痴呆の症状が出ていると、舞子は察した。伯母のそういう兆しはこれまでに全くなかったわけではない。葬儀が終わって、張られていた気が緩んだその間隙に、発作的に痴呆の症状が起きたらしい。それが老人性の痴呆症なのか、また一過性のものなのか、これからずうっと続くものなのか、舞子は判断に苦しんだが、ともかく、何とかしなくてはならない。

「伯母さん、道子伯母さん、ご飯なら、さっき一緒に食べたじゃない」

肩を抱いて、そういってみた。

「そう？」

虚ろに伯母は返事した。

「伯母さん、道子伯母さん、しっかりして、しっかりしてよ」

舞子は伯母の肩を揺さぶってみた。

スプーンが音をたてて、台所の床に落ちた。その音に、正気を取り戻したのか、伯母はハッと目覚めたような顔にもどると、

「舞子ちゃん、どうしたの？　あれ？　私、何をしていたのかしら」

そういった。

「大丈夫よ、大丈夫よ、伯母さん」

いって舞子は伯母を抱き締めたが、涙がポロポロと零《こぼ》れてくるのをどうすることも出来なかった。

「雨森せんせい、雨森せんせい……」

無意識に、雨森の名前を口走っていた。

4

教えられた住所を頼りに舞子は雨森の住んでいる家を探したが、その住所にあたるところはこんもりとした小さな林で、何度もその前を彼女は行ったり来たりしなければならなかった。

地下鉄の路線がのびて、かつては山や畑だったところが新興の住宅地になっている。新しいマンションがあちらこちらに聳《そび》え、新築の豪勢な屋敷が多くたっているが、まだ建築半ばのものも多く、そのはざまには、桑畑や竹藪、梅の林といったものが点在していた。

雨森の借りている古い一軒屋は、もとはその大屋の祖父が住んでいたのだが、住人が他界した後も壊さずに残したらしい。試みに誰か借り手はないかと募集したところ、酔狂《すいきょう》にも雨森が応募してきたのである。

たしかに緑に囲まれた一軒屋ではあった。というよりも、緑に埋もれたといったほうが正しい。外からは家屋の姿がみえないのだ。道を歩いて通り過ぎると、それはただの小さな林にしか映らない。舞子が迷ったのも無理はない。

近所の食料品店で道を訊ね、ようやっと舞子は雨森の家に辿り着いた。

玄関のインタホンを押すと、雨森の声がした。舞子ですと答えると、雨森が顔を出した。丸いサングラスに不精髭、長めにのばした髪には、白髪が目立っているが、綿シャツにジーンズという出で立ちは、四十六歳にはとてもみえないボーイズな感覚がある。

何処の国のものかわからない人形やら楽器やら置物やら、わけのわからぬものが散乱している廊下をすすんで応接に使っているらしい部屋に入ると、どうみても粗大ゴミで拾ってきたとしか考えられないありあわせのカウチが、トルコふうの絨毯《じゅうたん》の上にデンと置かれていた。

舞子には缶ジュースを、自身は缶ビールを、アンティックなテーブルの上に置くと、どうぞと雨森はそれをすすめた。舞子はいただきますといって缶ジュースのプルトップを開けた。縁側の向こうに木立がみえる。昨日の雨に濡れて緑が映えているが、何の樹かは、舞子にはわからなかった。

「いいところですね」

と、とりあえず舞子はいった。

「家賃が安いんだよ。一軒屋で七万円ぽっきりだからな。爺さんが独りで住んでいたらしいんだけど、遺言か何かで、しばらくは壊せないんだそうだ。放っておくと廃屋になってしまうので、誰かここに住んでくれる酔狂な男はいないかと捜したところ、私が引っかかってきたというわけさ」

雨森も缶ビールのプルトップを開けた。泡が少し吹き出たが、そんな事には雨森は無頓着であるらしい。ぐいっと一口、それを飲んだ。

「緑の中での生活というと、都会の者は羨《うらや》ましく思うらしいが、これで夏場は蚊の退治にたいへんなんだ。冬は枯れる樹が多いから落ち葉で埋まってしまって、まあ、人が住んでいてもそうでなくても、廃屋にしか見られないんじゃないかな。だいたい、私なんかを住まわせたのが大家の失敗だな」

雨森の話に舞子が微笑んだ。

「疲れたんじゃないか」

と、雨森は缶ビールをテーブルにもどした。

「え？」

舞子は雨森をみる。

「ごく近親だけですますって聞いたから、行かなかったけど、伯母さんと二人でけっこうたいへんだったんじゃないのか」

「いいえ、思ったよりは。葬儀屋さんがほとんどやってくれましたから」

「ああ、そうか。最近はそうだね」

「でも、伯母はやっぱり心労が重なったのか、ちょっと具合を悪くしました」

「うんうん。お幾つだったっけ？」

「還暦なんです」

「というと、六十歳か。でもいまどきの六十はまだまだ若いよ」

雨森はビールに手をのばす。

「そうなんですか」

「最近は年令も七掛けで換算するそうだ。そうすると、私なんか三十二・二歳だよ。君は十六だったから、うーんと、十一・二歳が実年令だな」

「先生の三十二・二歳は分かるような気がします。でも、私はもう少し大人ですよ」

「いやいや、十一歳でも女性は大人の部分を持っているからな。役者にはそういう子役がいっぱいいるよ。なんというのかな、オマセというのかな」

「どうして年令の七割りなんですか？」

「結局、平均寿命が延びたのと、食生活やらの栄養の点で、実質若くなったんだろうな、明治大正あたりに比較すると」

「へーえ」

野鳥らしい声が縁側の外に聞こえて、その影が木々の間を飛ぶのがみえた。

そろそろ、本題にいってもいいかな、と舞子は考えていた。

「昼間のビールは美味いんだよな」

いいながら、雨森は缶ビールを飲み干した。

「あの、それで」

いいかけた舞子を片手で制すると、雨森がまずこういう提案をした。

「まず、私のほうからいうことがある。その一、私のことを買い被らないこと。私はみかけ倒しだからね。その二、危険に近づくような真似には同調できないし、協力できない。それが危険だかどうだかはわからないところだけれど。さて、さあ、君の話を聞こう」

その一については、もちろん雨森の謙遜でしかないと舞子は無視した。その二については、ひょっとすると、そういう運命が待っているのかも知れないが、それはそれで覚悟は出来ている。残念だけど、その忠告も無視。

「父は十月十日夜半、入院中の病院の屋上から、飛び下り自殺しました。脳挫傷、各部骨折、内蔵破裂による即死と認められました。死因はそれでもいいんです。私に不満が残ったのは、唯一点、それが自殺であるという当局の判定です。それを、私はどうしても認めることが出来ないんです」

「身内の心理としてではなくてですか」

「はい」

「何か、それについて確証があるの」

「確証は、ないです。証拠はないんです。でも、私の直感とそれからもっと理性的なものが、父の死を自殺と認めないんです」

「直感に理性か……」

「これは、おっしゃるように身内の心理というやつかも知れませんが、父は自殺をするようなタイプではないんです。警察のいい分では、父に自殺を決意させたものは、癌告知であったということです。事実、父は大腸癌を告知されました。ただし、それを恐れて死んだというふうには当局もいってはいません。見苦しい死にざまをみせたくなかったから、まるで武士のように自ら命を絶ったのだろうという見解です。これは、一見もっとものように思えますが、私はそうではないと思うんです。私は、あの父なら、癌を生きてみせたと思うんです。最後まで仕事をやったろうと思うんです。もちろん、警察のほうは退職していましたが、個人的に何か迷宮入りの事件の調査をしていたようです」

「遺書はなかったのかい」

「らしいものがあったんです」

「らしいものって」

舞子は手帳を取り出すと、あるページを開けて雨森の前に置いた。

「ここです。これはもちろん、実物じゃありません。私がメモしたものです」

雨森は手帳を手にした。

「『残念だが事実であると認めざるを得ない』……これだけ？」

「ええ、そうなんです。それが、最後の夜、父のベッドの脇のサイド・テーブルに残してあったんです。たしかに筆跡は父のものでした。それは鑑定の結果もそうです」

「残念だが、事実であると認めざるを、得ない、か。癌告知を受けた人間の心情を吐露したものだと、警察はみたんだ」

「そうです。父の友人で刑事部長の鯊倉警視も、そうおっしゃってました」

雨森はもう一度丁寧に手帳を読むと、舞子の手にそれをもどした。

「でも、結局、警察としても、それだけの根拠しかもっていないんです」

強く、反撥《はんぱつ》を主張するかのように、舞子はいった。

「と、いうことは、舞子くんは、父君の死を……」

雨森にみつめられて、舞子は瞬時ひるんだが、自分の考えを曲げることは出来ない。

「他殺、殺されたんだと思います」

毅然とした眼差しで断定した。

雨森は立ち上がって、顎の不精髭を撫でながら縁側まで歩むと、小首をかしげるようにして舞子に振り向いた。

「しかし、他殺を立証する証拠、あるいは何か理由のようなものはあるのかい。いや、君の話を聞いていると〔父君の死は自殺とは認められない。然るによって他殺だ〕という、非常に単純な論理なんだけれど、父君が殺されねばならなかった原因は何なんだい」

暫し、舞子はうつむいて無言であったが、やがてハッキリと雨森に顔を向けた。

「それを、私、捜すつもりなんです」

また野鳥が鳴いた。今度は雨森が庭を向いて沈黙した。

「いいですか、話して」

その背中に舞子はコトバを向けた。

「あ、うん、いいよ」

「まず、その夜、父はベッドの毛布を羽織って屋上に行っているんです。これから死のうとしている者が、そんなことをするなんて、変だとは思いませんか」

「うーん、それはいささかコジツケ気味だな。たかが毛布を羽織るということだけだからな。無意識にそうしてしまう場合だってあるだろうしね。君の父上の場合は、そうであったかも知れないし、そうでなかったかも知れないというやつだ。どちらともとれる」

「ええ、でももし、死ぬ覚悟をして、それなのに、毛布を羽織っていったとしますよね、そうしたら、ほら、よく自殺者が飛び込む時に靴やら履物を揃えたりしますよね。そんな感じで、毛布だって、折り畳んでおいたと思うんです。それが、手すりに引っ掛かっていたといいますから、やっぱり変でしょ」

それもまたコジツケに近いと雨森はいおうとしたが、この少女の陳述をことごとく否定する理由もなかったので、それについての意見は述べなかった。

「自殺するつもりじゃなかったというと、じゃあ、いったい父君は何のために夜中に、屋上なんかに出向いたんだい」

「それは、そこが、よくわからないんですけど。でも、自殺するなら、飛び下りるなら父の部屋は七階ですから、そこのベランダからでも出来ます」

雨森はもどってくると、ソファに身体を沈めて、苦い顔をしている。

「そういう事は、警察でもいったの」

「はい」

たぶん父の死を自殺と認めたくないだけの理由で展開されている屁理屈と、警察当局はこの少女の陳情を判断したのだろう。雨森はそう推測した。

舞子は唇を噛むようにして、いっとき俯《うつむ》いたが、

「あの、いってない事もあります」

身を乗り出す気配で、そういった。雨森は興味深そうに舞子をみる。

「実は、一昨日、実家の父の部屋に入ったんです。私は実家と伯母の家と、両方を行ったり来たりしながら生活しているんですけど、父の部屋に入ったことは一度もないんです。そうしたら、誰か侵入した者があった気配がするんです」

「泥棒？」

「かも知れません。でも、何がなくなっているのか、私にはわかりません」

「荒らされていたってこと」

「いいえ、ドアが閉じられていたんです」

雨森はよくわからないという顔をした。

「つまり、こうです。父は在室している時もそうでない時も、どうしてなのか、ドアを開けたままにしておくんです。癖なのか、何なのかよくわからないんですけど。そのドアが閉まっていたんです。私、妙な胸騒ぎがしました」

盗まれたモノがあるのかないのか不明だとなると、その件も当局は問題にしないだろうと、雨森には思えた。

舞子はもう一つ、近所の老人がみたオレンジ色の帽子の女性というのも、いおうかと思ったが、セールス・ウーマンか何かの勧誘の人だという場合もあるから、ここでは黙っていた。

「うーん。根拠が薄すぎる。君の父君の死が他殺だとすると、それは怨恨《えんこん》や強盗から、行きずりの殺人まで、いろんなケースが考えられると思うよ。しかし、警察が介入し、鑑識や法医が調査して、その線がないと判断したのだから、その夜父君が何者かに突然襲われたとか、争ったとかはなかったとみていいんじゃないかな」

「でも」

舞子は一瞬気色《けしき》ばんだ表情になったが、それがすがるような眼つきになって雨森に向けられた。

「まあ、待て待て、わかった。君の気持ちは充分理解してるさ。実はね、事情があって、私は君のお父上を二度ばかりお見舞いしている。事情といっても、たいしたもんじゃないんだけどね。それで、君を喜ばすわけではないが、ほんとにそのつもりじゃないんだけども、その時の冴草さんの話によると、えーと、こういうふうに表現されてたかな。うーん、〈犬のように嗅ぎ回っていますとね、棒で追われることもありますよ。つまり、邪魔なんですね。私の命を狙っているヤツだっているかも知れません〉こんなふうだ」

舞子の眼が一転して輝いた。うん、そうなんだ。そうなんですよ、雨森先生。やっぱりわかってくれてるじゃないですか。そんなふうに舞子の眼が語っている。

「雨森先生が父を見舞って下さったなんて、知りませんでした。父は何もいいませんでしたから」

「手紙をいただいたんだ。何なら、読ませてあげようか」

「ええ、お願いします」

「それからね、君が今日来るっていうんで、私が見舞いに行った時に君の父上とどんな話をしたか、ざっとまとめて書いておいたんだ。読んでみるか」

「ええ、ぜひ！」

舞子は思わず立ち上がった。

「まあまあ、ちょっと待っててくれ、いま取ってくるから」

雨森は書斎らしき部屋に消えたが、すぐにもどって来た。手に封書と原稿用紙の束と、缶ビールを持っている。

立ったまま封書と原稿用紙のほうを舞子に差し出して、自分はビールのプルトップを押し開けた。

舞子は封書と原稿用紙を受け取ると、

「いまここで、読んでいいですか」

興奮しながら、そういった。

「いいよ。私はビールを飲《や》っているから、気にしないで読みな」

「お忙しいのに、こんなものまで作っていただいて、すいません」

「いいさ。私だって四六時中仕事をしているわけじゃないんだから」

雨森は縁側に腰を下ろし、舞子に背を向けた恰好で、缶ビールを飲み始めた。

舞子は、まず父から雨森に宛てて書かれた書簡に眼を通し、それをテーブルに置くと、次に原稿用紙を手にとった。『冴草藤太郎・雨森慎介会見記』と黒いインクでタイトルが書かれている。その最初の一枚を、慎重に、大切そうな手つきで原稿の一番下に送る。

野鳥がまた樹木のあいだを飛び、ひときわ高い声で鳴いたが、舞子の耳には入らなかった。

二　ふたつの『竹生島心中《ちくぶしましんじゅう》』

1

深夜に及ぶ仕事から神経を休めるために飲む酒の量が祟ってか、雨森は最近ずいぶんと早くに眼が覚めるようになった。およそ三時に就寝するのだが、八時前後にはもう浅い眠りの中で夢をみているのである。そうすると、すぐに目覚めがやってくる。

深酒はノンレム睡眠というやつを急激に誘い、ストンと落ちるように脳が眠ってしまうらしい。それからレム睡眠までが、また急なのだ。つまり、飛行機で急降下し急上昇するといった具合で、眠りのパターンというやつがいつの間にかそんなふうになってしまったらしい。これはあまり褒められたものではない。しかし、長年の仕事の習慣というやつは、そう簡単には改まらない。いくぶんかは年令のせいもあるに違いない。歳をとるということはこういうことなのだな、と、雨森は思うようになっていた。

いずれにせよ寝起きの気分はあまり良くない。それがせいで、雨森は最近目覚めると朝食を外の喫茶店でとるようにしていた。独りで家にいるよりは多少なりとも、気が紛れるからである。それが発展するかたちで、近所を散歩するようになった。

彼の住んでいるところは、いわゆる新開地だ。まだあちこちに緑があって、河川がある。野鳥や渡り鳥の類もウオッチングすることが出来る。これで、ジョギ・パンでもはいて走れば立派なトレーニングなのだろうけれど、雨森にはそういう趣味はない。ともあれずいぶん安上がりの健康法でもあったわけだ。

九月十五日の朝、といっても昼近くのことである。日課にしている散歩からもどった雨森慎介は、それもまた習慣となっているのだが、いつものように郵便受けから郵便の類を複数取り出した。書籍の案内広告やら、原稿料の支払い明細に交じって、葉書が三通、書簡が一通入っていた。葉書のほうは何れも他愛のないものばかりだったが、書簡は差出人が冴草藤太郎となっている。見慣れない名前だ。さて？　と首をひねりながら、慎介は封をきった。

文面を全て読み終えると、もう一度封筒の裏の差出人の名前を見る。冴草舞子の父親か。あの娘には、こういう父親がいたのか。けっこう複雑な環境に生きてきた、そういう時間の蓄積が、表情や仕種に垣間みられ、それは俳優という資質としては逆に優れているところとなって表出されるものであったから、初めて芝居というものを経験するにしては、確かに眼をひくものがあった。将来、モノになるのなら彼女くらいだろうと、俗な言葉でいうならば、眼をつけていたことは事実である。その父親から手紙がくるとはよもや、思ってもみなかった。

十日に行われたワーク・ショップ優秀作一般公開公演は盛況好評だった。舞台に携わった連中にしてみれば、感動のうちに幕を降ろしたというところだろう。当の舞子からも、先達《せんだつ》て若い人らしい心情を吐露《とろ》した手紙が届いたばかりだ。雨森も自分の仕事についてはほぼ満足していた。

雨森は冷蔵庫からライトビールを取り出すと、それを飲りながら、もう一度冴草藤太郎からの書簡に眼を落とした。

職を辞したとはいえ、元刑事とは面白い。これは親バカなのだろうか、それとも、文面にあるごとく上演された『竹生島心中』に興味をおぼえたのだろうか。何れにせよ、後学のために話を聞くのも悪くはない。相手は入院の身であるのだから、やはりこちらが出向かねばならないだろう。向こうがじっとしていなければならないとなると、慌てることはないと思うが、容体はどうなのだろうか。「腹が悪い」とあって、再入院とあるから、ひょっとすると悪性の病気かも知れない。そうであるならば、あまりのんびりも構えていられない。差し当たって仕事といえば、雑文が二、三あるだけだ。それを片づけて、見舞いに参上するとしよう。雨森はそう決めた。

結局、その雑文に思いの他てこずってしまい、雨森慎介が冴草藤太郎の入院先に見舞いに訪れたのは、その月の二十日になった。

県立第一病院は昭和三十年代に建てられたものだから、県下では最も古い部類に入る。二年先には新築建て直しになるという記事を県政広報で読んだような記憶が、雨森にはあった。そんなガタのきている病院に入院するとは、冴草藤太郎というのも酔狂な男だなと、雨森は思った。

何度か改築、増築がされた跡が見受けられるとはいうものの、壁やら階段やらは、時代がかってそのまま映画のセットにでも使えそうなくらいだ。患者を他の近代的な新築の病院にとられてしまって、空き部屋が多いということが、冴草がここを選んだ理由かも知れない。

とはいえ、医者の水準が低いというわけではない。内視鏡開発に尽力した偉い先生がいたり、循環器外科の権威として有名な医者もいると聞いている。

雨森は七階の廊下を進み、くすんだ窓ガラスを横目に見て、各部屋の入口に掛けられた名札を確かめながら、やっと冴草藤太郎の病室をみつけた。名札は二枚入るようになっていて、実際には冴草のものしか入っていないところをみると、二人部屋に一人でいるのだろう。そのほうが何かと都合がいい。気兼ねなく話ができる。雨森はドアをノックした。

「はい、どうぞ」

少ししゃがれてはいるが、しっかりとした声が中から聞こえた。

雨森がドアから顔を覗かせると、冴草はそれが誰なのかわからなかったので、一瞬虚をつかれたような顔をした。それから、刑事という職業で染みついた長年の癖というやつだろうか、しきりに眼球を動かして、雨森を観察し始めた。

「雨森慎介と申します。お初におめにかかります。お手紙をわざわざどうも」

そう雨森が挨拶をすると、冴草は、「ああ、ああ」と膝を打って頭を掻《か》いた。

雨森は、冴草藤太郎に対して、もっとガタイの大きな、厳格な表情の人物をイメージしていたのだが、実際の冴草藤太郎は、小柄で穏和な感じのする初老の男であった。長くのびた髪は殆ど白い。不精髭《ぶしょうひげ》もまた白いものが多かった。

冴草は寝間着の乱れを直すと、

「どうも、これは、わざわざ。いや、本当に訪ねてきて下さるとは思っていませんでした。恐縮です」

そういって、雨森に隣の空きベッドにでも腰掛けるよう勧めた。

雨森はいわれるままに、そのようにした。

「本来なら、私がねえ、ご挨拶に伺わなくてはねえ、いけないところなんですが。いやあ、もう根っからの無精者でして、あの日はもう真っ直ぐに帰ってきてしまいました。どうも、わざわざすいません」

照れ症なのか、人見知りをするのか、冴草は雨森には直接視線を向けることはなく、時々チラリと雨森をうかがうようにして、そんなふうに話した。

「いえ、ほんとうならば、もっと早く来れたんですが、ちょっと原稿に手間取っていましたから」

雨森もぎこちなく、そういった。

「お忙しいんでしょうねえ」

「ええ、御陰様で、貧乏暇なしといったところです」

「ああいった、舞台の脚本がお仕事なんですか」

「概ね、そうです」

「それで、食っていけるんですか。いや、失礼なことをお聞きして申しわけないですが」

「ええ、何とか。殆どは東京の仕事ですが」

「ああ、ああ、そうですね。何も、ここだけで仕事しなくていいんだ」

「ええ、パソコンと電話とファクシミリがあれば、実際に出向かなくても済みますから」

「そうか、そうか。いや、便利になりましたね。ああ、お茶をお出しするのをうっかりしていました」

「いえ、おかまいなく」

「いや、お茶といいましてもね、ティー・バッグなんですよ。これが簡単なものですから。そうしましたら、娘が、いろんな種類のお茶を持ってきてくれましてねえ。何ですか、その、えーと、オリーブじやなかったな……」

「ハーブ・ティーですか」

「おう、それ。まさしくそれです。これがけっこうイケルんですな。と、いっても、私には何がどれなのか、分かりませんから、その、適当に入れてよろしいですか」

「はい。私、やりましょか」

「いえいえ、こんなもの、簡単ですよ。こうして、カップにいれて、お湯を注げばオーケーです」

冴草はポットからカップにお湯を注ぎ、湯気のあがっているハーブ・ティーを雨森に差し出した。

「熱いですよ」

雨森は受け取ると、ベッドの傍《かたわ》らにそれを置いた。

「香りがいいですな。いやあ、最近はいいお茶がありますな。私らは署にいました頃は、もう番茶しかありませんでしたから」

冴草は、お粥でもすするように、フーフーと息を吹きかけて茶を冷ましている。雨森もハーブ・ティーを口に運んだ。

「こういうお茶は私には初めての経験だったのですが、初めてといえば、観せていただきました芝居というやつも、恥ずかしながら初めてでして、いやあ、歌舞伎などは昔に何度か観たような思い出もありますが、ああいった芝居はもうまったくの初めてです。あれはその、新劇というのでしょうか」

「いや、新劇というのではありませんね。といって特に称号のある演劇でもないんですが、さあ、どういえばいいんでしょうねえ。ちょっと困りますね」

「新劇というのと、何処が違うんでしょう」

「たいした差はないでしょう。ただ、新劇というひとつの演劇の歴史を汲むものではありません」

雨森にしてみれば、日本の演劇史をここでレクチャーする気は毛頭なかった。

「そうですか。いやあ、私のような素人には、わかりません」

「でも、たいへん興味を持っていただいたようですね」

「ええ、ええ。いやあ、親バカでいうのも何ですが、娘があれだけ立派にやるとは思ってもみなかったです。化粧のせいでしょうか、こういっちゃ何ですが、娘がえらく美人にみえたんです」

「それは化粧のせいではありません。僕は役者にはあまりメイクをさせないんです」

「ほう、それはどうしてですか」

「自然のままが好きなんです」

「なるほど。自然のままですか」

「メイクアップを施すと、表情が汚くなるような気がして、嫌なんです」

「じゃあ、娘もけっこう美人なんですねえ。あれが地のままだとすると」

「お世辞でいうんじゃありませんが、娘さん、舞子さんはちょっと稀な素質を持ってらっしゃいますね。天性の俳優、というか、たしかに舞台に上がった時の表情がいいんです。映えるんですね。それは外からくっつけたものじゃない。内面から滲み出てくるものだと思います」

「そうですか」

藤太郎は相好を崩して、白髪をかきあげた。子供を褒められるということは、どんな親にとっても嬉しいことらしい。

「耳にはさんだだけですが、ずっと彼女はお父さんと二人暮らしですか」

「いやあ、それはもう、私は父親としては大失格な男でしてねえ。あれが幼い頃は伯母に預けっぱなしで、それからも、あれはこっちの家と伯母の家を行ったり来たりの生活でした。親らしいことをしてやったのは、ほんとにこれっぽっちもないんです」

「母上はお亡くなりですか」

その雨森の質問には、藤太郎は首を横に振った。

「それが、お恥ずかしい話でしてね」

それから、ぼうっと病室の天井に眼をやっていたが、溜め息のようなものをついて、ハーブ・ティーを一口飲んだ。

「あれが二歳の頃ですか、急に母親、これは令子と申しますが、これが、蒸発しまして。……まあ、ハッキリ言ってしまえば、私どもは捨てられたということなんでしょうかねえ。つまり、居なくなってしまった。消息不明ですねえ。いや、これも仕方のないことといえばそうなんです。だいたい私がみんな悪い。何もかまってやりませんでしたから。私と令子とは見合い結婚なんですが、あれは私が三十九歳、令子が三十歳の時でした。いまではそれくらいの年令の結婚というのは普通なんでしょうが、当時はいわゆる晩婚でしたねえ。高齢出産になるからというので、早く子供が欲しいとか申しまして、舞子が生まれたのが、次の年でした。私は四十歳です。四十過ぎといえば一番仕事が面白い時期でしてねえ、令子というのは、これは私がいうのも何ですが、都会育ちの美人でした。何で私なんかのところに嫁に来たのか。友人の紹介だったんですが。……一応、捜索願いというやつは提出しましたが、あれはね、世間のひとが思っているように、すぐに捜してくれるってもんじゃないんですよ。身元不明の死体なんかがある場合に照合するというか、その程度のもんですから。不憫《ふびん》といえば、不憫でしたねえ。いや、その、舞子がですよ」

「そうですか。そういう過去というか、ハンディのようなものを舞子さんは背負ってるわけですね」

いわれてみると、舞子が時折みせる、何かに耐えているような淋しい表情の理由が、よくわかる気がした。幼い頃から培われてきた彼女の資質なのだ。

「雨森さんはお幾つでしたか」

「昭和三十五年ですから、四十六です」

「そりゃ、奇遇だなあ、いなくなった令子と同い年ですね」

「そうなりますか」

「御出身は？」

「滋賀県です」

「ほうほう、滋賀ですか、それであれですか、竹生島のことを」

「『竹生島心中』ですか」

「ええ」

「まあ、特にそうだからということでもなかったんですが、他に適当な場所が思い当たらなくて」

「そうすると、あそこでほんとうに心中事件のあったことは、御存知じゃないんで？」

「ああ、お手紙にちょっとあった、アレですね。ええ、それは、話には聞いたことはありますが、別にそれに取材したとかいうことではありません。あれは全部、想像による虚構ですから」

「そうですか」

「ところでその、ホンモノのほうの事件の話を、ぜひ、今日うかがおうと、そういう魂胆もあっての見舞いなんですが」

雨森が微笑むと、

「いやあ、作家根性というやつですな」

藤太郎も白い歯をみせた。

「そんな大袈裟なもんでもありませんが。好奇心というやつです」

「そうですか」

冴草藤太郎は軽く腕組みをした。

と、ドアがノックされて看護婦が入ってきた。午後の定期的な検診なのだろう。検温、食欲や便通の具合など、看護婦の事務的な質問に藤太郎はこれも、日課をこなしているといった素直な調子で答えていた。

やがて、看護婦も去り。……

「あの事件はですね、未だに私の中では解決をみていないんです」

藤太郎は、ぽつりぽつりと、実際に自分が遭遇した『竹生島心中』事件を語り始めた。

『竹生島ハ笙《しょう》ノ如《ごと》シ……島の姿は見る方向によって異なるが、水面から塔状に浮かび立ち、狭い土地に樹木の多い島の形が、つぼの上に長短一七本の竹管を建てた笙に似ていることからそういわれる。島は滋賀県東浅井郡びわ町の湖岸から約六キロのところにある。周囲二キロ、面積〇・一四平方キロメートル、全島花崗岩から成る。

島の地名は「神を斎（いつ）く島」に由来する。古来より人々の厚い信仰を集めた島であった。（中略）島の周囲は断崖だが、南東部に唯一船着場がある。降り立つといきなり勾配の急な石段があり、数えること一六五段。登りつめたところに宝巌寺《ほうがんじ》弁天堂《べんてんどう》がある。（中略）厚い信仰を受けた島は、不思議な魅力を持ち、その沈影は琵琶湖八景の一つに数えられる。平家物語や謡曲「竹生島」にも美しい島、霊力のある島と歌われ、千年を経た今日でも、島はロマンと神秘のベールに包まれ、人々の心をひきつけてやまない』（滋賀県びわ町観光協会発刊・竹生島より）

竹生島という名前から、島には竹でも群生していそうな印象を受けるのだが、そういうわけではない。竹も少しならないことはないが、島の名前の由来とは関係ない。もともとは、『斎部島（いつくべのしま）』と称されたらしい。これは、神を斎く、つまり心身を清めて神にかしずく者の島という意味になる。チクブシマはイツクベノシマの語の変化に由来しているのである。

郵便はがき

料金受取人払郵便

牛込支店承認

2003

差出有効期間
平成22年4月
30日まで有効
(切手をはらずに
お出しください)

162-8790

東京都新宿区市谷台町
四番一五号

株式会社小峰書店
愛読者係

ご愛読者カード 今後の出版企画の参考にいたしたく存じます。ご記入の上ご投函くださいますようお願いいたします。

今後，小峰書店ならびに著者から各種ご案内やアンケートのお願いをお送りしてもよろしいでしょうか。ご承諾いただける方は，下の□に○をご記入ください。

□ 小峰書店ならびに著者からの案内を受け取ることを承諾します。

・ご住所 〒

・お名前 (歳) 男・女

・お子さまのお名前

・お電話番号

・メールアドレス(お持ちの方のみ)

ご愛読ありがとうございます。
あなたのご意見をお聞かせください。

この本のなまえ

この本を読んで、感じたことを教えてください。

この感想を広告等、書籍のPRに使わせていただいてもよろしいですか?
（ 実名で可・匿名で可・不可 ）

この本を何でお知りになりましたか。
1. 書店　2. インターネット　3. 書評　4. 広告　5. 図書館
6. その他（　　　　　　　　　　　　）

何にひかれてこの本をお求めになりましたか？（いくつでも）
1. テーマ　2. タイトル　3. 装丁　4. 著者　5. 帯　6. 内容
7. 絵　8. 新聞などの情報　9. その他（　　　　　　　　　　　　）

小峰書店の総合図書目録をお持ちですか？（無料）
1. 持っている　2. 持っていないので送ってほしい　3. いらない

職業
1. 学生　2. 会社員　3. 公務員　4. 自営業　5. 主婦
6. その他（　　　　　　　　　　　　）

ご協力ありがとうございました。

周囲が二キロという小ぶりの島ではあるが、これは琵琶湖では沖の島についで二番目に大きい島になる。重要文化財に指定されている建造物や、神社仏閣、巡礼の札所《ふだしょ》もあり、信仰や観光を目的に多くの人々がここを訪れるのだが、ここが、普通の観光地と異なっている点は、旅館やホテルの類が皆無であるということだ。遊覧船は四時五十分を最終にここを去る。そうすると、土産物屋も店をたたみ、各々の船で帰っていく。若干の寺僧を除けば、夜は人の気配はない。古来より、この島の夜は「神の国」とされて、夜、人はここに立ち入ることを許されてはいないのである。

周囲はたしかに断崖になっている。水深は、琵琶湖では最も深い。四半世紀も前は水の透明度も高く、岸辺の浅い所なら水底まで肉眼でそれをみることが出来た。この北東岸に小嶋《こじま》と呼ばれている小さな島があり、その辺りを中心に島の北部から北東部にかけて、サギやカワウのコロニー（集団繁殖地）が形成されている。

一組の男女の水死体が発見されたのは、まさにその地点であった。

昭和五十八年八月八日、コロニーの観察に訪れたK大学の教授と学生が、水中に漂う死体を発見、すぐに最寄りの警察署に通報した。死体は扱《しご》きの腰帯で互いの胴体を結び、浮かぶというのではなく、海草のように水中に揺れていた。

消防団員らの協力によって引き上げられた後、死体はびわ町の保健所に運ばれ、監察医によって司法解剖された。水温が低かったせいか腐敗はさほど進んではいなかったが、漂母皮《ひょうぼひ》（皮膚の角質層の厚い部分、手のひらや足の裏などが白くふやけて皺ができる）が進み、死斑《しはん》、硬直の状態、死体の温度などから判断して死後三日くらいを経過、年令は男女とも三十歳前後と推定。その後、死体に不審な点ありと判断され、殺人事件の可能性が生じてきたので、さらに裁判所からの許可を待って、再度解剖された。この事件の捜査を現場で担当したのが、当時巡査部長の階級にあって、愛知県警から滋賀県警に出向していた冴草藤太郎である。


「不審な点というのは、何だったんですか」

それまで、黙って冴草の話を聞いていた雨森が、初めて口をはさんだ。

「それはですねえ、男のほうは確かに溺死《できし》なんです。水を飲んでおるわけです。しかし、この男のほうもちょっと妙なところはあったんですがねえ。と、いうのは、頭の皮下にちょっと出血があったんです。そうひどいものではないけれど、硬膜外血腫《こうまくがいけっしゅ》というふうに専門家は呼びますが、そういうものがあったんです。これが、断崖を落ちる時に頭蓋骨を打撲して生じたものなのか、それともその前についたものなのか、それがハッキリしないわけなんです。しかしながら、とりあえずこの者は水を飲んでいるところから、一旦は気絶したにせよ、その後溺死したことに間違いはない。ところが、女のほうはというと、溺死じゃないんです」

「それは面白いですね。水死体であるのに、溺死じゃないなんて」

好奇心からか、雨森は身を乗り出すようにして、冴草の次のコトバを待つ。

「ええ、と、いうことはね、女はまったく水を飲んでいなかったんです。これは釈迦に説法かも知れませんが、水を飲むといいましても、胃に水が溜まっているわけじゃないんです。肺ですね。左右の肺が膨らんでいて、毛細血管にプランクトンなんかを検出すると、ああ、水を飲んでる、溺死だと判定するんですが、女の場合そういう徴候はなかったわけです。つまり、死んでから水に入れられたというわけです」

「じゃあ、何で死んだんです」

「毒ですね」

「毒。……」

藤太郎はゆっくりと頷いた。

「青酸カリです。シアンというやつですな。これが、その女性の奇妙なところから検出されたんです」

「奇妙なところ」

「シアンというのは、あれは、青酸ガスとなって粘膜吸収されるので、それで中毒死するわけです。つまり、人間の酸性のところに用いなければ駄目なんです。化学変化しないわけですねえ。注射したって死にやしません。人体において酸性のところというと、大抵は胃ですな。ペーハー1っていいますから、これは強酸です。ですから、飲ませればそれですむんです。ところが、解剖の結果、それが女性の膣から検出されたんです。監察医に聞いてみたんですが、それでもいいんだそうです。女性の膣というのは、酸性なんですすね。つまり、その女性を死へと誘った者は、女性の膣にシアンを挿入したんですねえ」

「そうすると、殺人ということですか」

冴草は首を振った。

「いえいえ、この情況で判断するなら無理心中といったほうが妥当でしょう。つまり、心中を計って男は女とともに竹生島にやってくる。最後の遊覧船が出るのを待って島の北東部へと女を誘う。島には寺の僧がいるばかりで他は誰もいない。北東部はもう何もない、うっそうたる森林ですからねえ。そこで心中を決行しようとしたが、女がこれを拒否した。男は仕方無く、薬を使った。で、女が死ぬのを見届けて、一緒に崖から飛び込んだと、もし無理心中を考えるならこうなるわけです」

「何故、シアンを膣なんかに入れたんでしょう」

「ええ、これは憶測なんですが、女がですね、男の魂胆を見抜いたとしますね。そうすると、簡単に男のすすめるものを口に入れたりはしないでしょう。用心するわけですよ、毒を盛られるんじゃないかと。

ところが、男が作戦を変更して、じゃあ、心中はやめよう、ところでこんな所でたった二人きりなんだから、事のついでにすることもないから、愛しあおうと提案したとしますね。そうすると、口移しでシアンを飲ますわけにもまいりませんから、指で下腹部をまさぐるふりをして、膣へシアンを挿入したという可能性があるわけです。問題はですね、この男のほうが、シアンが酸性部分で化学反応を起こして青酸ガスを発生するというメカニズムを、どれくらい知っていたかということです。知っていて女の膣にこれを挿入したのか、ともかくも体内に入れればいいだろうという程度で、それを実行したか」

「男のほうは何故、自分もシアンで死ななかったんでしょうね」

「現場検証ではシアンは発見できませんでした。遺留品にはシアンはありませんでした。ということは、女に使ったシアンが全部で、男は自分の分がなかったとも考えられます。しかし、雨森さんのいまの疑問は私も感じたことなんです。私は、どうもこの男の頭の損傷と、女がシアンで殺されているという二点が、まず気になったんですねえ」

「無理心中じゃないのではないかと、お考えになったわけですね」

「そうです。それと、入れ墨」

「イレズミ?」

「ええ、女のほうの二の腕、ここんところですね」

と、藤太郎は寝間着の腕をまくってみせた。

「ここのところに、『けんぞうぃのち』という平仮名のタトゥ、入れ墨が入っていたんです。はっきりとではありません。ぼんやりとした痣《あざ》のようなものです。明らかに人為的にそれを消そうとした痕跡がみられました。検屍《けんし》の科学兵器が、薄く残っている入れ墨を再現することに成功したんです。コンピュータというやつは、なかなかスゴイもんですねえ。いまでこそ、検屍にコンピューター解析を用いるのは、普通になりましたが、当時はK大学のほうへ依頼したことを憶《おぼ》えております。まあ、入れ墨をするような女ですから、注射のアトも太股の内側にみつかりました」

「注射というと、あれですか」

「でしょうね。これはのちにハッキリします」

「その『けんぞう』というのが、心中の相手の男の名前ですか」

「いやいや、相手の男の身元は遺留品ではっきりしています。古田《ふるた》重雄《しげお》というのが、男の名前です。昭和五十六年に京都で行方不明になって、捜索願いが出ています。妹さんに死体の写真や、遺留品を確認してもらいましたが、本人であったようです」

「そうすると『けんぞう』というのは、何なんですか」

藤太郎は、ベッドのマットの下に手を入れると、煙草を取り出した。

「御法度《ごはっと》なんですが、隠れて時々吸っております。看護婦もしばらくは来ないでしょうから、大丈夫でしょう」

痩せた指で一本抜き取ると、それに火をつけた。

「実は、私はそれと同じような入れ墨を見たことがあるんです」

吐いた煙がクルクルと渦巻いて、天井に走っていく。

「昭和五十六年の八月です。つまり古田重雄が行方不明になった年です。京都で、ある殺人事件があったんです。被害者の男の名前が檜垣健三《ひがきけんぞう》といいました。とある暴力団の下部組織のヤクザです。その男のやはり二の腕、同じところに同じ文字で『たまりいのち』という入れ墨が入っていたんです。注射のあとも確認されています。覚醒剤の常習者だったようです。私は当時は京都の警察におりまして、といっても私どもは地方公務員ですから、竹生島の事件の時と同様、いっとき近県にトレードで出されていたということなんですが、その事件の捜査班に偶然、配属されていたんです。ですから、その入れ墨はよく記憶しているんです。そこへきて、被害者の死因はシアンによる中毒なんです。檜垣は通い妻らしい女がいたらしいのですが、姿は見当たりませんでした。消息不明です。私は非常に因縁めいたものを感じました。どちらの事件にも偶然とはいえ、出向していた私が捜査に関与しているんですからね。いったいこれは、どういうことなんだろうと考えましたよ」

藤太郎は煙草を花瓶に投げ捨てた。

「すると、こういうことになるわけですか」

雨森が指を折りながら、いう。

「昭和五十六年に、京都でその檜垣健三という男と暮らしていた女が、五十八年に竹生島で心中死体となって発見された。しかも、両者の死因は何れもシアンによる中毒である。それと、その女の心中相手である古田重雄は、昭和五十六年に同じ京都で行方不明になっている。そういうふうにリンクしている。少なくとも冴草さんの頭の中では」

「リンク、ああ、リンクね。ええ、つなげようと思えばつながるんです」

「うーん……」

雨森は暫く腕組みをして、何か考えていたようであったが、閃《ひらめ》くことがあったとみえて、拳で軽く膝を叩いた。

「こういう推論が成り立ちませんか。その『たまり』という女性は、いや、それが女性の名前だとして、その女性はですね、古田重雄と親しくなって、邪魔になった檜垣健三をシアンで殺害、それから後、今度は古田重雄に無理心中をせまった」

「逆だというんですね。竹生島の場合は男が女を誘ったのではなく、女のほうが男を道連れにしたと、

「ええ、そうです。男を何かで殴って気絶させ、崖から突き落とし、その後、昔使ったシアンを服用して、自らも飛び込んだ」

「それは、面白い御意見なのですが、ちょっと無理なんです」

「何故です」

「たしかに、普通の心中にせよ、無理心中にせよ、男が女を誘ったか、女が男を誘ったか、二通りは考えられるんですが、この場合ですねえ、女が男を誘ったとすると、男に対してシアンを使用したほうが自然ではないでしょうかねえ。それから、昭和五十六年当時のシアンを五十八年に使用するのは、薬効の上でさてどうでしょう。たとえば五十六年当時にまっさらの新品だったとしても薬効は減衰もしくは無くなっていますね。シアンの薬効は二年から三年なんですよ。あとは次第に薬効がなくなっていきます。ミステリ小説なんかは、そういうことにはわりに無頓着にシアンで殺人をやるみたいですが、ひどいのになると、終戦間近に自害のために渡されていたシアンを使って、二十年後くらいに人殺しをするなんてのもあります。あんなのは現実の常識では無理です。さて、話をもどしますが、女が自主的に自分にシアンを使ったのだとしたら、飲めばすむことですからねえ。男と自分の身体を結わえて、わざわざシアンを膣に挿入して、それから飛び込むというのは、少し無理があろうかと思いますねえ。ましてや女のほうは水を飲んでいないんですから、死んでから飛び込むというのはねえ」

「……そうですか」

雨森は残念そうに息を吐いた。

「ただ飛び込めばよかったのに、シアンを使っているということは、取りも直さず、女は男にまず殺されたとみたほうが自然ではないでしょうかねえ」

「そうすると、男、古田重雄は、相手の女『たまり』をまずシアンで殺害。その後二人を扱きで結わえて、身を投げたと、こうなるしかないわけですか」

「ええ、ええ、そうです。結局そういう無理心中ということで、この事件は落着しておりますね。何となく味の悪い結末でした」

「男の頭の傷は？」

「硬膜下出血ですか」

「ええ」

「飛び下りた時に崖の岩で打撲したものか、あるいは、それ以前に何処《どこ》かで頭を打っていたのかもしれませんが、私はやはり、男のこの頭の傷が気になるんです。それと、シアンです。昭和五十六年の京都の事件と、五十八年の竹生島の事件の結びつきというやつは、もう少し隠された因縁《いんねん》がありそうな気がするんです」

冴草はまた煙草を取り出した。

「それで、いろいろと独自の調査をなさったんですか」

「まあ、やるだけはやりましたが、殆ど無駄足でした」

肩を落とした様子で、二本目の煙草に火をつける。

「あの、お見舞いの品物は何がいいですか。実は、食べられないものじゃ拙《まず》いと思って、聞いてからにしようと、今日は何も。ええ、手ぶらで来たんです」

藤太郎は頭の辺りで小刻みに掌を動かすと、

「いえいえ、何も。けっこうです、特に何も。はい。どうか気を使わないでください」

「じゃあ、何か読むものでも見繕《みつくろ》ってきましょうか。退屈でしょうから」

「いや、もう、ほんとに。世間話でもするつもりでいらして下さい。ああ、今度はあなたのことが、いや、あなたの『竹生島心中』の話が聞きたいですねえ。おっと、その前に、初対面の方に無関係な長話をしてしまって申し訳ありません。私もどうも、先がみえているようでしてね、ついつい」

「いや、それは、そんな弱気ではいけませんよ。あの、妙なことを最後にお訊ねしますが、警察の方はそんなふうにトレードというか、入れ替えのようなことが多いんですか」

「いや、そんなことはナイんです」

藤太郎は頭を掻いた。

「すると、あれですね」

雨森が藤太郎を微笑をもってみつめると、藤太郎はこれに苦笑を返し、そうして、二人、声を挙げて笑った。

「やったんですよ、上司とね。そのたんびに、トレードですよ」

「それですよ、冴草さん、その意気ですよ」

藤太郎は雨森に向き直って立ち上がると、深々と頭を下げた。

「どうか、娘の舞子のことはよろしくお願いします。親馬鹿ではありますが」

病人を相手にあまりの長居もなんだろう。こんどは雨森が、冴草の話に対して丁寧に礼を述べて、藤太郎の病室をあとにした。

この後十日ほどしてから、雨森は冴草を再訪したが、その時冴草藤太郎は寝たままで点滴を受けていた。病状は悪化しているふうに雨森にはみてとれた。

2

舞子は『雨森慎介、冴草藤太郎を見舞うの記』の最後の一枚を読み終えると、眼を閉じて静かに深い息をついた。陽光はやわらかく縁側にとどいている。その縁側には背を向けて雨森が座っている。傍らにビールの空き缶が三つ並んでいる。その背中に向けて、舞子がいった。

「雨森先生、私、今日学校に休学届け出してきました」

ややあって、

「受理されたのかい？」

庭を向いたまま雨森が訊ね返した。

「わかりません。提出してきただけですから。でも、どっちにせよ私は暫《しばら》くは学校なんかに行く気はありません」

「じゃあ、どうするんだ」

「考えます。ともかく、父の死が自殺ではないということを証明しないと」

「無実の罪の証《あかし》をたてるって話は聞くがなあ。……自殺でないという証明が成り立つと、それは殺人事件ということになるんじゃないのか」

先程も同様のことを聞いたふうに思う。

「ええ、ですから、犯人捜すんです」

雨森はまた暫く黙っていたが、

「どうだ、ここに住めなどとはいわないから、私の内弟子ということで、演劇の勉強をしてみないか」

舞子は眼をまんまるに見開いた。

「そ、そんな。……でも、でも」

「素質は充分にあるんだ。探偵ごっこなんかするよりも、そっちのほうが、良かないか。過去は過去、これからはこれからだよ」

青天《せいてん》の霹靂《へきれき》である。舞子は口を一文字に結んで考え込んだ。

「私はいまはフリーだから、何処か適当な劇団を紹介してもいい。転校ということになるかも知れないが、新天地で新しい人生を生きるってのも面白いだろう」

ほんとうをいうと、舞子は雨森の申し出に、雨森のやさしさと突然やってきた大きな幸福を感じた。そうできるなら、そうしたいと、一瞬そう思った。

「あの、あんまり急ですから、ちょっと一晩だけ考えていいですか」

「いいよ。答えは慌てなくていい。ゆっくり考えていい」

「この原稿、借りていっていいでしょうか」

「ああ、それはあげるよ。持っていきな」

そのコトバを聞いて、残っていたジュースを全部飲み干すと、舞子は立ち上がってペコンと頭を下げた。

「ありがとうございました」

「帰るか」

「はい」

雨森も立ち上がって舞子を見た。

「ともかく、危ないことはすんなよ。それから、どうしても何か行動を起こすというのなら、まず、私に知らせて欲しい。いいかな」

「はい、必ずそうします」

「何度もいうが、君は素質があるんだ。それを忘れないように」

「はい」

これを恍惚《こうこつ》というのだろうか、雨森のコトバに舞子は心地好い震えを感じた。

先程、雨森の家に来る途上で、小学校の運動会らしい賑やかな音響と子供たちの声援を耳にした。その子供たちがいま下校している。体操服の子供たちとすれちがう。白い帽子の子供たちを追い抜く。学校は何処にあるのだろう。この辺には見当たらない。もっと丘の上のほうかも知れない。

広い畑がなだらかな斜面に作られている。新築の住宅が軒を並べている。この辺りの風景はいろいろと新しい。

坂を下りきると河川だ。河川敷で犬の散歩をしている少女、野球やサッカーに興じている少年たち。ゴルフのスイングをしている大人。芝生に腰をおろしている恋人たち。

休学届を提出したら、担任が慌てていたなあ。舞子は早い足どりで歩きながら、そんなことを思い出している。

――君は素質があるんだから。……

雨森のコトバが、頭の中で繰り返される。そうすると、背筋がくすぐったくなってくる。私は幸福なんだろうか、不幸なんだろうか。舞子は思う。よくわからない。

「竹生島か。……」

そう声に出していってみた。

「行ってみたいな。行こうかな」

さらに足どりが軽くなった舞子の背後で、突然バイクのものらしいエンジン音が聞こえた。

ふりむくと関口だ。

「乗ってかねえか」

ぶっきらぼうに関口はいった。

「関口くん、どうしたの」

「たまたまさ。後ろ姿が似てたもんだからさ、よくみたら、やっぱお前だもんな。乗ってかないか」

「いい、私。電車で帰るから」

「そうか」

舞子が歩き出すと、関口はバイクを引っ張りながら、ついてきた。

そうだ、あのこと、聞いてみよう。舞子は関口の横顔に話しかけた。

「ねえ、関口くん。このあいだ病院の屋上で偶然会ったじゃない。あれから、君あそこで何をしてたの」

「えっ、別に、何にもしてないよ」

してなかったわけがないと思えた。関口の眼が怯《おび》えるように舞子を見たからだ。

「だって、下を覗いたりしてたじゃない。私、電話ボックスからみてたのよ」

「あれって、お前のオヤジなんだってな。とん子やキン子から聞いたよ。俺さ、病院で飛び下り自殺があったって噂を聞いたもんだからよ、そいで、あそこに行ってみたんだ。お前のオヤジも入院してたのか」

「ええ、あれは、父よ。でも自殺じゃないわ」

「じゃあ、何なんだい」

関口の歩みが、一瞬、止まった。驚いたらしい。しかし、それは、こいつに説明してもワカルまい。

舞子は話題を変えた。

「あなたのおじさんって、どういう病気なの?」

「冴草、お前って、ゼンキョウトウって知ってる?」

「ゼンキョウトウ?……うん、聞いたことあるよ」

「俺の叔父さんそれさ。昔、京都の大学で学生運動やってたんだ。それで、機動隊ってのがいてよ、ジュラルミンのデカい盾持ってさ、それで水平撃ちってのをやられて、腰をやられて、ヘルニアになっちまったんだ。そいで、四国に帰ってたんだけどさ。良くなったり悪くなったりでさ、十年ばかり前にこっちに出てきてさ、手術したらしいんだけど、それからずっとこっちさ。今度は再手術でさ、そのリハビリやってんのさ」

「へーえ、そうなの」

「ヘルニアなんてましなほうだってよ。表沙汰にならないで死んだヤツやら行方不明のヤツやら、仲間うちにいっぱいいたっていうよ。不幸な時代だよな。良かったよ俺、そんな時代に生まれなくて」

「そうね」

そういう青春を背負った人々の時代もまた、この日本には存在したのである。彼も舞子もまだ世に生をうけていない時代だ。だから、舞子にもそれが実感として分かるわけはない。

「叔父さんのいうこともわかるんだよな。ザセツとかさ、ブライとかさ。口癖さ。ちょっと憧れるよな。俺たちホンモノのそういうのって知らないもんな」

バイクに乗らないかと再度勧められたが、舞子が拒否したため、関口は排気ガスの噴射を残して、去っていった。


伯母の家にもどると、伯母が心配そうな顔で舞子を待っていた。

「どうしたの、そんな顔して」

舞子のほうも心配になってそう訊ねる。

「おまえ、休学届出したんだって？」

早速、連絡が来たか。

「出したよ」

「さっきね、電話があったんだよ、学校の方から。……どうするんだい」

「うーん、どうしようかな」

曖昧《あいまい》なのはコトバばかりではない。ほんとに明日のことも模糊《もこ》としている。

「捜しに行くのかい？」

伯母が変なことをいった。えっ？　何をいっているんだろう。舞子は首をかしげる。

「捜しにって、誰を」

「令子さん」

令子というのは母の名前だ。伯母は何か素っ頓狂な勘違いをしている。また少し惚けているのかも知れない。

「気持ちは分かるけど、そんな十年以上も前のことだからねえ、いったい何処にいるのか、皆目見当がつかないんだよ。心当たりでもあったのかい」

「伯母さん、私ね、……」

父の死が自殺ではなかったことの証拠を捜しに行くんだといっても、伯母には何のことだかわかるまい。

「うん、心当たりはないけど、捜してみることにしたの。令子さんは、何処かできっと生きてると思うから」

舞子は伯母の勘違いに便乗することにした。

それに、母を捜すというのもそれほど悪い考えではない。この際だから、ついでに母をたずねて三千里というのもいいんじゃないだろうか。

伯母はお茶をいれながら、諦めた顔をして、

「藤太郎さんがね、いってたよ。令子さんのことは残念だけど、事実だからしょうがないってね」

そういった。

舞子はそのコトバに敏感に反応した。

「え？　父さんが、何ていったの」

「見舞いに行った時だよ。ふっと、そんな独り言をもらしたんだよ」

「もう一度いって。どんな独り言」

「だからね、何だったか、えーと、残念だけど事実と認めざる？　だったか、えない？　だったかしら

ね。そういってたんだよ」

「それって、母さんのことをいったの？」

「だと、思うよ。令子さんの名前を口にしたもの」

伯母は何をいっているのだろう。伯母は父の何を聞いたのだろう。それとも、父の遺書めいたあのメモのことが一緒になって、ただ記憶が混濁《こんだく》しているだけなんだろうか。

「ねえ、伯母さん、しっかりして。いま、しっかりしてるよね」

「してるよ」

「正気だよね」

「あたりまえだろ」

伯母は口を尖《とが》らせた。

「父が、母さんのことをいってたのね」

伯母は頷いた。

「それは、いつのこと」

伯母は頭に手をやって考え込んだ。

「最近だったようにも思えるし、ちょっと前だったようにも思えるしねえ」

「ともかく、残念だが、事実と認めざるを得ないって、父がいったのね」

「独り言だよ」

舞子は焦燥《しょうそう》を感じたが、同時に胸の中で何か小躍りするものも感じた。伯母の記憶がホンモノだとすれば、あのメモはやっぱり遺書ではなかったということになる。

「伯母さん、父さんが死んだ時に遺したメモをみたわよね」

試しにそう聞いてみた。

「え？　そんなもの、あったの」

伯母は驚いたように眼をまるめた。ダメだこりゃ。舞子は肩を落とす。

伯母は両手で湯飲みを抱えるように持ちながら、キョトンとした顔をしている。やはり記憶回路が混線しているだけなのかも知れない。

「伯母さん、私ね、伯母さんがいうように、母さんを捜してみるわ。それから他にもちょっと考えてることあるし、暫く家をあけるけれど、いいよね」

「何処へ行くんだい」

「うーん、竹生島」

「竹生島って」

「滋賀県の琵琶湖よ。そこに島があるの。そこへ行ってみようと思うの」

「ふーん」と、そういったきり、伯母はそれ以上舞子に何も聞きはしなかった。舞子はそんな伯母のことが、逆に心配ではあったけれど、じっとしていては埒《らち》があかない。早速リュックを持ち出して、旅支度を始めた。

「お前、何処かへ行くのかい」

舞子の背中を見ていた伯母がそういった。舞子はちょっと情け無くて、また涙が出そうになった。この伯母を置いてゆかねばならない。

「伯母さん、誰だったっけ、同年配のお友達がいたわよね」

「お友達って、ああ、景子さんかい」

「そう、あの方もご主人を亡くされたんでしょ」

「うん、そうだよ」

「私、頼んでみる」

「頼むって何を」

幸い、親戚縁者はなかったけれど、伯母にはよく似た境遇の友人がいた。遠くの親戚より近くの友達というではないか。舞子は、伯母の容体のことと、自分の立場を（少し嘘も交えたけれど）その伯母の友人、景子さんに説明してみた。すると、彼女は快く伯母の面倒をみることを承諾してくれた。きっと軽い痴呆の症状が一時的に出ているだけだから、そのうち良くなるんじゃないかと、励ましてもくれた。持つべきものは友達だなあと、舞子はしみじみ思った。

これで、伯母のことは何とかなる。翌日、舞子は決意のほどを雨森に電話で知らせた。うれしいことに、その日も雨森は自宅で仕事中だった。

「そんなに深く考えたわけでもないんですが、やはり、この件に関しては、どうしても自分で決着がつけたいんです」

「決着というのは、犯人をみつけるってことかい」

「どうしても、あれが自殺であるということが、絶対にゆるぎのない事実であると立証されるなら、それを私が納得できるなら、それでいいんです。でも、私、そうじゃない。きっと父の血がそうさせるんだと思っています」

「竹生島へ行くのか」

「はい。行ってどうなるものでもないと思うんですが、何だか因縁を感じるし、だって、先生とのお芝居がそうだったし、私、それで雨森先生と出会うことができたんだし、それが縁で雨森先生は私の父と面談されたわけだし、父の調べていた事件が、竹生島の心中事件だし、だから、一度ホンモノの島を見たいと思うんです」

「出発はいつなんだ」

「今日、これからすぐにでもと思っています」

電話の向こうで雨森が黙りこんだ。舞子は何だか胸が騒いだ。やがて雨森がいった。

「しょうがない、お嬢さんだなあ」

雨森は苦笑いしているようだった。

「はい、すみません」

「蛙の子は蛙か。刑事の娘は刑事の娘なんだなあ」

それを聞くと、舞子はちょっと照れ臭くて、頬が熱くなった。

「だけど、当時の事件のデータも何もないんだろ。せめて事件簿の類があれば、聞き込みくらいの、真似ごとが出来るのに」

それはたしかに、そうだった。なんの準備もなく、闇雲に旅立とうとしている我が身を、舞子は今度は少し恥ずかしく思った。

「誰か、警察に知り合いはいないの？　当時の記録にあたってくれるような人は。お父上の知り合いの刑事さんとか、どうなんだ」

「います」

と舞子は即座に返事した。葬儀の夜に訪れた珍客のことを思い出したのである。あいつに頼めば、何か捜してくれるに違いない。舞子はそう判断した。

その旨を雨森に説明すると、

「高岡親男ね、県警本部の捜査一課か、よしよし」

雨森はそれをメモに取ったようすで、さらにこう提案した。

「それから、例の、泥棒に入られたとか、君がいってた、冴草さんの書斎だけど、そこにもファイルのようなものはないのかな」

「あるかも知れません」

「そういうのを調べてからにしたら、どうだい」

ああ、それもそうだ。どうも、気ばかり焦って、事を急ぎ過ぎていたようだ。反省、反省。

舞子は首を竦めた。

「それで、データがある程度揃ったら、連絡してよ。私も一、二日くらいならつきあえると思うから」

「え！」

ツキアエルって……舞子は耳を疑った。雨森が捜査旅行に、探偵ごっこに付き合ってくれる。まるで夢みたいだ。

「付き合ってくれるって、雨森先生、御一緒してくださるんですか」

「邪魔かな」

「とおんでもあ〜りません」

「何だか、一人じゃ危なっかしいからなあ」

「私、いまからその高岡っていう刑事に電話して、それから、父の家に行って、部屋を調べてみます」

「ああ、そうしたほうがいい。交通期間は私が調べておくよ」

受話器を置いてからも、胸の鼓動は高鳴った。もう千人力じゃん。そう思った。


高岡は、竹生島の心中事件の件は滋賀県警に問い合わせなければわからないと返事をした。それは、その通りに違いない。じゃあ、そうしてもらえますかと頼むと、何をする気なんですかと質問された。舞子は正直に自分がやろうとしていることを話してみた。

高岡は、それじゃあ、署には内緒でやりますよ、といってくれた。意外に頼りになりそうなヤツだなと、舞子は第一印象で持った高岡のイメージを幾分か修正した。

次に父の部屋を探索した。本棚には年代順にファイルが並んでいて、それは取り調べ調書の写しやら、現場調査報告書の写しやら、父自身の作った事件簿の類らしかった。ファイルはナンバーと、事件の名称、年月日のタイトル別に整理されていたが、『竹生島心中事件・昭和五十八年、八月』とタイトルされているはずの一冊が見当たらなかった。舞子は、父の書斎に不法な侵入者のあったことの確信を得た。賊が盗んでいったものはそのファイルなのだ。

雨森にその報告をすると、雨森は信じられないなあと、まだ半信半疑の様子だった。

「病室に持っていってらしたということはないのか」

そう雨森は舞子に訊ねた。

舞子は、病室でそのようなものをみたことはなかったと答えた。

病室は昨日引き払ってしまった。だから今日あたりは清掃がされているに違いない。けれど、思いもよらぬところから何か発見されたりしてはいないだろうか。舞子はもう一度病院に行ってみることにした。

出向いた病院の事務所で、父のいた病室はすでに清掃も終わったことを知らされると、案の定という気がした。何か出てきませんでしたかと訊ねたら、何かとは何ですかと、逆に質問された。ファイルとか、日記のようなものが、隠してあったりしなかったでしょうか。そう訊ね返すと、遺失物のようなものが出てきた報告は受けていないと返答された。ゴミしか残っていなかったというのである。

「あの、もう一度、病室を覗いて構わないでしょうか」

「そうですね、あなたの場合は、まあ、特殊な事情もおありでしょうから、今日は日曜日ですし、いいんじゃないでしょうか。でも、引っ掻き回したりはしないでくださいね」

そういわれて、舞子は父の病室のあった病棟へ上がった。

日曜日は、許可が出て家族のもとに帰る入院患者があるせいか、パジャマ姿の人々も、いつもより少ない気がした。

病棟の片隅に設けられた喫煙ロビーの長椅子で、将棋に興じるパジャマやら、煙草をくゆらす人々を横目に病室の並ぶ廊下を歩く。その途中、激しく口論する声に思わず舞子は立ち止まった。声は病室の中から聞こえた。男どうしで何かもめているみたい、そんな雰囲気だ。病人だって、口喧嘩くらいはするんだ。気にはなったが、他人のプライバシーにいちいち構っている暇はない。舞子は声の聞こえる病室にちらりと眼をくれて、さっさとそこを通り過ぎた。

と、若い男の声が甲高く響き、背後でドアの開く音がした。歩きながらそっとふりむくと、関口の顔があった。

「あれ？　関口くん。……」

関口は舞子をみて、驚いたような、何やらバツの悪そうな表情になり、舞子の視線を避けて逃げるように、廊下を反対向きに走り去った。

「へーんな、やつ……」

舞子は病室の番号を見た。『6――』となっている。六階だ。六階はたしか外科病棟だ。間違って六階でエレベーターを降りてしまったらしい。でも、そうか、関口の叔父というのは、こんなところにいたのか。一階下にいたなんて、近くとも病棟が違ったから、まったく顔を合わせなかったんだ。いま、口論していたのは関口だろうか。相手はその叔父さんかな。叔父さん、ゼンキョウトウだっていってたから、すると討論してたんだな。そんなふうな思いが舞子の脳裏を通りすぎた。

父のいた病室はきれいに整頓されて、次の入院患者を待っていた。引っ繰り返しても何も出てきそうにない。舞子は諦めて階段を下りると、裏口にまわった。

裏口の夜間出入り口は、昼間のいままでも行き来が可能だったけれど、ガードマンの姿はなかった。

舞子は事務所にもどってお礼を述べ、ついでに十月十日の見舞い客のリストがないかどうか訊ねてみたが、そういうものはないという。たとえば、夜間に裏口から入る場合、許可がいるのかどうかも聞いてみたが、何か不審なモノでも持ち出してない限り、ガードマンに咎《とが》められることはないだろうと事務員は答えた。

収穫らしいものは何もない。ただ、関口の、ちょっとびくついた眼だけが、微かに舞子のイメージとして残った。

翌日、高岡からの連絡はなかった。午前中、舞子はベッドの中にいた。何だかひどく疲れたようで、身体が目覚めなかったのだ。午後になって、トーストとミルクの簡単な食事をとっている最中に、携帯電話が鳴った。プレゼントされてから、機能するのは初めてのことだ。教えられたとおり、受信のボタンを押して耳にあてると、通夜の時にやってきた彼女たちの声がした。午後の授業をフケたので、一緒に買い物にでもいかないかという誘惑である。所持金が少ないからと断ろうとしたが、何を根拠にか、大丈夫だからといわれて、舞子は出かけることにした。

「息抜きよ、息抜き。人生で大切なのは、息を抜くことよ」

そんなふうに彼女たちは屈託のない表情で舞子にいうのだった。

励まされているのだかどうかもわからずに、舞子は地下街のブティックで彼女たちのショッピングのお供をし、露店のアクセサリー屋で三百円のフイリックス・バッヂを買い、奢《おご》るからといわれてカラオケ・ボックスへと流れた。

ボックスに入ると、彼女たちはまず、ピザとフライド・チキンと飲み物を頼んだ。アルコールは店のほうから学校にチクられるとまずいから、御法度。注文の品がくるまで、歌う順番を決めて、選曲をする。

何も彼も、彼女たちは場馴れしているようすで、舞子は戸惑っている暇さえなかった。

「そんじゃ、いきます。古いところで、工藤静香のＪａｇｕａｒＬｉｎｅ」

「私は渋く、今井美樹いきます」

「懐かしのドリカムいきます」

「ナツメロいきます、松田聖子で〜す」

「演歌いきます。これしか知らない、『天城越え』どえ〜す」

舞子は『坊がつる讃歌』を歌った。聞き慣れない歌とみえて、それぞれの好奇の視線を舞子はあびた。

「なかなかしんみりした、いい歌じゃん」

「それに、上手じゃない」

「どういう歌、それ」

歌い終わると、舞子は質問ぜめにあった。

「父がね、九州の大分の出身で、お風呂に入ると、必ず歌ってたから、自然におぼえちゃったのよね。大分に久住《くずみ》高原ってところがあって、そこの歌だって聞いたけど」

「門前の象のなんとかでしょ」

「門前の小僧、習わぬ経を読むよ。教養ないの、あんた」

「でも、舞子ってけっこうお父さんっ娘だったんだ」

そうかなあ、そんなことはないと思うけど。だって、あんまり話したりしたこともないし。舞子は黙ってそう考えたが、父との対話がないのは、何も舞子だけの特異点ではないようだった。

ひとしきり盛り上がって、やがて解散になった時、彼女たちの一人が舞子にそっと耳打ちした。舞子と一緒に夏休みの前に停学をくらった少女だ。

「ヌード写真さ、あれ、何で漏れたかわかったわ」

「え、何で」

舞子もそっと囁きかえした。

「ネットの書き込みよ」

「書き込み」

「ネットの中に『自転車フォーラム』っていうサイトがあるのよ。これが自転車なんて真っ赤な嘘。つまり、バイセクルじゃなくて、〔売セクス〕のコードになってるの。イカガワシイ写真やらビデオやらCDなんかの情報交換してるのよ。そこに私たちのらしいヌード写真が流出したらしいのよね」

ネットについての知識は舞子にはない。ただ、舞子にそう教えた彼女のボーイフレンドはさまざまなチャットにも書き込んでいるらしい。

「あなた、関口くんと会ったっていってたでしょ。用心したほうがいいよ、あいつもネットの書き込みやってるらしいから」

じゃあね。そういい残すと、彼女はスキップで舞子から遠ざかり、しばらく行ったところでふりかえって手をふった。舞子も手をふった。

その夜、舞子は本棚の百科事典に挟んである、自身のヌード写真を取り出して眺めた。ムンクの『思春期』をイメージしてポーズをとったものだ。何処の誰とも分からぬヤツが、いまも何処かでこの写真を眺めていると思うと、せっかく吸った街の空気も澱《よど》んだものに感じられて、舞子はまた少し気分が沈んだ。

翌十九日、高岡から滋賀県警所蔵の『竹生島心中事件・簿』のコピーが届いた。雨森の仕事もかたづいたらしく、次の日、舞子は雨森とともに竹生島へと出発した。

戯曲・竹生島心中

登場人物
姫子
秀一
桂子
遠山

遠く、陰気な琵琶の音が微かに聞こえる。
舞台を囲むように設えられた自然の森を、月の光が照らしている。
その月光のこもれびの中に若い女が一人、虚《うつ》ろに膝を抱えるようにして座っている。
夏の終わり、琵琶湖に浮かぶ竹生島の北東、崖に近い森の中、夜半のことである。
湖面に映えた月明かりの照りかえしが、ひときわ、女の顔を浮かびあがらせた。

姫子「あれ、何の音?」

しばらくして、暗い森の木々の間から、女と同じくらいの歳恰好《としかっこう》の男が一人、出てきた。

秀一「え、何かいった?」
姫子「あの音よ」
秀一「音?」

琵琶の音が途切れる。

姫子「あなた、何してたの?」
秀一「いや、ちょっと自然の生理現象」
姫子「そう」
秀一「音って?」
姫子「聞こえないなら、いいわ」
秀一「(耳を澄ます)」

途切れていた琵琶の音がまた微かにしてくる。

秀一「ああ、あれか。何だろうな」
姫子「楽器?」
秀一「うん、琵琶じゃないかな」
姫子「琵琶?」
秀一「耳なし芳一って、話あったじゃない。あれでその芳一っていう小僧が弾いてた楽器。むかしのやつ。こんな、ほら、果物の琵琶の恰好しているやつ」
姫子「ああ、あれ。でもあれって果物でいうなら、琵琶っていうより無花果に似てない?」
秀一「イチジクか、ああ、そうだな。似てるね」
姫子「誰が弾いてんのかしら」
秀一「だから、寺の坊さんじゃないのか」
姫子「坊さんって琵琶、弾くの?」
秀一「だって、ここ、夜は寺の僧以外、誰も人はいないって書いてあったじゃない、ガイドブックに」
姫子「坊さんが弾いてるのか」
秀一「そうだよ。まあ、琵琶湖に浮かぶ島なんだから、その島の寺の坊主が琵琶を弾いてたって変じゃないだろ」
姫子「そういえば、大きなのが、飾ってあったね」
秀一「あったあった。神社の拝殿のショーウィンドウの中だろ」
姫子「あれ、弾いてるわけじゃないでしょ」
秀一「あれは、何か、文化財だか、伝説に出てきたシロモノだろ。違うよ」
姫子「そうよね」
秀一「どうして、琵琶の音なんか気になったの」
姫子「だって、あんまり陰気な音なんだもん」
秀一「そうだな、とても陽気とはいえないな」
姫子「稽古してるのかな」
秀一「趣味なんじゃないの」
姫子「あんな、陰気なものが趣味だなんて、いやね」

秀一「人それぞれさ、それになんといっても、坊さんなんだから」
姫子「ああいうの聞いてると、気が滅入るよね」
秀一「ああ」
姫子「何だか、早く死ねっていわれてるみたいでさ。急かされてるみたいな気になるじゃない」
秀一「え？　何を急かすって」
姫子「グズグズすんなってことよ」
秀一「だから、何を？」
姫子「死ぬのをよ」
秀一「……死ぬって、何だよ」

長い間。

姫子「……私のこと、殺したいんでしょ」
秀一「え？」

姫子「だから、早く殺ってしまえって、あの琵琶の音、そういうふうにいってんじゃないの」
秀一「……誰に」
姫子「あんたに、決まってるじゃない」
秀一「姫子、お前、何いってるんだ」
姫子「私、わかってるのよ」
秀一「何がわかってるって？」
姫子「あんたが、ここに私を連れてきた理由」
秀一「連れてきたって、……理由も何も、ここへ行きたいっていいだしたのは、お前じゃないか」
姫子「そうね」
秀一「人のいない所に行きたいって、何処か誰もいない島にでも行ってみたいって、そういったじゃないか」
姫子「ええ、いったわ、たしかに。でも、そういって欲しかったんでしょ」
秀一「俺が？　……何でだよ」
姫子「だから、いったでしょ、秀一さん。あなた、私のこと殺したいんでしょ」

秀一「馬鹿いうなよ」

姫子「いいのよ、知ってるの。私、学校行ってないから馬鹿だけど、それくらいのことわかるの」

秀一「どうして、俺が、お前のことを殺さなきゃならないんだよ」

姫子「分かんない。でも、殺したがっていることはわかるの。だって人を殺そうと思っている男って、同じような眼をしてるんだもの。前の男がそうだったもの。あいつもいまのあんたみたいな眼をしていたもの」

秀一「前の男は、ありゃあ、ヤクザじゃないか。金貰って人を殺したりしていた奴じゃないか。俺は、そりゃ失業中だけどカタギだよ。俺が何で、お前を殺すんだよ」

姫子「さあ、何でかしら。わからない。……教えてって頼んだら教えてくれる？」

秀一「馬鹿なこというなよ。……」

姫子「わからないまま、死んでいってもいいし、理由を聞いてもいいし、どっちでもいいんだけど、あんまりつまんない理由で殺されるのは、ちょっとイヤな気もする。でも、いいか、私の人生ってこんなもんだったから、惚れた男に、首でも何でも締められて死んでいくのもいいかなって思う。あんたも、一時《いっとき》は私のこと好きになってくれたんでしょ、愛してくれたんでしょ。身体だけじゃなくて、心も何も彼もみんな」
秀一「今だって、」
姫子「いいの、もう嘘つかなくていいわ。私ね、あんたが煮え切らなくて、迷っているみたいだったから、いったのよ。何処か誰もいない島へでも行きたいなって。そうしたら、あんた、覚悟して、やりたいことやれるかなってそう思ったのよ。これでも、せいいっぱいあんたに協力してあげてるのよ。だって、私のこと、好きになってくれた数少ない男なんだから。私ね、感謝してるの。前の男のところから、私を助け出してくれて、一緒に逃げてくれたんだから、それだけでもうほんとうに、あんたには手を合わせてるのよ。だから、本望なのよ。いいのよ、嘘ついてなくったって。私には、もうわかっていることなんだから」

やや、間があって。

秀一「姫子、お前、どうしてそんなふうに気がついたんだ」
姫子「ほら、やっぱり」

秀一「俺、ほんとうに前のヤクザな男みたいな眼をしてたのか」

姫子「それもそうだけど、ほんというと、夢みたのよ」

秀一「夢？」

姫子「あんたが私を殺す夢をみたの。とってもハッキリとした夢だったわ」

秀一「そんな、夢っくらいで」

姫子「ううん、私のみる夢っていうのは、子供の頃から実際に起ることばかりなの。たいていその通りになるの。半分以上間違いなく、そうなるの。よく当たるのよ。そういう夢をみた時は、頭の血が薄くなっていて、子宮の辺りに、血が溜まっている、そんな感じがするのよね。そうすると、次の日に、月のものが始まったりするんだけど。今度もそんなふうな夢みたのよ。そん時から覚悟してるの」

秀一「覚悟ったって」

姫子「私ね、オバチャンになるの嫌なのよ。もうオバチャンかも知んないけど。歳とるのが億《おっ》劫《くう》でしょうがないの。だんだん病気になっていくみたいで。ねえ、人間が生きることって、歳をとることって、何だかひとつの病気みたいだって、そんな気がしない？」

秀一「病気？」

姫子「そう。生まれると同時に人生という病気に罹るのよ。これは不治の病よ。誰もそこからは逃れられないのに、誰もが足掻《あが》くのよね。でも無駄よ。次第に良くなってくるなんてことなんて、ありはしないわ。年々酷くなるだけよ。終いには死んでしまうんだもの。だんだん身体も頭もいうこと効かなくなっていって、それで死ぬのよ。生きたって何があるの、とどのつまりやってくるのは死んでしまうって絶望じゃない。だから、嘘とわかってても、半信半疑で宗教なんかにしがみつくのよ」

秀一「姫子、お前いつからそんな厭世主義者になったんだ」

姫子「何？　エンセイシュギシャって？」

秀一「人生を疎《うと》んじて悲観する連中だよ」

姫子「私、そうなのかな」

秀一「いまのいい方はそうだよ」

姫子「でも、最近、そんな気がしてるのよ。あんたに殺される夢みたせいかな」

秀一「人生、病気っていうなら、若い時はどうなんだ。けっこう楽しいこともあるんじゃないのか」

姫子「それもやっぱり病気よ。熱病だわ。何かしら得体の知れないもの、情熱っていうの？

よくわからないけど。そういうものに動かされているだけよ。それで、うなされているのよ」

秀一「俺たちもそうだってか」

姫子「私たちって若い？」

秀一「まだ三十じゃないか」

姫子「私は三十一、秀一は三十三よ。ほんとなら、人生が病気だって分かってくる年令だわ」

秀一「お前、俺が、お前を殺そうとしていること、ひょっとして、それを病気だっていってるんじゃやないのか」

姫子「そんなことといってないわ。私、いま幸せな時だから、それで死ぬのが一番いいと思っているのよ。病気が酷くならないうちに殺してもらえるなんて、そうね、いってみるならば、秀一さんは私にとっては立派なお医者さまよ」

秀一「俺はな、」

姫子「秀一さん、いって苦しくなることはいわなくていいのよ。……でも、ほんとうをいうと、ただ殺されるんじゃなくて、秀一さんが一緒に死んでくれるんなら、それこそ私、地獄へ落ちたって悔いはないわ。だって、そんな、地獄なんて誰がいい出したか知らないけれどありもしないものを怖がるよりも、一緒に死ねるということそれが、私にとってはほんとうに天国だもの」

また、やや間があって。

秀一「……殺そうと思ってたことは事実だ。ゆるしてくれ」
姫子「ゆるすも何も、それでいいっていってんだもの」
秀一「けど、一緒に死ぬなんて気はないんだぞ」

姫子、哀しそうに微笑みながら、やおら立ち上がって、辺りを徘徊《はいかい》するふうだが。

姫子「この島って、鳥が住んでるの？」
秀一「え？」
姫子「昼間みかけたでしょ」
秀一「ああ、そうだな。コロニーになってるって聞いたな」

姫子「コロニーって？」
秀一「繁殖地域のことだろ。ここで、巣を作って子供を育てるんだ」
姫子「そうなの。そんな島がこんな湖にあるなんて、私、ちっとも知らなかった」
秀一「俺も、ここに来て初めて聞いたんだ」
姫子「何ていう鳥？」
秀一「カワウとか、サギとかだっていってた」
姫子「月の明かりに、時々みえ隠れしているのがそうなのかしら」
秀一「そうだろ」
姫子「鳥も夜更しするのがいるのね」
秀一「鳥目なのになあ」
姫子「(笑う)」
秀一「……」
姫子「ごめんね」

二人、それからコトバも無く、また琵琶の音がする。

〔中略〕

〔梗概《こうがい》〕秀一はうだつのあがらないフリーのライターである。現在は殆ど失業中だ。数年前、ふとしたことからヤクザの情婦だった女・姫子を、そのヤクザから奪ってしまう。それからは、半ばそのヤクザから逃れる生活が続いている。それが、最近になって姫子のことが足手まといになってきた。少し疎ましく思うようになってきたのである。そんな時知り合った女、桂子にそそのかされて、姫子を生命保険に入れて、姫子を殺害することを計画する。魔がさしたというやつなのだろうか。それで、やって来たのが琵琶湖に浮かぶ竹生島である。そこで事故にみせかけて、姫子を殺そうとするのだが、姫子は自分が秀一に殺されそうになっていることを、特異な感性によって見抜いている。あまりに無垢な姫子のコトバに、秀一は逡巡《しゅんじゅん》する。暗闇の森で己の人生を深く省みてみる。すると、殺そうとしたはずが、もう一度この姫子とやり直そうとまで思うようになる。……ところが……

名古屋から米原まで新幹線こだまに乗って、在来のＪＲで彦根へ五分。そこからはタクシーで港まで十分の距離だ。彦根港からは、Ｂ汽船とＯＭ社の定期観光遊覧船が発着している。そこからおよそ四十分の船旅で竹生島へ到着する。

船は他にも長浜や今津、大津などから就航しているが、名古屋からとなると、米原↓彦根↓竹生島のラインが最も便利である。

舞子と雨森は、ＯＭ社彦根港十一時発の船に乗船した。

帰りは十三時十分か、もしくは最終の十五時四十分に乗ればよい。それに間にあわなければ、別会社の十六時五十分というのがある。時々乗り遅れた客がそういう利用の仕方をするらしい。その辺はずいぶんアバウトである。

歴史的な夏の少雨で琵琶湖では水位が低下し、一時は船の便の就航も危ぶまれたりしたが、どうにか持ち直して、現在は平常運行が続いている。それでも再三アナウンスが、水位低下のため、乗り込みの際に注意するように促していた。

窓を大きめにとった遊覧船の室内から、猫のひたいほどのデッキに出て、そこから二階の室外に設けられた椅子席まで上がると、強い向かい風を身体に感じながら、舞子はこの夏、自分が演じた初めての舞台『竹生島心中』のことを思い出していた。彼女の役どころは薄幸の女、姫子である。その舞台が昨日のことのように、舞子の脳裏を過っていく。

雨森は昨夜は徹夜だったということで、その疲れが出ているのか、船室の座席に転がって眠っている。シーズンだと思えるのに客は疎《まば》らで、およそ半分の乗船率だ。

船はけっこうなスピードで波を白く削って進んでいく。

琵琶湖へ来るのは初めてのことだ。彦根の港に着くと、まるで海のような大きさに、舞子はずいぶん驚いた。さすがは日本一の広さを誇るだけはある。岸辺には月の引力の影響でか、さざなみが打ち寄せている。水平線が海と同様にふくらんでいるように感じる。そんな開け放たれたような風景のせいもあって、舞子はちょっと港ではしゃいでしまい、防波堤から滑り落ちて尻餅をついてしまった。その拍子にすりむいた肘の傷がひりひりと風に痛い。

もし、いま船が沈んだら、腕の傷に染みるだろうなと考え、いやここは淡水だから塩分はないので、そう染みることはないんだと思い直して、さらにその突飛な思考にやや呆れ、舞子は独りで笑いを嚙みころした。

遠くポツンとみえた島影が、いまは眼前に大きく迫ってきている。島に渡るには、定期観光の遊覧船以外にも方法はあると聞いた。近くの港から、漁師ともども船を借りるのである。その船らしいものも、島の近くにはみえ隠れしている。

あれがカワウなのだろうか、水面の近くを鳥が滑空しているのがみえる。

時計をみると出航してから三十分近い時間が経過している。あと、十分ばかりで到着のはずだ。

そろそろ雨森を起こそうかなと考えながら船室にもどると、雨森はまだ寝息をたてている。その姿を見て、舞子の心に先程の『竹生島心中』の思い出のつづきがやってくる。

〔梗慨〕……ところが、保険金殺人は、桂子の罠であったことがわかる。当人の桂子が遠山という愛人ともども、秀一のあとをつけて竹生島に渡ってきていたのである。それどころか、彼らはもっと恐ろしいことを企んでいた。秀一と姫子を心中にみせかけて殺害しようという魂胆なのである。この中盤あたりはサスペンス仕立てで、客をあきさせないような展開になっている。でも、この戯曲のテーマはそういうところではない。それは、終盤に訪れる。


風が出てきた。雨が降る前兆かも知れない。

さっきまで月が出ていたというのに、やにわに雲が空を走り、遠く稲妻のような閃光《せんこう》がみえる。

遠雷だ。

その光がこの暗闇につつまれた森、断崖に立つ彼らの姿を時折浮かびあがらせる。

文字通り、崖っぷちに秀一と姫子は立っている。

秀一「後がないって感じだな」

桂子「そうよ。わかってらっしゃるじゃない」
秀一「あんたのコトバを信じた俺が馬鹿だったてことか」
桂子「男はたいてい馬鹿よ。それが、二十五年、女をやってきた私の結論よ」
秀一「俺が死んだら、姫子の保険金はあんたの懐へ入るって寸法なわけだ。よく、そんなことを考えたな」
遠山「考えたのは、私だけどね。さっきの彼女のコトバを一部訂正して付け足しておけば、中には利口な男もいるってことさ」
桂子「まあ、これで、あんたたちは、ヤクザに追われなくてよくなったってことよ。永遠にね。さあ、どうするの。この薬を飲んでおネンネするの、それとも、鉛の弾を食らいたいの」
秀一「睡眠薬で眠らせておいて、崖からドボンか」
桂子「そのほうがいいでしょ」
秀一「そっちとしてもありがたいわけだ」
遠山「手荒なことはしたくないからな」
秀一「チェッ、人を殺すのに手荒も穏便もあったものか」

秀一は身構えた。
桂子「馬鹿ね、あんた、ここで私たちと争う気でいるの？」
秀一「望みは捨てたくないんでね。最後の最後まで抵抗しようってことさ」
桂子「そういうの、悪足掻きっていうのよ」
遠山「こういうのもあるんだ」
遠山がポケットからナイフを出した。キラリとそれが光る。
秀一「何れにせよ、痕跡が残るんじゃないのか。殺人だってことがばれてしまうぜ。保険金がおりなくなるんじゃないのか」
遠山「そういうところには、ぬかりはないんだなあ。大丈夫なんだ。ちゃあんと、保険金はおりるんだ。そういう保険だからな」
桂子「互いにこの女と殺しあったってことにも出来るのよ」
遠山「まあ、大人しく、薬を飲むこってすな」

秀一「くそっ」

と、それまで、沈黙していた姫子が、

姫子「死にましょうよ」
秀一「何をいってるんだ」
姫子「私、こんな人たちに殺されるのはいやよ。でも、二人で死ぬのは平気」
桂子「物わかりがいいじゃない」
秀一「こんな奴らのいうことを聞いていいのか」
姫子「関係ないわ。保険金とか、罠とか。そんなことはこの人たちの事情だもの。私たちは、いいえ、私は、あなたと死ねればいい。この人たちには帰ってもらいましょう。ねえ、そうして下さらない。私たちここでちゃんと心中しますから、もう私たちの前から消えて下さらないかしら」
桂子「そういうわけにはねえ」
秀一「俺は嫌だ」

姫子「私と死ぬのが嫌なの」
秀一「違う。さっきもいったじゃないか、もう一度生き直そうって。やり直そうって」
姫子「駄目よ。そういうことが出来ないようになってるのよ。そういう運命なのよ。だって、そう決めた途端にこの人たちの登場でしょ。私たち、やっぱりここで終わったほうがいいんだわ」
秀一「姫子」
姫子「何度でもいうけど、私、幸せだったわ。だから、いいの」

姫子、睡眠薬の壜《びん》を手にした。

遠山「ほおう、面白い女だなあ。秀一さんとやらも、本望じゃないのかなあ。今時、一緒に死んでくれる女なんていないぜ。ふーん、それに比べると、この桂子なんざ、般若《はんにゃ》だな」
桂子「何をいうのよ、あんたは」
遠山「いや、けっこう美形だなと、その女を見て思ったのさ。なあるほど、これじゃあ、危険を冒しても奪いたくなるだろうなと、ね」

桂子「あんた、馬鹿なこと考えないでよ」
遠山「さあ、馬鹿なことかな、どうかな。俺はさっきもいったようにいたって利口なんだがな」
桂子「さあ、早く、薬をお飲みよ」

姫子、壜を開けて、掌に薬を出した。

秀一「やめろ！」
桂子「騒ぐと撃つわよ」
遠山「いや、待て。姫子さんとかいったな、薬は飲まなくていい」
姫子「？……」
桂子「何をいってるの、あんた」
遠山「薬は、こっちのお姉さんが飲むから」
桂子「え！」

遠山、桂子の背後から、首筋にナイフをあてがった。

遠山「お前、代わりに飲めよ」

桂子「ば、馬鹿なこといわないでよ」

遠山「俺はちっとも馬鹿じゃないぜ。あのな、保険金がかけてあるのは、何も、そこのお嬢さんだけじゃないのさ」

桂子「な、なんてこと」

遠山「ちょいと、気が変わった。桂子、お前がこの秀一さんと心中する筋書きに変更するよ」

桂子「じ、冗談でしょ」

遠山「知ってるだろ、俺が冗談と胡瓜がキライなことは。そろそろ潮時だとは思ってたんだ。お前もどうだ、この姫子さんとかいう人と同じように、俺に殺されるのは、本望だろう」

桂子「ば、馬鹿いわないでよ」

遠山「そうか、そうじゃないんだな。やっぱり欲に目がくらんだただの醜《みにく》い女というわけだ」

桂子「あんた、本気なの」

遠山「どんでん返しってわけだな。いずれ、お前も始末するつもりだったから、ここで、その

　姫子さんとチェンジってことで、いいんじゃないかな」
桂子「ひ、人でなし！」
遠山「そりゃあ、お互いさまさ」
秀一「（笑い出す）こりゃあ、とんだ三文《さんもん》芝居のサスペンスだ」
遠山「笑うんじゃない！　お前が死ぬことに変わりはないんだからな」
姫子「（何がなんだか、茫然としている）」
遠山「姫子さん、薬をこっちへ返してもらえるかな」
桂子「やめてえ！」

〔梗概〕桂子は薬を無理やり飲まされるが、抵抗したので結局遠山にナイフで刺される。秀一は深手を負いながら、遠山を崖から突き落としてしまう。このあたりは、突然の嵐の効果もあって、クライマックスとなる。嵐（雷雨）もおさまり、　再び照ってきた月の輝きの中で、瀕死《ひんし》の秀一を抱き抱える姫子は、虚ろに湖を眺める。

姫子「夜があけないと船は来ないわ」

秀一「もう駄目だ。俺は助からない」
姫子「馬鹿ね、私の命なんか助けるからよ。これで二度もあんたに助けてもらったのよね」
秀一「今度はそうじゃない。お前だけを助けたわけじゃない。俺が生きたかったんだ。ほんとにお前と生きたかったんだ。生き直したかったんだよ。……俺が馬鹿だったよ。お前を殺そうなんて思って、ほんとうにどうしようもない男だ」
姫子「でも、結局、私のことを助けてくれたじゃない」
秀一「つ、ついて、たのかなあ。不運だったのかなあ。……（苦しそうだ）ここで死んだら運がないってことだよな」
姫子「心配しなくていいわ。あなただけ死なせやしないから」
秀一「お、俺、もう眼が見えないよ。暗いな。これが死ぬってことなんだな。く、暗い……なあ。（事切れる）」
姫子「……秀一さん？　……秀一さん！……」
姫子、秀一を抱き締めているが、ややあって、その場に佇むと、桂子の死体と、秀一の死体を見つめ、さらに崖の下へ遠山の死体をみやるような視線を注ぐ。

睡眠薬の罎が転がっているのを拾って、それを凝視。
湖面を睨むように視て。
罎を崖に投げる。
はっきりとした意志のある音楽。
佇む姫子。

――幕――

その後、姫子は秀一のあとを追って身を投げて死んだのか、生きていくのか、睡眠薬の罎を投げ捨てたのはどういうつもりでなのか、そういうところを話しあう時間がワークショップで持たれた。それによって姫子の演技がずいぶんと違うものになってくるはずだからだ。
雨森はその点の演出について、舞子自身の考えに任せるという方針をとったため、舞子はここで大いに悩んだ。そうして舞子自身は姫子を生かすことにした。理由は、どうしても彼女がそこで死んでしまうとは舞子には思えなかったからである。別のグループはそうではなかったし、舞子の組も他の者の意見は、姫子は死ぬつもりであるというのが多数を占めた。だが、舞子は姫子を生かした。一度に三人もの人間の死というものを目の当たりにして、いよいよ姫子には絶望と厭世が強く感じられたには違いない。それゆえにこそ、コペルニクス的転換があったのではないかという、いうなれば、直感的理性による判断によって、舞子は生きる決意をした姫子として、佇んだ。


遊覧船は、竹生島の港に着いた。

雨森は大きな欠伸《あくび》をしながら、舞子とともに下船した。

港にあがると、記念写真屋らしい男が客の勧誘をしていた。すぐ左てに土産物屋が軒を並べている。入島のチケットを販売しているのは、その先の小さな民家のようなところだ。参拝の代金を、ここでは拝観料と呼ばずに、入島料と称している。

そこからすぐに宝厳寺の弁天堂に向かう急で長い石段がある。

石段を途中で右に折れると、都久夫須麻《つくぶすま》神社の本殿に向かうことになる。舞子たちはとりあえず弁天堂へと足を向けた。

「先生は、ここへいらしたことはあるんでしょ」

「うん、二度ばかりね」

石段を昇りながら答えた雨森の息はもう荒い。

「あの戯曲をお書きになる時にですか」

「いや、あれは記憶と資料だけで書いたから、私がここに来たのはもっと前だな。高校生の頃に一度と、あとはいつだったかなあ」

ふりかえると眼下に港が見える。石段の両側には『西国三十番観世音菩薩』と染めぬかれた幟《のぼり》が風にはためいている。西国巡礼の札所なのだ。

半ばを昇ったあたりに仏像があった。『楽寿観世音菩薩《らくじゆかんぜおんぼさつ》』とある。

「これは、ぼけ封じの観音さまらしいよ」

雨森にそう説明されて、舞子は伯母の道子のことをふと思った。ここで伯母の心配をしても始まらないが、とりあえず、御参り御参り。舞子は観音像の前で手を合わせた。

「信心深いんだね」

雨森は、そういいながら簡易に設えてあるベンチに腰をおろして、ポケットから煙草を取り出した。

「真似だけですよ。仏教徒でもなんでもないですから」

舞子も雨森の隣に腰かけた。

参拝を終わって石段を下りてくる者と、これから昇る者とが擦れ違っていく。舞子はそんな人々の動きを眺めていたが、雨森は煙草を燻《くゆ》らしながら港をみおろしている。

「琵琶湖の水質が汚染で悪くなっているとは聞いていたが、これほどとは思わなかったなあ。昔に比べると、港の水の透明度が全然違うよ」

「昔はもっと澄んでいたんですか」

「水底がみえるくらいにね」

「そうなんですか」

「泳いでいる魚がはっきりみえたからな」

雨森は煙草を吸殻入れに投げ込むと、立ち上がった。

「行くかな」

石段を昇りきると、弁天堂まで今度は石畳が続いている。思いの他、大きな建物だ。その建造物の威圧感だけで、京都や奈良の名所を訪れているような錯覚に陥る。

弁天堂のすぐ裏手は鬱蒼《うっそう》とした森だ。

殆ど人の手の入っていない原生の森林が、津波のように迫りあがって見える。たぶんその森林は島の裏側へと続いているはずだ。

「あの戯曲の舞台になったのは、どの辺りなんですか」

舞子はそう訊ねてみた。

「何処ということはないんだ。ただ、森のはずれというか、崖の傍なんだが」

「あの森の中へ入っていけるのかしら」

「いや、それは、ほんとはダメなんじゃないかな」

「実際に心中事件のあった所は何処のあたりなんでしょう」

「もっと北東の、小嶋のほうだな」

「そこには、歩いていけるんですか」

「不法侵入ということになるんじゃないかな。ごらん、柵があるだろ。この先は出ちゃいけないっていう標《しるべ》だよ」

舞子は下唇《したくちびる》を噛んだ。

「船でなら近づけないことはない。とりあえず、このあと神社へ行ったら、もうここではみるものはないから、下の土産物屋で貸し船屋の電話番号を訊ねよう。近隣の町から船を調達すれば、この島を外からぐるっと回れるはずだ」

「はい」

舞子は白い歯をみせた。

弁天さまにも手を合わせてから、先程昇ってきた石段を右に見て、石畳を真っ直ぐ逆の宝物館の方向にとって返し、昇りとは別の石段を下りて唐門《からもん》から観音堂に向かう。そこからトンネルのような、船廊《ふなろう》下《か》と称されている渡り廊下を通ると、都久夫須麻神社の本殿に抜ける。その先が拝殿である。きりたった崖を覗くようにして拝殿は建っている。軒下から手すりまでは展望のために広く開放されていて、見下ろすと、波が花崗岩の岩肌を洗っている。

ここでも記念品を販売していた。主にお守りの類だ。

「あ、琵琶だ」

ガラスのショーケースに、楽器の琵琶が展示されているのを見て、舞子が声をあげた。

「ああ、これはみたことがあるぞ」

「先生の本に出てきたじゃないですか」

「そうそう。そうだったな」

巫女姿の女性が勧めているのは、カワラケ投げだ。

カワラケと称される素焼きの陶器の杯に願い事を書いて、湖に投げると、それが叶うのだそうだ。

舞子は『きっとみつける真実を』と書いて、二枚、湖に向けてそれを投げた。それからその軌跡をじっとみていた。カワラケは緑の水の中に消えていった。何だか儚《はかな》い望みの顚末《てんまつ》をみせられたような気もして、心細くなった。

「どうしたんだ、口がとんがっているぞ」

「い、いえ、何でもないです」

すぐに舞子は装いを正す。

土産物屋の並ぶ港の入口までもどってくると、雨森は適当な店を選んで煙草を購入。店員と話をしながら、船の手配の電話をしていた。

舞子は所在無く、しばらくぶらぶらと歩いていたが、別の店の表のベンチに腰を下ろした。すると、店番をしていた中年の婦人が舞子のそばに寄ってきて声をかけた。

「どうしたの、それ」

舞子の肘の傷のことを言っているらしい。年令のせいで身体は小太りにまんまるくなってしまっているが、顔つきがしっかりとした女性だ。彼女は覗き込むように舞子の腕をみた。

「ああ、これ、これは転んだんです。彦根の港ではしゃいでいて、防波堤から滑って尻餅をついたんです」

「まあ、元気なお嬢さんだね。どれ、なんか、傷薬でもつけておくかね」

擦り傷だから酷くはないが、血も滲んでたしかにひりひりと痛い。

店の婦人はジージャンにジャージというラフな出で立ちだ。近隣の土地の人がここで店を出しているのだ。

「これで消毒して、これをつけておけばいいよ」

救急箱を持ってきて、オキシフルで傷口をふくと、ヨードチンキを塗布《とふ》してくれた。

「ありがとうございます」

見知らぬ土地での思いもかけぬ親切に、舞子は少し胸を熱くした。店の看板をみると、白地に黒くひらかなで『たつや』と書かれていた。看板の中に記されてあった電話番号を舞子は控えようとして、初めて携帯電話を持っていないことに気づいた。そういう習慣がなかったから伯母の家に忘れてしまったのだ。舞子はそれを忘れて旅に出たということよりも、いままでそのことに気づかずにいたことのほうに、奇妙な驚きを感じた。それは不思議に新鮮な経験だった。まるで、何かの暗示や啓示のような。……ともかく『たつや』には帰ったら、お礼の葉書を出すことにしよう。そう思って、看板にしるされてる住所のほうをメモした。

雨森はとみると、売店の所にはもういない。辺りをうかがうと、記念写真屋の男と話をしている。何をしているんだろう。写真なんか撮るつもりなんだろうか。

舞子は肘の傷口にふうっと息を吹きかけた。それから、看板の下に一枚ずつの紙に書かれて下がっている品書きを読む。『ビール・地酒』『美味しいカレーライス』『しじみ御飯』そして、『本格派サイフォンコーヒー』『鮒ずし』……ｅｔｃ。こんな島で本格派のサイフォンコーヒーっていうのが何とも可笑《おか》しい。品書きを読んでいるうちに舞子は空腹を覚えた。そういえば、時刻は正午をまわっている。

雨森がもどってきた。

「いちばん近いびわ町の民宿の人に頼んだから、三十分もすれば、船が迎えに来てくれるはずだよ。それで、この島を一回りしてみよう」

「写真屋さん、どうかしたんですか」

「ああ、あの男、僕が昔来たときもああやって客の勧誘をしていたんだ。何か事件当時の事を知らないか、ちょっと訊ねてみたんだ」

「どうでした?」

「心中事件のあった昭和五十八年というのは、たしかにここで記念写真屋をやってたらしいけど、詳しいことはよく知らないらしい。ただ、ここで撮った写真のネガや乾板《かんぱん》は保存してあるらしいから、それをみれば、何か思い出すかも知れないともいってた。まあ、アテにはしないほうがいいな」

当の写真屋は、もう別の観光客を引き止めて、記念撮影の交渉をしている。きちんと背広を着込んでいるが、小柄で背広もだぶつき気味の上に、魚みたいな眼をしているのが、雨森のいうように、たしかにアテにならなさそうな印象を与えている。

「これ、ここのお店の女の人に手当てしてもらっちゃいました」

舞子はヨード色の肘を雨森にみせた。

「へーえ、親切だなあ」

「ねえ、先生、船が来るまで三十分かかるんでしたら、ここで何か食べません。私、おなかすいちゃった」

舞子は店の品書きを指差した。

「ああ、そう。へえー」

雨森は順にその品書きを読んでいる。

「うん、美味《うま》そうだな。じゃあ、私は、美味しいカレーライスに本格派サイフォンコーヒーといくか、君は？」

「私、しじみ御飯っていうの、食べてみます。それから本格派サイフォンコーヒー」

舞子がいって笑うと、雨森も微笑《ほほえ》んだ。

経営者の趣味がいいせいだろう。間口《まぐち》が一間半《いっけんはん》ばかりの小さな土産物屋《みやげものや》にしては、カレーライスも、しじみ御飯も綺麗《きれい》に盛りつけがしてある。しじみ御飯というのは、しじみの混ざった味つけ御飯だったが、良心的な味がした。サイフォンコーヒーも、たしかに本格的な香りがすると舞子は思った。

雨森が煙草を燻らせているあいだに、呼び寄せた船が着いた。民宿『あげは』と船の胴体にペンキで名前が書かれている。釣り船か何かに違いない。簡易な屋根がついているが、エンジンはむきだしだ。

乗り込むと雨森が船頭さんに訊ねた。

「島を一回りして欲しいんだけど、何分くらいかかるかな」

「そりゃ、あんた、何分でも。ゆっくりやったら、ゆっくり。急ぐんやったら急いでまわりますけどな」

麦藁《むぎわら》帽子をかぶった初老の船頭さんが答えた。

理屈っぽいくせに物腰のやわらかい口調は、この土地の人特有のものなのかも知れない。雨森が苦笑いする。

「じゃあ、ゆっくりでいいや」

「ほな、三十分くらいで、ぼちぼちにいきまひょか。どっちからまわります?」

「小嶋に行きたいんだけど、そこは最後でいいから」

「ほな、旦那さん、西の方からまわりまひょか。そいで、もっぺん、ここに戻ればよろしいんかいな?」

「いや、面倒だから、民宿のほうに向かってくれればいいよ」

「お泊まりでっか」

「ああ、さっき電話で聞いたら、空いてるらしいから、ついでに頼んだから」

「そないですか。ほら、まあ、ありがとうさんです。ほな、いきまっせ」

「あ、ちょっと待って」

船頭さんをとめたのは舞子だ。

さっき雨森と話していた写真屋がこっちをみていた。舞子は陸《おか》に上がると、その写真屋に駆け寄った。

「あの」

「え、いや、何でもあらしまへんで、何でも」

写真屋はあとずさりした。変なやつだな。

「あの、私たち『あげは』っていう民宿にいます。何でもいいです。心中事件のことで思い出されたことがあったら、そこの冴草か雨森に連絡していただけませんか」

舞子は自分たちの名前を簡単にメモして写真屋に差し出した。写真屋は卑屈《ひくつ》なくらいにペコペコと舞子にお辞儀して、それを受け取った。

「ごめんなさい、待たせて。連絡先を渡してきたんです。『あげは』の電話番号は、この船に書かれているものでいいんですよね」

「はい、そないだ。ほな、出してよろしでっか」

「よろしくお願いします」

エンジンが唸《うな》って、船は岸を離れた。

ずうっと進行方向の右てに崖の岩肌がつづく。樹木が崩れ落ちそうになりながら、崖に迫り出して繁っている。

「ここら辺りはこういう崖ばっかりですわ。いろいろ名前がついてます。屏風岩《びょうぶいわ》たら、富士岩たら、盗賊岩たら、いろいろですわ。そういう形に見えたんでしょうなあ、昔は。いまはワシにもようわからんのやけど」

船は崖に沿って右方向に進路を変えた。しばらく進むと、小さな砂浜がみえた。

「これ、弁天浜ですわ。弁天さんがここに降りてきはったらしいんですわ」

「砂浜、あるんですね」

舞子は船のへりに摑まりながら、膝をたてた。

「ここだけでんな、砂浜は」

船はさらに島に沿って東に向きを変えた。

「ここらは、島の裏側でんな」

いたって長閑《のどか》に船は進む。船頭さんも舵をとっているだけで、くわえ煙草である。

しめ縄が張られた洞穴がみえた。

「あれが、行者の霊窟《れいくつ》ですね」

雨森が指さした。

「はあ、そないです。よお、知ってはりまんな」

「行者の霊窟って？」

舞子が訊ねた。

「修験道《しゅげんどう》の起こりは学校で習ったかい」

「いいえ」

「山岳を修行の場にした山岳信仰と、仏教の密教的信仰が合体して、修験道が起こるんだ。加持祈禱《かじきとう》ってやるだろ、あれさ。ここはその修行の場所だったらしい。天台宗の僧侶がここで修行したんだな。奥行きは二十メートルほどあるらしい。いまは修行は形骸化《けいがいか》しているらしいけどね。昔は修行で命を落とす僧も多かったらしいよ」

「修行して、どうなるんですか」

「呪力っていうか、いまでいう超能力というか、不思議な力を体得《たいとく》するんだ。役《えん》の小角《おづの》なんてのは、修験道の創始者っていわれてるけど、水の上を歩いたらしいよ」

雨森の説明を聞いている間に、小嶋が近づいてきた。

「あれが例の小嶋だ。事件の現場だよ」

雨森が指さした島は、鳥の影でいっぱいだ。コロニーなのだ。

「鳥たちの繁殖地ですね」

「そうだね、コロニーだ」

「先生の作品でも舞台は、コロニーのそばでしたよね」

「そうだったね」

船が近づくと、野鳥が一斉に飛び立った。

「エンジン、止めまひょか」

船頭さんがいう。

「そうだな、しばらく、停泊してもらおうか」

エンジンが止まる。急に辺りが静かになったように感じる。舞子は眼を凝らしてすぐ近くの崖と、それを覆《おお》うように密生している樹林をみた。

船は波のままに揺れている。

「昔は、社《やしろ》もあって、しめ縄で本島のほうとつながってたんでっけど、いまは何もありへん。鳥の住処《すみか》ですわ」

「ねえ、船頭さん。ここで二十年ばかり前に心中事件があったのを、憶えてますか」

雨森が船頭さんに聞いた。

「心中でっか。……」

しばらく、記憶を探っていたようだったが、うんうんと白髪頭を縦に振った。

「そうそう、あれはまだ、わしが消防団にいた頃でんがな。わしら総出で、引き上げましたがな。若い男と女でしたな。水で膨らんでしもうて、土左衛門《どざえもん》ちゅうのは、まあそんなもんでっけどな。あんなこと島始まって以来のことやおまへんかいなあ。験《げん》悪いちゅうて、あとで御祓《おはらい》しよりましたがな。旦那さんは、なんど、ゆかりの方でっか」

「いや、縁もゆかりもないんだけどね、この娘さんの父上が元刑事さんでね、その時の捜査に携わった方なんだ」

「ああ、そないだ。警察がぎょうさん、来なはりました。そうでっか、そないでっか、刑事はんの娘さんでっか」

珍しいものでもみるように船頭さんは舞子を眺めると、歯の抜けた口を半分あけてあいそ笑いをつくった。舞子はそういう視線には慣れっこになってはいたが、やっぱりどこか気恥ずかしい思いがした。

鳥の一群が水面を滑空した。それを追うようにみつめてから舞子は湖水の底に眼をやった。ここに扱きでつながった男女の死体が漂っていたのだ。雨森の話では、かつてはこの湖水も透明度が高かったらしいから、水に漂っている死体もはっきりみえたに違いない。いまでもわずかに魚影が見える。

「ここの崖に歩いてやって来ることは出来るんですか」

舞子が船頭さんに訊ねた。

「大学の先生と生徒さんが、鳥の研究ちゅうんですか、観察ちゅうんですか、そういうのに、来なはりまっけど、普通の人は入れへんようになってまんな。神社の社務所がこの奥の方にあるんですわ。そこから道はあるんですわ。ほんでも、神社のもんも、いまは来まへん。昔は、さいでんもいいましたけど、しめ縄を渡す行事があったんですわ。いまはもうやってまへんけど。そやさかいにな、ちいっちゃい道みたいなもんが、ついてるみたいでんな」

古《いにしえ》の行事に使用された森の中の小道を、心中した彼らは歩いてきたのだ。姫子と秀一もそうであったに違いない。舞子の頭の中で、実際の事件と芝居の舞台のイメージとが、自然に溶け合って混じっていく。ひょっとしたら、いやおそらく父の藤太郎も、あの舞台を観た時にそう感じたのかも知れない。舞子はそんなふうに考えた。

「どう思います？」

ふと、そんなコトバが舞子の口に出た。

「え？　何を」

雨森が振り向く。

「あ、いえ、その、父なんですけど、私の舞台を観た時、やっぱり強く自分の関わった現実の事件のことを思い浮かべたんでしょうね」

「うん、そうだね。因縁めいたものを感じられたろうね」

因縁か。父の死と、竹生島の心中事件とは、やはり何処かで結びついているのに違いない。舞子にまた直感的理性のパルスがやってきた。

父は、あの芝居を観て、いまの自分と同じようにふいに、何かインスパイアされる経験をしたのではないだろうか。偶然であるとはいえ、あの芝居には刑事としての直感にうったえる何かがあったのではなかろうか。それとも、ただ単に、かつての事件を憶い出して、感慨《かんがい》に耽《ひた》っただけなのか。父の書斎から無くなった『竹生島心中事件』のファイルは、何を意味しているのだろう。

「当時の事件のことを詳しく知っている人というのは、いませんか」

雨森が訊ねた。

「詳しくいうてもなあ。水から揚げた後はわしら立ち入り禁止でしたしなあ。町の警察やのうて、県の方から警察が来ましたやろ、そやさかいに、町の駐在さんくらいでは、何にもわからんのとちゃいますか。死体はすぐにどっかに持っていったんとちゃいまっか。新聞には心中やいうて記事が出てましたけどなあ。女のほうは身元がわからんいう話やったと思います」

腕に入れ墨をした女だ。たしか『けんぞういのち』だった。その何年か前に京都で『たまりいのち』と入れ墨をした男が殺されている。死因はどちらもシアンによる中毒死だ。ふたつの事件は関係があると、父は推理した。どんな関係があったのだろう。父のファイルには、そのことが記されていたかも知れない。

しまった。京都の事件のファイルを読んでくればよかった。なんて馬鹿なんだろう。いや待てよ、書斎のファイルを調べた時、眼に止まればきっと読んでいたはずだけど。

いまのいままでファイルの盗難は『竹生島心中事件』だけだと考えていたけど、京都のその事件のファイルは、あの場所にあっただろうか。ひょっとすると、それも盗まれていたんじゃないだろうか。

京都にも行ってみなくっちゃ。

舞子は眉間《みけん》に皺《しわ》をよせた。水面は陽光に眩《まぶ》しさを増してきた。波は小さくうねって小船を上下左右にゆらしている。舞子は持ってきたカメラを小嶋に向けた。フレームの中で小嶋の崖は沈黙している。鳥たちが、木々の間を飛んでいる。それだけみれば、平穏な自然の風景でしかない。

こんなところで、凄惨《せいさん》な心中偽装の事件があったなんて。いやいや、そうじゃないんだ。偽装に見せかけようとして人が殺しあったのは舞台のほうだ。ここで起こったのはほんとの心中……いや、マテヨ。……父はここで起こった心中事件を〈心中〉として扱うのに、抵抗を示していた。納得がいかないという旨を雨森に話している。ということは、だ。……父はここで起こった心中事件を偽装ではないかと疑っていたんだ。では何のための偽装だったんだろうか。それは、もちろん、殺人を心中にみせかけたということなんだろうな。すると、殺人を心中とみせかけるということは、扱きで結わえた男女をこの崖から突き落とした犯人がいなければならない。その犯人と京都の事件と、何か関係があるんだろうか。

……そうだ、きっとあるんだ。

舞子は動悸《どうき》を感じるほど、懸命に頭を働かせた。

「どうしたんだ、船に酔ったのか。顔色が良くないぞ」

雨森の声に舞子はハッと我にかえった。たしかに少し気分が悪い。船酔いしたのかも知れない。

「宿に行くかい」

「いえ、もう少し。もう少しここに居ていいですか」

「私は構わないけど」

雨森は船頭さんをみた。時間はいいだろうかという、問いかけだ。

う。

「わしのほうは、かましまへんで。夕方まで用事はありまへんさかいにな」

船頭さんはハイライトを取り出すと、それに火をつけた。湖面の風が、煙を払うように散らしてしま

「ねえ、先生」

「ん?」

「父は私の舞台を観て、先生に手紙を書きましたよね」

「ああ、そうだよ」

「あの芝居の何処か、父の琴線《きんせん》に触れたというか、何か、その、うまくいえないんですけど、あの芝居のどの辺が父の心を摑んだんでしょうか。いったい、あの舞台の何に興味をおぼえたんでしょうか」

「うーん、そうだな。それは、さっきもいったように、自分が扱った事件とシチュエーションが似ていることに、そんな芝居に君が主役で出演していることに、ただならぬ因縁を感じられたんだろうな。そういうことって、人生にけっこうあるんだよねえ。ユングなんかの心理学を勉強すると、よく出てくるんだけどね」

「あの芝居そのものについては、何か言及していませんでしたか?」

「それはなかったように思う。ただ、私が竹生島での心中を、結局、私の場合は男女は飛び込まないわ

けなんだけど、そういうものを扱ったということに関しては、私がここで起こったホンモノの事件のほうについて何か、資料を研究するなり、考えがあるなりするんじゃないかと思われていたようだったけど、芝居のほうはまったくの想像で、虚構だと説明したら、そうですかと残念そうにはしておられたなあ。……」

「そうですか。……」

舞子を掠《かす》めるようにして、低空を鳥が飛んだ。湖面すれすれのところを、数羽のカワウが滑空した。それがまた上昇して、樹木の間に消えた。

「もどるか」

おし黙ってしまった舞子に雨森がいった。舞子はコクンと頷いた。

時刻は四時を少しまわった。民宿『あげは』の二階の和室で、舞子は出されたお八つの羊羹《ようかん》を雨森とともにほうばっていた。

『あげは』は民家（おそらく漁師の家）を改装増築した宿で、客室は二階だけに五部屋ほどあった。泊まり客は舞子たちの他に四組である。舞子は雨森と同室というわけにはいかないので一人旅の女性と相部屋ということになった。それでも、寝る時にだけもどればいいのだから舞子はずっと雨森の部屋にいた。

もう一人の女性客とは、社交辞令のようなコトバを交わしただけだ。年齢は四十代半ばと察せられるのだが、そんな年齢で一人旅というのはめずらしいなと舞子は思い、そのことをちょっと聞いてみた。女性は舞子に、

「あなたも私のような年齢になってまだ独身でいれば、そういう気持ちも理解出来るようになるわよ」

と、微笑みながら語っただけである。

その真意は舞子にはわからなかった。若かったからだろう。その女性とはその後、とくに何も話すことはなかった。

ともかくこれで、竹生島に来るという目的は達せられた。しかし、それで、何がわかったというのだろう。何もわかったことはない。今日はこのままここで時間をつぶしてしまうことになりそうだ。こんなはずではなかった。舞子はちょっとした焦燥を感じていた。もう少し計画をキチンとすれば良かった。

舞子は高岡の送ってくれたファイルにもう一度眼を通した。

「男性のほうの身元は確認されたとありますね」

「え、ああ、確かそうだったな」

「お姉さんが確認されたとありますけど、この方の所へ行ったら、迷惑でしょうね」

雨森は少し考え込んだが、

「そうだね。あんまりいい死に方をしてないわけだから、その遺族ということになるとね。しかも年端《としは》もいかない、君のような女性がね」

開け放たれた障子の向こうに琵琶湖が見える。遠く竹生島が湖に影を沈めている。

「でも、行って聞いてみたいな」

「何をだい」

「心中の理由というか、その、原因というか」

「そういうことを、見知らぬ他人に、果たして話してくれるだろうかな」

「京都の事件についても、もっと知りたいけど」

「うん、気持ちはわかるが、素人の娘さんがあまり首を突っ込むことでもないと思うんだけどな」

雨森は藤太郎の死が自殺ではないという舞子の説を、全面的に支持しているわけではない。それは舞子にも分かっていた。しかし、わざわざ仕事を休んで、こんな素人の捜査旅行についてきてくれているのだ。それには感謝しなくてはならないということも、舞子は重々承知していた。船を調達してくれたり、民宿をとってくれたり、これでも雨森にとってはいたれり尽くせりに違いないのだ。文句をいっては罰があたる。

雨森が捜査旅行に参加してくれるというので、糠喜《ぬか》びしたふしが自分にはあると、舞子は思った。雨森としては、自分を諦めさせるために、わざわざこんな手続きを踏んでいるのかも知れないと考えることも出来た。

もう一度出直して、キチンと計画をたて、そういうのを捜査方針とでもいうのだろうか、それから腰を据えてかかろうかな。そんな気がしてきた。

「これから、どうする」

雨森にそう訊ねられて、舞子は、今日はここに一泊して、明日は名古屋にもどり、作戦をたててからまた出てきますと答えた。

「そうか」

と、雨森はあまり納得のいかない返事を返したが、それには、まだやるつもりなのかという意味が含まれていたに違いない。

ところが、事態は急転した。

舞子が直感的理性というやつで予感した、彼女の父の死の裏側にある真実の糸口、というやつを図らずも露顕《ろけん》させると思わせる事件が、起こった。

翌朝、例の竹生島で見かけた写真屋が、溺死体となって、浜に浮いたのである。

舞子は雨森には内緒で、心中事件の片割れである男性、古田重雄の実家である大津を訪ねようかとも思ったが、軽はずみな行動が失敗につながるかも知れないと自重《じちょう》して、当日は町の駐在やら、消防団への聞き込み捜査のような事をしてみることにした。

駐在の若い警察官は、当時の事件のことを殆ど知らないでいた。当時の記録のようなものを引っ張り出して調べてくれたが、高岡がよこしたファイル以上に詳しいことはまるで判明しなかった。消防団も日誌を紐解《ひもと》いたり、当時死体の引き揚げにあたったらしい初老の団員を紹介してくれたが、『あげは』の船頭さんの供述と五十歩百歩で、直接事件の捜査に関わった形跡はみとめられなかった。

話によると、死体は一旦船に引き揚げられ、そのまま入江の港まで運ばれ、さらにびわ町の保険所に暫時《ざんじ》保管され、それから県警の本舎へと運ばれたらしい。監察医はびわ町の保険所で手続き上の簡単な解剖を施し、さらに県警にて詳しい司法解剖となったらしい。

捜査は社務所からの小道から、小嶋の対岸にあたる崖の周辺、鳥たちのコロニーの辺りについて行われたようである。消防団員の主な仕事は、あくまで警察の現場捜査の円滑をはかるための援助という感じで、つまり、ヤジ馬の整理のようなもので、死体を直接みた者も少ないのではないかということであった。

現場の遺留品によって、男性の身元が古田重雄と判明した後、その姉が確認にびわ町まで出向いてきたらしい。姉は古田美也子《ふるたみやこ》、当時被害者とは二つ上の二十七歳で、小学校の教員と記録にあった。住所の移動がなければ、大津に住んでいるらしい。そういったことも、ファイルにあったとおりで、何ら目新しい情報ではなかった。

その夜、鮎の刺身や、塩焼き、すまし汁に佃煮と、鮎づくしの夕食を済まし、入浴した後、舞子は伯母や友人に電話をかけるためと、気晴らしの散歩が目的でもう一度びわ町の町中へ出た。湖岸に設けられた緑地公園を、岸辺にそってずっと歩いてみた。雨森も誘ってみたが、雨森は原稿の下書きがあるとかで、『あげは』に残る恰好《かっこう》になった。

八時頃である、舞子が『あげは』にもどってみると、雨森の姿がみえなかった。そのかわり書き置きがあった。『昼間の写真屋からＴＥＬあり、何か話したいことがあるらしい。先に行ってる。住所は次のごとし、帰宿されたら、追ってくるように』

『あげは』の主人に訊ねると、雨森は半時間ばかり前に宿を出たらしい。雨森の書き残していった住所は、徒歩だと四十分くらいかかるが、車でなら十分足らずでいけるところだったので、舞子は表に出てタクシーを拾うことにした。

まだ八時過ぎだというのに、町はひっそりとして、タクシーはなかなか拾えなかった。舞子は国道8号線まで出ていって、やっと一台車をつかまえた。こんなことなら、民宿で車を呼んでもらえば良かった。きっと雨森はそうしたに違いない。相変わらず判断力のない自分に舞子は、ちょっと嫌気《いやけ》を覚えた。夕方から雲行きが怪しかったが、小雨が降ってきた。傘がいるというほどではないが、舞子はハンカチーフで頭を覆った。

「高──町の西熊野×丁目までお願いします」

最寄りの交差点付近で下車すると、開いていたコンビニに飛び込んで、さらに細かな案内を乞い、やっと目当ての写真屋をみつけた。

ガラスの扉に金色の文字で『サクラヤ写真館』と書かれているのが、半ば剝げ落ちている。表から見るかぎりではすでに電灯の明かりがない。何処かへ出かけたのだろうか。雨はやみそうにない。途方に暮れかけたその時、ポンと肩を叩かれた。

振り向くと雨森だった。

「先生」

「留守なんだよ。近所の煙草屋さんで聞いたんだけど、一時間も前に外出したようだというんだ。人を呼び出しておいてんだから、戻ってくるはずだと思って待っていたんだけど、そんな気配もないんだ。

といってこのまま帰ると、君と入れ違いになるかも知れないと思って、あっちの軒下で雨宿りしながら待ってたんだけどね」

「どんな話があるっていってたんですか」

「それが、よくわからないんだ。ともかく、来てくれというから、出てきたんだけどね」

「ここにお店を持ってて、竹生島まで出張してるんですね」

けして繁盛しているとはいい難い、もうずいぶんと古くなった建物をみつめながら、舞子がそういった。

「こういう、昔っからの写真屋というのは、デジカメなんかの現代的経営に乗り遅れると、苦しいんじゃないかな」

結局、その後もう一時間ばかり、舞子と雨森は待ち惚《ぼう》けをくわされたまま、民宿『あげは』にもどることになった。もどった頃に雨はあがった。

『サクラヤ写真館』主人末松信吾《すえまつしんご》の溺死体が、琵琶湖に注ぐ川の下流近くの浜に浮かんだニュースを知ったのは、次の日の出立《しゅったつ》の前であった。

この辺りの町では新聞より早く、人々の口伝えでニュースが入ってくるらしい。『あげは』の女将さんが、例の船頭さんとその話をしているのを、舞子が小耳にはさんだのである。

舞子から写真屋溺死のニュースを聞くと、雨森は殊の外《ことのほか》、仰天《ぎょうてん》した。それから、昨日電話があったことも、わざわざ会いに出掛けたことも内緒にしておこうということになった。雨森にしてみれば、こんなところで面倒に巻き込まれたくなかったのかも知れない。ただ、舞子が驚くくらいに真剣な面持ちで、この事件、つまり舞子の父君の死についての事件について、考え直すという態度を表明した。

「半信半疑だったんだけど、この事件は、君のいうように一筋縄ではいかない、何か複雑な事情があるのかも知れない。無論、写真屋が死んだことと、我々のしていることとが、どの程度関係を持っているのか、いまのところ何ともいえない状況だけれどね。これはまったくの偶然かも知れないんだからね。しかし、しかし、偶然にしてはなあ。そんな、うーん。ちょっと待ってくれ、ちょっと待ってくれよ」

雨森は、別に何を急かしているでもない舞子を両手で制して、頭を抱えた。

「あのね、これはあくまで、あくまで私の推量にしか過ぎないんだけどね」

「はい」

舞子も眼差しを鋭く、雨森の次のコトバに聞き耳をたてた。

「君のいうとおりに、藤太郎さんが、何者かに殺されたとしよう」

「はい」

舞子に緊張が走る。

「と、いうことは、とりも直さず、犯人がいるということだ」

「そのとおりです」

興奮を抑えて舞子は答える。

「その場合、私たちの芝居というのは、どういうふうに関係してくるんだろうか。藤太郎さんは、あの芝居をご覧になって、何かインスパイアされたものがあって、それを私に伝えたかったんだろうか。なんて私は馬鹿だったんだろう。そのことに気付かなかったなんて。しかし、それによって、藤太郎さん自身が、新しく行動をおこされたとしたらどうだろう。昔のファイルを調べ、何か目星《めぼし》のつくところまで、推論を進められて、それで、それで、ひょっとして犯人に何らかのカタチでコンタクトをとるまでに到られたとしたら。……逆に、藤太郎さん自身が……」

舞子はこんなに真に迫った雨森の表情をみたことがなかった。

「何れにしても、謎は多く残る。とにかく、もし、写真屋が誰かに殺されたのだとしたら、写真屋は何か重要なキャストだったワケだ。それは何故だ。何か心中事件に関わる情報を知っていたか、所有していたか。そして、それが藤太郎さんの死と関係していることだとすれば、舞子くん、これは素人である君や私などがウロウロと嗅《か》ぎ回る程度の事件じゃないぞ。何故ならコトが殺人ならば、殺した者つまり、犯人が現在もうろついているワケだ。姿なき犯人のような者がいるということは、それが、こんなところまで私たちを追ってきているということは、とりも直さず、君にだって危険が及ぶかも知れないんだからね」

ところが、写真屋の死因は、泥酔《でいすい》による事故ということで片づけられてしまった。飲みすぎて、足を滑らせたのだろうというのである。たしかに、死体からはかなりの量のアルコールが検出された。滑り落ちたときについた擦り傷の他に外傷と思われるものはなかった。最終的な死因は心不全である。

けっこうな年令のくせに写真屋末松が独身であったのは、過度の飲酒癖によるものであるというのが、専《もっぱ》らの評判だった。川に落ちることも何度か過去にあったらしい。今度はそれが命取りになったというわけだ。

せっかくの発展的展開に、舞子はまた水をさされるような恰好になった。よっぽど、あの夜、写真屋から電話で呼び出され、すっぽかされたことを地元の警察にリークしてやろうかと思ったほどだ。

しかし、舞子は自分の考え、直感的理性による自分の考察が間違っていなかったことに強い自信を感じた。

くれぐれも独り勝手な行動は慎むようにというコトバを残して、雨森は仕事にもどった。舞子もとりあえず、伯母の家にもどることにした。

姿なき犯人か。何処の闇の隙間《すきま》から、そいつはこちらを監視しているのだろうか。こっちがそいつをみつけるのが先か、そいつが事件の何も彼もを隠蔽《いんぺい》してしまうのが先か。

武者震いというコトバは知っていたけど、実際にそういうコトを身体で感じるのは初めてのことだ。心身のふるえとともに、舞子の心には勇気のようなものがこみあげてきた。

もちろん、読者諸兄がもっとも怪しんでいると思われる雨森慎介に対して、舞子が何の疑いも持たなかったワケではなかったろう。しかし、十六才の少女には、そのひとを怪しむべき根拠は皆無であった。なによりも彼女の直感的理性というものが、ちょうど携帯電話を持って出るのを忘れたのと同様に彼への疑念を忘却させ、彼に対する信頼をして消し去っていたのである。

三　舞子と新米刑事、高岡親男《たかおかちかお》

1

伯母の家にもどると珍客がいた。あの若い刑事の高岡である。珍客というのは、これがのうのうと台所で丼めしを食べていたからである。舞子は「あら」と声をあげて、とりあえず会釈《えしゃく》をすると、傍の伯母の袖を引っ張った。長い旅を覚悟して伯母の家を出たものの、ほんの二日ばかりでもどってきた舞子に、さしたる感慨もなさそうに、「お帰り」といった伯母のアルツハイマーも、心配といえば心配ではあったが、この状況はそういうことをいってる場合でもなさそうだ。

「何なの彼は」

「ああ、高岡さんかい」

「高岡さんかいじゃないわよ。あいつがどうして、ここで御飯なんか食べてるのよ」

「おなかが空《す》いたっておっしゃるから」

舞子は小さくフッとため息をついて、

「それで御飯なんか出したわけ」

首をかしげながら、伯母にもう一度訊ねた。

「だって、お前を訪ねて来てくださすったんだもの」

伯母は、小声でそう主張した。

「私を？」

台所にもどると、高岡はゴクゴクとお茶を飲んでいる。舞子は、そんな高岡をジロリと睨《にら》みつけた。

「あの、何か御用でしょうか」

「おばさん、ごちそうさんでした」

舞子のコトバなど、意に介してないようだ。

「高岡さん、どういうことなんですか」

テーブルの椅子《いす》を引いて、舞子は腰を下ろした。

「早かったですね。捜査旅行だっていってらっしゃったから、三、四日は留守かと思いましたけど」

「あなた、ここで何してるんですか」

「報告を聞こうと思って」

いいながら高岡は丼を流しに持っていった。

「報告？」

「捜査の成果というか、そういうやつ」

「何で、あなたにそんなことしなきゃなんないの」

高岡は丼を洗いながら、

「だって、資料を提供したのは、僕ですよ。それくらいの見返りがあってもいいでしょ」

舞子をみて、白い歯をみせた。

そういわれれば、そうなのだが。

「別に、成果はないけど」

「そうか、それは残念でしたね」

こいつ癪《しゃく》に障るやつだな。舞子は腕を組む。

「あなた、お仕事は」

こんな所で御飯を食べていられる程、新米刑事の身分は暇ではないはずだ。舞子はそう思って、皮肉を交えて訊ねてみた。

「ちょっと休暇でね」

「お休みなんですか。それって非番ってこと」

「まあね、ちょっと長めの非番なんスよ」

何をいってるんだろうこいつは。

「つまりですね」

と、テーブルを挟んで、高岡も舞子の真向かいに腰を下ろした。

「僕もまだ若くて、血の気が多いもんですからね、ちょっとやっちゃったんですよ」

「やっちゃったって？」

「こうみえても、暴走族あがりでね、オヤジさん、いや冴草藤太郎さんに拾われたんですよ。お前、刑事にならないかって。そいで、改心して足洗って、警察学校行って、まあ、そうなんスけどね」

「あなたの経歴なんか聞いてません」

「ははは、どうも。いや、それでも未だに直情型ってのかな。血が逆流すると見境《みさかい》がなくなることがあるんですよ。いやいや、そのね、上司とやっちゃったんですよ。あんまり理不尽《りふじん》なことというから、つい手が出て、謹慎《きんしん》くらったんです」

呆《あき》れたヤツだな。

「ですから、暇になったから、お嬢さんの捜査のほうを手伝おうかなって、殊勝《しゅしょう》にも、そう思ったんです」

殊勝にも、ときた。

「舞子でいいです。お嬢さんなんて呼ばないで下さい。それから、捜査は手伝ってもらう必要はありません」

きっぱりと舞子はいった。充分強い口調でいったつもりだけれど、高岡にはこたえてないようだ。

「こうみえても、けっこう役にたちますよ。なにしろ、現職の警察官なんですから、使うと便利ですよ」

そういう彼のフットワークに、それは確かにそうだと舞子の心が少しゆれる。

「ねえ、舞子さん。テレビのドラマや映画では刑事は恰好いいけど、実際はそうじゃないし、つまりもっと地味だってことなんですけど、二流の探偵小説に出てくるほどマヌケでもないんですね、これが」

それは父をみていたから、舞子にもよくわかっている。

「どうですか、僕も冴草さんにはお世話になったんですから、何かのご縁と思って、ひとつ仲間に入れてくれませんか」

「遊んでるんじゃありません」

「もちろん、僕もそんなつもりじゃありません。伊達《だて》や酔狂《すいきょう》、ひやかしのつもりで、そういうんじゃありません。僕はまだまだ駆け出しの若造ですが、さっきもいったようにけっこう役にたつっていってんです」

「で、私にどうしろとおっしゃるんですか」

「事の次第というのを、聞かせてくれませんか」

舞子はじっと高岡の眼をみつめた。

高岡が舞子をみつめ返した。ハッとするような鋭い眼光だ。新米とはいえ、やっぱり現職の刑事だけのことはある。というより、これはこの男の根っからの資質なんだろうか。舞子は視線を逸らした。

「ともかく、私、そういうつもり、ありませんから」

いって立ち上がった舞子の二の腕を、こともなげにひょいと握ると、

「しょうがないですね、じゃあ、ちょっと来てくれませんか」

高岡は、その腕を引っ張った。

「ど、何処へですか」

「で、ん、わ」

「電話?」

舞子は電話のある場所まで連れて行かれた。

「ちょっと拝借します」

と、いうと、暫し番号を思い出しているかのようだったが、ウンと頷き、プッシュ・ボタンを押した。

やがて先方が出たらしい。

「もしもし、高岡です、ちょっと舞子さんにかわりますから、よろしく」

いったい誰に電話なんかかけたんだろう。舞子は突き出された受話器と高岡の顔を交互にみながら、それを受け取るのを躊躇《とまど》った。

「舞子さんのよく知ってる人ですよ」

高岡はニコニコしている。舞子は高岡から受話器を受け取った。

「もしもし……」

おそるおそる呼びかける。

「ああ、舞子くんか、私です、雨森です」

「雨森先生?」

さっき駅で別れたばかりの雨森慎介である。

「あの、どういうことなんでしょう」

「ともかく、舞子くん、その刑事さんに何でも相談することだ。素人がかってに行動しちゃいけないから」

「お知り合いなんですか」

「何いってるの、君がその刑事さんの名前を教えてくれたんじゃないか」

「それは、そうですけど」

舞子は何が何だかよくわからない。

「私だって会ったことはないけど、今度の資料だって彼が内緒でとりよせてくれたんだろ。きっといろいろ相談に乗ってくれるよ。ともかく、高岡さんに説明を聞けばいい。私は原稿の仕事が突然舞い込んで、四苦八苦しているんだ。帰ってみたら、メールの山だ。とうぶん君を助けてあげることができそうにないんだ。じゃあ」

「あっ、あの」

切れた。

舞子は受話器を置いた。

「あの、どういうことですか」

今度は高岡に同じ質問をしてみる。

「電話もらったんですよ。その、いまの雨森さんに。僕が謹慎中だって分かると、アパートにまで電話がきました。ぼくが、冴草さんに生前世話になっていた旨をお話ししたら、それは何かの縁というやつだろうから、それならなおさら、あなたの面倒をよろしくって。よっぽど心配してらっしゃるんですね。謹慎中ですっていったら、丁度いいから、急いでここへ、あなたの伯母さんの家へ行ってくれないかって、いわれたんスよ」

雨森はいつの間に電話なんかしたんだろう。新幹線の車中でしばらく席を外していたけど、あれは高岡に電話していたのかしら。

「雨森先生ってのは、非常にそつなくテキパキとした方ですね。一度会ってみたいな」

高岡がいった。

高岡の述べた雨森の感想については、その通りだと舞子も思う。

「まあ、そういうことでして、何でもご協力申し上げますが」

高岡は頭をかきながら、ペコンとお辞儀した。礼儀がいいんだか、悪いんだか、よくわからないヤツだ。

「まず、お願いというか、条件があるんです」

リビングのカウチに案内して、ハーブティーを出すと、舞子は高岡にいった。

「何スか、お願いって」

「父の、冴草藤太郎の死の件なんですが、あれは自殺なんかではないという私の考えを、尊重していただきたいんです。信じろとはいいませんけど、せめて、その可能性を捨てないでいただきたいんです」

「わかりました」

畏《かしこ》まったふうに、背広の襟《えり》を正す仕種《しぐさ》をつけながら、高岡が答えた。

「その件については、了解するというか、前提として理解します。つまり、あの死を疑ってかかるというところから、捜査を始めるという方針でいきますから」

「ありがとう」

そういってから、舞子は、どうしてこんなに素直に自分の意見を聞いてくれるのか、それが疑問に思えたので、それを質《ただ》してみた。

「最初は、まるっきり私のいうことなんか聞いてくれなかったくせに、どうしてなんですか。雨森先生に、何かいわれたんですか」

「なんつうんですかね、よくわからないんスけどね。いや、雨森さんには詳しいことは聞いてないんですよ。お互い初対面、いや、まだ対面すらしていない仲なわけですから。ただ、あの葬儀の夜、ここへお邪魔してから、あの後ですね、自分でオヤジさんの死に方について、やっぱり引っ掛かってるものあるんだなあって、そんな感じで、現場の報告書やら、鑑識《かんしき》の調書やら検視の記録やら、調べてみたんです」

「何か、疑問なところでも、あったんですか」

「ないですね。なかったんスよ。どう読んでもやっぱり自殺なんですね。遺書めいた書き置きまでありますしね。現場で争った跡もないし。ただね」

「ただ？」

「ちょっと思い出したことがあったんです」

「思い出したことって」

高岡はハーブティーを手にしたが、口には運ばず、また元の受け皿にそれを置いた。

「ずっと前にオヤジさんと、やっぱ、自殺者の出た現場に行ったことがあるんです。その時にオヤジさんがボソっといったことがあるんです」

「何て」

「自殺ったって、何かに殺されたことには違いない。……オヤジさん、死体を見て呟《つぶや》いたんです。なんか、それを思い出したら、妙にまた気になりだして」

舞子は高岡のいった父のコトバを頭の中で反復してみた。『自殺ったって、何かに殺されたことには違いない』

舞子の学校でも生徒の自殺事件がなかったわけではない。他の学校でもそういう事件はあった。それが最近マスコミの取り上げるイジメを原因としていたり、家庭の悩みや恋の悩み、もっと高尚な人生における思想的な苦悩の末というものもある。最近では、学級日誌に誰が書いたものかはわからないが『もう死にたい』という文章が見つかって、クラスにちょっと波紋を投げかけた。担任の教師はそれを問題にして、ホームルームでこんなことを言った。『死にたいというけれど、死ぬ気があれば何だってできる』ほんとにそうだろうか。何だって出来ないから死ぬのを選択したんじゃないのか。あげくに担任はこう述べた。『死にたい者は手を挙げてみろ』誰もあげなかった。あげるわけがないじゃないか。ほんとは、こう聞いてほしかったのだ。死にたいと思ったことのない者は手を挙げろ、だ。カミュだっていってるじゃないか。『真に哲学的な課題は一つしかない。それは自殺についてだ』これは聞き覚えの受け売りだけれど。

そんなことを高岡相手に舞子はまくしたてるように喋《しゃべ》ったろうか。

高岡は神妙な顔をして、テーブルを見下ろしている。

「お茶、冷めましたね」

場違いなことで興奮してしまったかな。あんまりカッコヨクないな。お茶冷めたよなあ。舞子は高岡の前に置かれたティ・カップを覗いた。

「いや、猫舌ですから」

いうと、高岡は一気にハーブティを飲み干した。

「これ、紅茶じゃないですね」

「ええ、ハーブなんです」

雨の音がした。舞子は窓を閉じた。伯母が洗濯物を入れに、物干し場に上がる足音が聞こえる。

「じゃあ、舞子さん、あなたの思ってらっしゃることや、知ってらっしゃることを、全部話していただけますか。何でもいいですから、オヤジさん、いや冴草さんのことについてでもいいですから」

舞子は、まず、順序として、自分が何故、父の死を自殺ではないと考えたかを述べた。それから父から雨森に宛てて出された書簡と、雨森のレポート、そうして戯曲『竹生島心中』の台本をみせた。さらに、実際に竹生島でみたこと、写真屋末松の死亡についてのことについて話した。

最後に舞子はこう付け加えた。

「何も彼もイヤになったから死ぬって、よくそういうひとがいるでしょ。でも、私はそれは違うと思っているの。何も彼もって、何も彼も知ってるワケないじゃん。要するに自分がイヤんなったから死にたいだけなんでしょ。そういうふうに考えると、父が自分のことを否定するとは思えないの」

高岡は時々手帳にペンを走らせて、途中質問を幾つかはさみながら、うんうんと頷き舞子の話を聞いていた。それから、とりあえず一段落したのを、紅潮した頰のまま溜め息を最後に黙《もく》した舞子の様子で推し量《はか》ると、高岡は手帳を内ポケットに仕舞い込みながら、いった。

「舞子さん、冴草さんの書斎というのを拝見していいスかね。京都の頃の事件簿てのを調べてみたいんですが」

もちろんと舞子は承諾した。

じゃあ、すぐにということになって、高岡の車で実家に行くことになった。

雨は降りやんでいた。アスファルトが濡れて光沢を増している。秋の午後の健康そうな光がそれぞれの家の庭に植えられてある樹木に反射して、雨上がりの冷たい風が静かに路地を抜けていった。

軒から雨垂《あまだ》れがまだ落ちている。その下に白い車が停めてあった。ドア・ミラーではなくて車の前部に左右のサイド・ミラーがついている。こういうタイプは最近ついぞみかけない。あまり新しい車種ではなさそうだ。それとも特別仕様なんだろうか。

「いまは安全運転の人になってますから、心配なさらずにどうぞ」

紳士のように、高岡は助手席のドアを開いて、舞子をシートに座らせた。

「ベルトをお忘れなく」

自分は運転席に座ると、舞子にそういった。元暴走族だという高岡の、そんな態度が何だか可笑しかった。

「じゃあ、行きます」

イグニションが入ってエンジンが唸ると、安全運転だといってたくせに、車は一気に加速した。

「オヤジさんの推量でいくと、竹生島の心中の女ほうは、〈たまり〉って名前でしたね」

ミッションをせわしく動かして、高岡がいう。

暴走族あがりだけあって、ハンドルさばきも慣れたものだ。うまく車の列に割り込んで進んでいく手際は見事で、上手な運転だと舞子には思えた。いまも舞子に質問しながら、二台も車を追い抜いた。

「ええ、そうでした」

「濃紫《こむらさき》の上布《じょうふ》か。舞子さん、小嶋の辺りで湖を覗き込んだっていいましたね」

舞子は、はいと返事したが、高岡がコトバの最初にいったことが何なのか、よくわからなかった。

「どんな死体を想像しました」

何を聞くかと思えば、また妙な質問をしてきた。

「どんなって」

「想像しませんでしたか、水の中に浮揚《ふよう》する姿を」

「ぼんやりとは、思い浮かべたけど……」

「たまりの当時の出で立ちは、濃紫の上布、麻の長襦袢《ながじゅばん》です。留《と》め袖《そで》に決まってますが、これはけっこう粋《いき》な女だったかも知れません。ひょっとすると生まれは北陸か九州」

舞子が息を止めたのはもちろん車の動きが危険だったからではない。高岡の突然の推理に対してである。

「どういうこと。あの、コムラサキって蝶々のことですか？」

「ああ、そういう蝶々もいますね。夏に小さい花をつける湿地植物にも小紫ってのがありましたね。でも、僕のいうコムラサキは、濃い紫と書いて色のことですよ。平安時代の絵や、京都の時代祭りで束帯《そくたい》を着た当時の貴族姿をみたことありませんか」

「あるけど」

「あの袍《ほう》と呼ばれる衣服によく使われた色です」

こいつ、ヒョットしたらちょっと頭いいんじゃないの？　舞子はキョトンとした眼をしながらも、高岡の知識に半ば興味を抱いた。

「上布ってのは、上等の麻のことです。夏物の街着によく使われてる着物の一つと思えばいいです。他に夏は紗《しゃ》や絽《ろ》も着ます。紗や絽というのは、これは絹の薄いやつですね。そんな時も夏ですから、襦袢は麻だと思いますよ。上布ってのは、上に布って書いて〔じょうふ〕っていうんですけど、少し透けるんです。ですから、下に白い麻の長襦袢なんかを着ると、これが透けてみえるんですね。上が濃紫だとすると、下着の白の、この透け方が上品な感じがして、きっと品のいい色気があったと思いますね。帯は羅《ら》の袋帯《ふくろおび》。羅というのはうすぎぬです。所持品がパラソルと巾着《きんちゃく》。どうです、なかなか小粋《こいき》な女が想像できませんか。たまりという女性はそんな女だったんですよ」

高岡の着物についての講釈に、舞子はさらに啞然《あぜん》としたが、

「どうして、生まれが北陸か、九州なんですか」

と、さっき、もっとも興味をひいた部分を聞いてみた。

「上布というのは、昔から、越後《えちご》か薩摩《さつま》と決まってるんです。大島《おおしま》の紬《つむぎ》や、沖縄の琉球絣《りゅうきゅうがすり》と、同じだと思えばいいです」

舞子は眼を丸くしている。

「驚いてるでしょ。でも、タネを明かすと、僕の家は爺さんの代から質屋でね、お袋は着付け教室をやってるから、知ってるだけですよ」

なんだ、そうなのか。でも、それだけで、被害者の女性をイメージするなんて、さすが刑事だな。舞子は高岡の横顔をちらっとみる。口笛でも吹きそうな口元が、運転の技術というか、自信を物語ってい

る。軽くハンドルに掌《てのひら》を置いて、そう、握っていないのだ。ただ、眼球だけは細かく動いている。

「扱《しご》きで結わえられていたと記録にありましたね」

「ええ。あの、扱きって紐《ひも》のことですよね」

「そう、腰紐ね」

「じゃあ、その、たまりって女性が自分の」

「そりゃあ、ないですよ。腰紐ってのは、下着を留めるものですからね。たぶん、持ってきたんですよ。持ってきたということは、それを使おうという魂胆《こんたん》があったわけだから、もし、たまりという女がそれを所持していたのなら、彼女は心中を目的に、島へ行くことを承知していたということになるし、あるいは、仕掛けたのは、彼女かも知れないということにもなりかねない」

ギアが小刻みにチェンジされる。エンジン音が高鳴って、数台また車を追い抜いた。

「あの、ついでだから、聞いてもいいですか」

「どうぞ。でも、まだ僕には何もわかりませんよ」

「いえ、着物のことです」

「ああ、それなら、何とか」

「どうして留め袖に決まってるんですか。あの、留め袖って、着物の種類なんでしょ？」

聞くは一時の恥だ。女の子なのに着物の知識の殆どないことを、舞子は恨《うら》めしく思ったが、着物というものを身につける機会がなかったのだからしかたない。

「簡単にいえば、振り袖じゃないやつですね。着物以外にも、留め袖っていうコトバはよく譬《たと》えに使われるんですよ。俗語でいうなら、大人になることね。遊女が一人前になることを新造《しんぞう》になるというんですが、それを留め袖ともいうんです。それまでは、遊女の付き人のような存在で、〔かむろ〕って呼ばれてるんですけどね。かむろって漢字で書くと禿《はげ》ですよ。何でですかね」

いって高岡は笑ったが、舞子はとてもそんな余裕はなく、つきあうようにひきつる笑顔を作ってみた。

「新造ってのは、聞いたことあるでしょ。若い女性のことだけど、いまじゃもう死語になってるかな。人妻のことをご新造さんって敬称で呼ぶこともありますが、それも留め袖っていうんです。留め袖の美人というと、若い女性で大人の色香のある美人のことになるわけです。日本文化の生んだコトバの美しさとでもいいますかね」

こいつ、やっぱ、頭いいわ。舞子は高岡のことをすっかり見直し始めている。

車は父との家に着いた。

高岡は、家の門前に立って、腰に手をあてながら家の全景を見渡した。見渡すといってもマッチ箱のような小さな家だからたいしたことではないが。

「持ち家ですか」

「祖父母の代からのね。祖父《じい》さんと祖母《ばあ》さんが父に残してくれた唯一の財産よ」

「オヤジさんは、面倒見が良かったけど、一度も家には呼んでくれなかったな」

「高岡さんだけじゃないわ。誰も来てないわよ。私、父はつきあいが悪いんだとばかり思ってたけど、そうでもないのね。プライベートなところに、入り込まれるのが嫌だったのよね」

舞子は鍵を開けた。

誰も住むひとのいなくなった家屋の三和土《たたき》に入ると、たてつけの悪い下駄箱の扉が半ば開いていて、藤太郎の靴がのぞいていた。父の遺品には違いない。舞子はそれをみると、ちょっと感傷的な気分におそわれたが、悟られまいとしてそっとその扉を閉め、高岡を案内入れた。

「靴なんて百足近く履きつぶした頃に、やっと刑事の仕事が分かってきたって、オヤジさんいってたなあ」

靴を脱ぎながら高岡がいった。こいつ、ちゃんと下駄箱をみてる。

「ここが父が書斎にしていた部屋です。昔は応接に使ってたらしいんだけど、祖父母が死んでからは、父の部屋になってるの」

上がってすぐ左の部屋のドアを舞子は開けた。

「ここのドアが閉まっていたんですね。入っていいですか」

「ええ、どうぞ」

部屋はそのままにしてある。窓側に机、壁側には本棚があって、そこに事件のファイルらしきものが、並んでいた。高岡は、その本棚を凝《じ》っと観ている。

机の上には削ってあるエンピツが一ダースばかり揃えて置かれている。それを覗き下ろすように、父が学生の頃から使っていたという卓上電灯が小首をかしげていた。

「カントにヘーゲルか。オヤジさんらしいなあ。……これが事件簿だな」

高岡は、本棚のファイルのうちの一冊をランダムに取り出して、中をみた。

「調書や記録の写しに、自分の意見が書き添えてありますね。このメモは、独自調査のメモかなあ。オヤジさんね、僕にいいました。刑事ってのは因果《いんが》な稼業《かぎょう》かも知れないってね。ともかく犯罪で捕まえた連中には、刑が処せられる。その人間の人生を左右してしまうんだから、冤罪《えんざい》はこれを絶対に防がなくてはいけないって。疑問なところがあれば、徹底的に洗えって。たいへんな仕事ですよ」

高岡はファイルを元の本棚にもどすと、また一通り、本棚を観た。

「京都の事件ファイルも盗まれたんじゃないかって、舞子さんおっしゃいましたね」

「はい」

「ありませんね。それらしいのは」

いちいち調べもしないで、わかるのだろうか。

「その上、もう一冊、ファイルが欠けている」

「えっ!?」

「つごう三冊、ここからファイルが無くなっているということです」

「どうしてわかるんですか」

「簡単なことですよ。ファイルには、小さいけれど側面下にナンバーが打ってある。それが歯抜けになっているということです」

何だ、そうだったのか。

「ところで、面白いことに、連続して無いのがある。ひとつは『竹生島心中事件・簿』だと思うけど、もう一つその隣のファイルがない」

高岡は指でファイルを示した。

「残りの欠落ナンバーは、きっと京都の事件でしょう。つまり、こう考えられますね。誰かがその三つのファイルを持ち出したということは、とりも直さず、その三つのファイルはひとつに結びつけることが出来るということだ。そうして、それをひとつに結びつけることが、今度の事件を解く鍵だということですね」

暴走族をやめさせて、警察官になるように藤太郎が世話をしたということは、おそらく、この高岡という男を見込んだということなんだろう。この男はどこか父の眼鏡《めがね》に叶《かな》うところがあったのに違いない。そうしてそれはみごとにアタリだったのだ。舞子は次々と繰り出す高岡の推論に、半ば驚きながらも、そういうことを考えた。

「京都の事件については、府警察の資料を閲覧《えつらん》すれば何とかなるでしょう。とりあえず、そこからやっつけましょうか」

高岡は腕時計をみた。

「いまから飛ばせば、京都までは名神高速で一時間半。どうします、行きますか」

「行く。いえ、行きます」

「京都府警察の資料部に電話を入れておきます」

舞子は心臓が早く鳴るのを感じた。こいつ、ちょっとカッコいいじゃないの。

2

十月二十一日、午後六時過ぎ。

「昭和五十六年十月二十日、被害者は檜垣健三《ひがきけんぞう》、三十六歳。京都府――京区、三の茶屋町、アパート『鶏明荘《けいめいそう》』二〇二号にて死体で発見。職業ナシ。暴力団京都金字《かねじ》組系黎明会《れいめいかい》構成員。麻薬取締法にて逮捕の前科アリ。死因はシアンによる中毒死。死亡推定時間、午前一時前後。発見者はアパートの管理人。午後、家賃の請求に訪れて、これを発見。管理人の話では、檜垣健三は死亡する半年ばかり前より『鶏明荘』に住まう。三月ばかりは家賃を入れていたが、後は滞納《たいのう》している。他の住人の話と合わせると、ずいぶん若い女性と同棲していたようすで、この女性は事件直後に行方不明。檜垣健三の腕には『たまりいのち』と刺青アリ。捜査本部は殺人事件とこれを断定、暴力団の抗争に巻き込まれた可能性もあり。同棲していた女性を捜索するが、発見出来ず。また、その女性の身元も不明。ただし、住民などの聞き込み調査により、女の姓か名のどちらかが『たまり』であると思われる。……こんなところですね。結局これは迷宮入りしたわけですね」

府警察に近いファミリーレストランで食事をとりながら、高岡は舞子にそんな説明をした。

「檜垣健三を殺した犯人というのはその女性、つまり、たまりとかいう女なんですか」

「さあ、どうでしょうね。同棲《どうせい》していた相手というのが、たまりであったということは、住民の証言で明らかなんですが、彼女にしてみても、死体をみて、怖くなって逃げたという線だってありますからね。そう簡単には結論できないでしょう」

「身元が判明している心中の相手の古田重雄は、この京都の事件に何か関係あるのかな」

「あるとみていいですね」

高岡ははっきりといい切った。

「古田重雄については、これから当たってみないとわからないですが、オヤジさんの話ですと、やはり昭和五十六年あたりから行方を晦《くら》まして、翌年捜索願いが届けられています。僕はこの檜垣健三を殺したのは、古田だと思います」

ハンバーグをサイコロ大に刻んでいた舞子のナイフがハタとその動きを止めた。

舞子は息を詰まらせて、高岡をみる。

「たぶん、古田重雄という男は、檜垣健三を殺害して、その、たまりちゃんとトンズラこいたんだと思いますよ。それが、後に心中する羽目《はめ》になった、と。いや、これはまるでアテ推量の範疇《はんちゅう》を出ない意見スけどね。もちろん、オヤジさんもそういった可能性について、考えてらしたと思います」

大きめに切られたハンバーグが、高岡の口の中にスッポリおさまって消えた。高岡はそれを飲み込むと、ハンカチで口を拭《ぬぐ》ってこうつづけた。

「まあ、先入観は誤謬《ごびゅう》を招く結果にもつながりかねませんが、そう考えたほうがスッキリしませんか。檜垣健三もシアン、心中の女性もシアンで死んでいる。腕には檜垣健三と同種の刺青《しせい》の『けんぞういのち』。心中の相手は古田重雄。古田は檜垣健三が殺されたのと同年、同じ京都で行方不明になっている。この三者が結びつかないほうが不自然です。そうするとですね、次の捜査方針としては、檜垣健三と同棲していた相手の女性というのが、たまりであるとするならば、その、たまりが竹生島で心中した女性と同一人物であるのかどうか。同じ刺青をした別の女だという可能性もありますから。檜垣健三という男はいろんな女に『けんぞういのち』という同じ刺青を彫らしていたかも知れないですから。これを確認するのと、さらに、当然、この古田重雄を調査しなくてはいけないということになる。そうして後《のち》、初めてこの三人は結びつく。と、さっきの僕のアテ推量も満更《まんざら》ではなくなるということになる」

今度はライスをかきこんだ。

「でも、古田っていう人は間違いなく、もう死んでいる人なんでしょ。やっぱりお姉さんとかに会って、聞き込みとかするんですか」

「いや、古田は生きているかも知れません」

「ええ！」

隣のテーブルの客が振り向くほどの声を、舞子はあげてしまった。

「いや、可能性としてですよ」

「どういうことなの」

「心中が偽装だったとしたらですよ。もちろん、たとえ偽装だとしても、古田重雄ってのは犠牲者なのかも知れない。そういう考えだって出来る。それに、偽装で古田が生きているとすると、死んだのは誰かという問題が生ずる。まあ、その辺りはまだ闇の中です。しかし、心中が偽装だとしたら、何か目的があったはずだということになる。とりあえず、いろんな可能性があるということにしか過ぎません」

舞子は当然のことではあるが、戯曲『竹生島心中』を思い浮かべた。あれは、男が女を殺そうとする話だし、それをさらに心中にみせかけて、殺そうとする人間が現れるのだ。父が、あの舞台を観て、驚いたのも無理はないかも知れない。

「ついでだから、昭和五十六年に事件があったアパートというやつを、みておくことにしましょうか」

高岡はコップの水を飲み干すと、そういった。

もっと廃《さび》れて傾いたアパートを舞子は想像していたが、改装されたのか、『鶏明荘』はそれなりの普請の建物として残っていた。二階建てのごく普通の寄り合いアパートである。もうあちこちの窓に明かりが灯り、遅めの夕餉《ゆうげ》の支度《したく》の音や香りが、モノクロームの名作映画に出てくるような、静まった裏通りに漂っている。

高岡は、表で犬と戯《たわむ》れている老人をつかまえて、挨拶した。

「可愛い犬ですね」

「雑種やがな。ひろてきてんけどな」

「お爺さんはこのアパートの人ですか」

「そや」

「もう、長くお住まいですか」

「でけたときから、住んでまっせ」

「そうすると、二十年以上ですか」

「そないなるな」

舞子は彼らの会話を遠目に見ながら、京都の夜の風情というものを感じていた。こんな下町の路地にも、古都としての佇《たたず》まいの誇りのようなものがあるのだ。けして殺風景《さっぷうけい》ではないのである。黒々とした瓦は夜の暗さの中にあっても、しっとりとしたその存在を主張しているようだ。街路灯の投げかける光にしても、照らし出す家々の軒がつくる影と調和して、千二百年の歴史の一片が、庇《ひさし》の下に息づいているようだ。ここでも、人が生きたり死んだり、殺されたりしてるのか。

「二十年程前、正確にいうと昭和五十六年なんですが、このアパートで人が殺されたことを憶えてらっしゃいますか」

「二十年前かいな」

老人は、ちょっと首をかしげた。

「そやなあ、そないなこともあったなあ。ああ、それは、ヤクザもんが毒飲まされて死んだ話とちがいますか」

「ええ、そうです」

「えらい、古い話をしはるなあ、あんた、誰や」

「週刊誌の記者です」

警戒されるのをおそれてか、高岡は咄嗟《とっさ》に嘘をついた。

「そうか。そんで、それがどないしましたんや」

「あの時、そのヤクザもんに情婦《じょうふ》がいましたね」

「女か、いましたやろなあ」

「なんて、名前でしたっけ」

「そやなあ、なんちゅう名前どしたかいなあ」

「たまりっていいませんでした？」

「ああ、そや。そないですな、たま子とか、タマエとか、なんや、そんなふうな猫の子みたいな名前どしたわ」

「その女ですけど、腕に刺青がありませんでしたか」

「刺青、入れ墨でっか。そやなあ」

老人は、また考え込んだ。

「男のほうはあったみたいやけどなあ。なんせヤクザもんやさかいにな、メイメイ会たらいうて、京都の何とか組の暴力団ですわ。そやさかい、倶利迦羅《くりから》紋紋《もんもん》いうやつやな。竜とか金太郎とか、そないなやつやな」

高岡はちらっと舞子をみて苦笑いした。

「このアパートは内風呂ですか」

「いや、みな銭湯いきまっせ」

「近所の奥さんで、銭湯で、腕に刺青をしている女を見た人はいませんか」

老人は考え込む。というより考えているふりをしているだけかも知れない。やや疎《うと》ましいといった表情にみえぬこともない。犬がその老人の掌をペロペロと舐めている。

その時、アパートの窓の中から、たぶんその老人の連れ合いの婦人なのだろう、白髪の老女が顔を出した。

「昔、いはったやんか、あんた。腕に入れ墨いうたら、なんや字が書いてあるのんちがいますか。そこのヤクザもんとこの女やと思うんやけど、私、昔お風呂で何べんかみましたがな。青黒い字どっしゃろ。前に刑事はんがみえた時も、私いいましてん。腕に青い字が書いたあること」

「そないやったんか」

「刑事が来たってそれは、いつ頃ですか」

高岡は窓の中の老女に訊ねた。

「それもな、もう十年以上も前ですわ。刑事はん来はって、あんたと同じこと聞かはったわ。死んだ男と同棲してた女の腕に、入れ墨なかったかて」

刑事というのは、おそらく冴草藤太郎だろう。竹生島の事件の後、やはり冴草も同様の調査をしていたのだ。

高岡は老夫婦に丁寧に礼を述べると、舞子とともに車にもどった。

「これで、たまりという女が、檜垣健三と同棲していて、かつ、腕に刺青をしていたということは、ほぼ確実でしょう。しかし、聞き込みというのも、全くの信憑性《しんぴょうせい》があるかどうかということになると、さっきの倶利迦羅紋紋で分かるように、人の記憶なんかけっこう曖昧なもんなんです」

舞子は無言で頷く。

「さて、そのたまりという女性が、竹生島で心中した女と同一人物であるかどうか、なんですが。僕の族時代の経験からいうと、契《ちぎ》りの刺青を何人もの女に彫らせるというのは、考えにくいんですが、檜垣健三という男はそういうヤツだったのかも知れない」

「つまり、『けんぞういのち』が他にいたかどうかってことでしょ」

「そうです」

高岡はイグニションを入れた。エンジンが唸って、車が少し震えた。

「それを確かめるには、方法がないこともない」

「どうするの」

「タトゥってのは、素人が彫れるものではない。専門の職人がいるんです。暴力団の京都金字組というのは、まだ現存しているらしいです。黎明会というのは、だいぶ前に消滅したらしいですが。そこの御《ご》用達《ようたし》の彫師《ほりし》がいると思います。その彫師にあたるのが最も確実でしょう」

暴力団御用達の彫師に会いにいくなんて、舞子はまたドキドキする。事件の渦中《かちゅう》に自分がいるんだということを、ひしひしと実感している。

「見たことありますか、刺青」

「シセイ？」

「入れ墨ってのはね、本来は遠島、島流しにあったものが腕に前科者の刻印としてつけられたもので、あの老人のいってた倶利迦羅紋紋とは違うんです。倶利迦羅紋紋というのは正確には刺青です。倶利迦羅紋紋てのもよくわからないでしょ」

「ええ」

「倶利迦羅というのは、サンスクリットです。わかりますか」

「梵語《ぼんご》ってこと？」

「そうです。その絵はですね、剣があって、それに黒竜がまとわりついているんです。剣は不動尊が右手に持つもの、竜は左手に持つ索《ナワ》の変形です。これは不動尊の三摩《さんま》耶形《やぎょう》を表したものなんです」

「さんま屋業？」

「仏や菩薩《ぼさつ》や明王《みょうおう》が本誓《ほんぜい》を現すために手に持っている標識とでもいえばいいかな。例えば、いま述べた不動明王の剣がそうだし、観音菩薩の蓮華《れんげ》とか、大日如来《だいにちにょらい》の卒塔婆《そとば》とかがそうです。その剣と索の竜を倶利迦羅っていうんです。紋々というのは、その倶利迦羅の模様の彫りものです。ここから転じて、刺青、いわゆるイレズミのことを倶利迦羅紋紋というようになったんです」

クリカラではなく、頭がクルクルしちゃうじゃないの。質屋の倅《せがれ》ってこんな事も詳しく知ってるものなんだろうか。

「何で、そんなことに詳しいんですか」

高岡は車を止めると、上着を脱いで、シャツの袖を肩のあたりまで捲《まく》りあげた。いま高岡が講釈したばかりの倶利迦羅が、二の腕に彫られていた。舞子はコトバが出ない。

「若気のイタリってやつですよ。族ん時に遊びで彫ってもらったんです。そん時に彫師からいま僕が言ったような講釈を聞かされたんです。……内緒ですよ」

「は、はい」

高岡は再び、ギアを入れた。車は加速する。

こいつ、意外とタイヘンなヤツかも知れない。舞子はまたまた、高岡の横顔を凝っと見つめた。

車は砦のような建築物の前で止まった。京都金字組と書かれた金色の看板が大いばりで門にはりつけられている。舞子の背丈くらいある、ぶ厚い鉄の板を金メッキしたものだ。

砦のようなというのは、塀の高さが通常の家の倍くらいあって、なおその上に有刺鉄線が巻かれた鋭利な楔《くさび》のようなものが、斜めに空を威嚇《いかく》しているからだ。門は武家屋敷ほど大きくはないが、それを真似たものであるとわかる。門番なのか守衛なのか、若い男が一人、煌々《こうこう》としたライトに照らされて、椅子にふんぞり返って座っている。みるからに物騒な建物だ。

高岡は平気なのか、座っている男に警察手帳を見せると、何やら喋っていたが、やがて、男はインターホンで内部と連絡をとったらしく、どうぞこちらへという仕種をした。

高岡は車までもどってきて、舞子に一緒に来るかどうかと聞いた。

舞子は本心は怖かったのだが、自分の事件なのだからといい聞かせ、勇気を出して高岡について行った。

屋敷の結構《けっこう》は、貴族のそれと、やはり武家屋敷のそれの折衷《せっちゅう》のような造りだ。肩が竦む舞子の前を、いたって平然と胸を張って高岡が歩いていく。ペイペイの刑事でも警察官は警察官だから、こんな処遇をしてくれるのだろうか。舞子は権力ってスゴイと感服の面持ちだ。

若い男に応接に案内されると、身体全部が沈んでしまいそうなソファに二人座った。壷やら掛け軸やら、甲冑《かっちゅう》やら剝製《はくせい》やら、やたらと高価そうなモノでいっぱいの部屋だ。

やがて、中年の男が二人現れた。

「いやあ、高岡のぼんぼんでっか、懐かしいでんな」

片一方がそう、慣れ慣れしい口調で高岡の名を呼んだ。

「なんでっか、急に聞きたいことがあるやて、わしら、なんも悪いことしてまへんで、はっはっはっは」

わざとらしく豪快に笑う。

「ずいぶん昔の話になるんですが、黎明会というのが下部組織にありましたね」

高岡はそう切り出した。

「ああ、おました。うちの若い衆の懇親会《こんしんかい》みたいな組織でした。いまはつぶれて、おまへんけど。いやあ、この世界も若いもんがなかなか入ってこんのですわ。昨今《さっこん》の情勢はますます悪いでんな。例の暴力団新法からこっち、えらい騒ぎで、やっと、それが一段落ついたちゅうところでんな。うちもいまは有限会社でっせ。あっはっはあ」

男は、ソファにのけ反ったり、ぐぐっと半身を突き出したりしながら話す。ヤクザ屋さんのパフォーマンスが身についているらしい。

「その黎明会で、腕に墨をいれようとすると、彫師は誰になりますかね」

「彫師でっか。そうでんな」

隣の無口なほうの男をみた。

「彫辰《ほりたつ》と、ちゃうか」

無口なほうの男が、キイの高い声でいった。男のがっちりとしたガタイと、声のトーンのギャップの可笑しさに、舞子は吹き出しそうになるのを堪《た》えた。

「彫辰というと」

「もう彫ってるかどうか知りまへんけど、息子が跡目を継いでるはずですわ。若いもんに地図もたせますわ。おい」

傍で立っていた若い男を呼び寄せると、何やら耳打ちした。若いのは、はいと返事して、その場を去った。かつてのT映製作配給のヤクザ路線映画を観ているみたい。舞子は初めて目の当たりにする現実の暴力団の立ち居振る舞いを、半ば夢うつつの面持ちで眺めていた。

「このお嬢さんは何でっか、ぼんぼんのレコでっか」

男が小指をたてて、高岡に聞いた。

「いえいえ、この女性は、冴草さんのお嬢さんですよ」

高岡は笑いながら否定する。

「冴草、え、ああ、そないでっか、冴草の旦那の。へーえ、こないな別嬪《べっぴん》さんのお嬢さんがいはったんでっか。いま、冴草の旦那は、どないしてはんのでっか」

遠慮したのか、高岡がこたえなかったので、舞子は初めて、ホンモノの暴力団に対して口をきいた。

「あの、先日、他界いたしました」

「ええ、他界。死なはった。そうでっか。そら、残念なことしましたな。話のわかるええ刑事はんやったのになあ。そら、御愁傷様《ごしゆうしようさま》です」

「父のこと、御存知なんですか」

「若い時、ちょっと間、京都にいはったんでっしゃろ。それから滋賀にまわされて、やっと名古屋でしたな。わてら、こういう凌《しの》ぎしてまっさかい、刑事はんとは、仲ようさせてもろてまんね。そら、いけすかんガキ、いや人もおりまんがな。そやけんど、中には、ようわかってくれはる人もいてはりまっさかいになあ」

「この高岡さんとは」

胸の片隅にあった疑問を舞子は目の前の男に投げかけた。

「僕の祖父は質屋だっていったでしょ。古美術もあつかってるんですよ。ですから、こういう世界の親分さんはお得意さんなんです」

高岡自身が舞子の問いにこたえた。

「引退されて古美術やってはったんですわ」

と、男が付け加えた。

「引退?」

また舞子が問う。

余計なことはいうなとばかりに、高岡は首を振った。

「いや、まあ、昔のことでっさかいにな。はっはっはっは」

誤魔化すように男は笑った。

地図が来た。


「あなた、何者なの?」

彫師のところへ向かう車の中で、舞子は思いきって高岡に訊ねてみた。だいたい、暴力団とあんなに懇意《こんい》にしているなんて、尋常《じんじょう》ではない。刑事だからって、あんなふうに丁寧《ていねい》にヤクザものが応談してくれるわけがない。

「ですから、昔、祖父さんが、ちょっとああいう人たちと関係してたんですよ。僕には関係のないことです。祖父さんの名前を出すと、けっこう親しく会ってくれるんです」

ほんとうにそれだけなのかなあ。舞子はちょっと訝《いぶか》しげな心地だったが、高岡の身辺を探るのは本来の目的とは何の関係もないことだからと、とりあえず、いまのところは納得することにした。

時刻は八時をとうに過ぎ、九時になろうとしている。京都の大通りは小型のタクシーが列をなしている。繁華街はまだまだ賑やかだ。デパートはもう閉じられているが、人通りはアーケードに並んだ店の明かりに映えて、観光客らしい姿が随所にみられる。高岡の車は一旦大通りに出て、また小路《こじ》を抜けた。たぶん由緒のある神社や仏閣なんだろうけど、舞子には、その名称まではわからない。そういった古い都の名残《なごり》を車窓から幾つかみることが出来た。

「シーズンですからね、人が多いでしょ」

高岡は、舞子にそう語りかけたが、舞子は生返事をした。どうも高岡のペースに巻き込まれている、そんな気がしたからだ。でも、それも仕方ないといえばそうなのだ。何しろ、現職の警官なんだからな。でも、何だか、自分って力がないな、舞子はそう思って、少し項垂れていた。

「彫師の家といっても、外見は民家と変わりません。もう、すぐそこですが、どうです舞子さん、今度はあなたが聞き込みしてみますか」

まるで、舞子の気持ちを察したかのように、高岡がそういった。舞子は、丸めていた背筋をピンと伸ばすと、

「ええ、やってみる」

はっきり返事した。


ほんとうに民家とちっとも変わらない。ごく普通の家の前で車は止まった。

「ここです。聞くことは分かってますか」

「え？　ええ、彫辰という人に、『けんぞういのち』と『たまりいのち』と彫らせた一組の男女があったかどうか、それを聞けばいいんでしょ」

「そうです」

舞子はブルッと身体が震えた。よし、行くぞ。車から降りると、強くドアを閉めた。

間口一間ばかりのガラス戸を開けて、ごめんくださいと声をあげると、中年の品の良さそうな女性が、着物姿で現れた。

「はい、どなたはんどすか？」

「夜分失礼いたします。実は、私、名古屋に住んでいる冴草というものなんです。父は愛知県警で刑事をしていました。それで、あの、あの、こちら彫りもの師のお宅だと、ついさっき、京都金字組ってところで聞いてきたんですけど、少しお訊ねしたいことがありまして、参りました」

緊張した。耳まで赤くなっているのではないだろうかと、舞子は思った。中年の婦人は少し小首をかしげながら、舞子のコトバを聞いていたが、

「へーえ、そないどすか。名古屋から来はったんどすか。そらまた、えらい、といとっからわざわざ。ちょっと待っててておくれやすか。いま、うちの主人《ひと》呼んで来ますさかいに。あんた、お客はんどすへ。えらいといとかっら、娘さんが来てはりますへ」

いいつつ奥へ消えた。

代わって、太った、あから顔の男が現れた。

「刑事はんの娘さんが、わてに何のようでっか」

すでに晩酌がずいぶんと過ぎているらしい。酒の匂いがした。

「はい。あの、刺青のことで」

男は頭の先から爪先まで、舞子を舐めるようにみると、

「まさか、あんさん、やらはるのんで？」

といった。

もちろん、舞子は否定した。

それから、脈打つ胸を抑えながら、用件を説明した。

「そないですか。そら、二十年以上も前やったら、親父のした仕事でんな。親父は隠居《いんきょ》してますねん。この先のアパートに居ますわ。なんやったら、電話しまっさかいに、いまから行かはりますか」

「はい、お願いします」

けっこう親切な人たちだな。京都という土地柄は閉鎖的だと噂に聞いていたけど、そんなことないじゃないか。舞子は車にもどると、高岡に事の次第を報告した。隠居先の地理を説明すると、高岡は、

「かしこまりました」

と、お道化《どけ》て車を出した。

新築のモダンなアパートだった。訪れると、彫師辰五郎は焼酎《しょうちゅう》をやりながらテレビを観ているところだった。大きなテレビと、仏壇があるきりで、他に家財道具らしいものは必要がないのか、殆ど置いていない。

舞子はもっと気難しい老人を想像していたのだが、彫辰は酒好きの気さくな好好爺《こうこうや》という感じだった。ただ、下着のシャツの間から、多少皺《しわ》になっているとはいえ、青い墨地《すみぢ》が覗いていた。自身も彫りものをしているらしい。

「ああ、わては、自分の彫ったもんは全部憶えてます。御料《ごりょう》はんのお訊ねのそれは、わての彫ったもん

でっしゃろ。そないです。二十年も前ですな。極道《ごくどう》もんの若い衆と、二十歳そこそこの女子《おなご》はんとに彫りました。他には『けんぞういのち』は彫ってまへん。その二人のそれだけです」

舞子の質問に、機嫌よくそうこたえてくれた。


「これで、京都の女と竹生島の女は同一人物だということがわかったわけよね」

舞子は意気軒昂《いきけんこう》、そう高岡にいった。

「そうですね。そうすると、」

「そうすると、次は古田重雄ね」

高岡は時計をみた。

「いまからは無理ですね。遅くなってしまう。どうします。名古屋にもどりますか、それともここで宿を捜しますか」

「お金ある？」

「宿代ですか。ええまあ、安い所で良ければ、泊まれないことはないですが」

「プリンス・ホテルに泊めろなんていわないわよ」

といって、モーテルや、ラブホテルはダメだぜ。と、舞子は心の中でアカンベーをした。自分でそうしたくせに、ドキッとして、上気《じょうき》した。何考えてんだろ。

「週末ですから、たぶんホテルは何処も満室だと思います。ちょっと辛気《しんき》臭い旅館になるかも知れませんが、覚悟して下さい」

高岡は車を出すと、最寄りの交番に立ち寄った。そこで空き宿を調べてもらい、電話をして宿の手配をしたらしい。刑事って便利だなあと舞子は思った。

ところで、高岡と舞子が車で去ったすぐ後である。同じその交番に女が一人入ってきて警官に何か訊ねた。道を聞いているのだろうか、一、二分女は話を交わすと、オレンジ色のベレー帽を被りなおして去っていった。

宿でわかっている限りの古田重雄の情報を、高岡がレクチャーしてくれた。もっとも、取り寄せた滋賀県警の記録ファイルの写しを確認する程度のものであったが。

「古田重雄は昭和三十四年、七月、滋賀県大津《おおつ》市松枝町《しまつえだちょう》に生まれています。父は古田《ふるた》彦三郎《ひこさぶろう》、母はたね。下駄屋というか、履物商を営んでいたらしいですね。姉が一人います。美也子さんという名前ですね。このお姉さんが死体を確認したんですね」

「お父さんは亡くなってたのよね」

「ええ、古田重雄が行方不明になって、捜索願いを出した後、死亡していますね。これは病死ですね。

ずいぶん患《わずら》っていたようですから。調書によると、姉の証言では、古田は昭和五十四年に京都同士館大学の文学部に入学していますが、つまり、一年浪人していたということになりますね。昭和五十六年にもまだ在学していて、この年に行方が知れなくなったと同時に退学届けが受理されていますね。さっき調べた京都の事件があったのは、この年の冬です。彼の失踪《しっそう》もそれくらいですね。翌年、捜索願いが出ています。それから竹生島が昭和五十八年ですから、つまり、およそ二年は消息不明だったということになります。京都の事件から二年後、昭和五十八年、何がどうしたのか、彼はたまりという謎の女性とともに、竹生島で心中するわけです」

空白の二年か。それは何を意味するんだろう。舞子は下唇を噛むようにして、ファイルに見入る。

「ミッシング・リンクというわけですね」

と高岡がいった。ぼんやりとそれを聞いていた舞子は、すぐさま聞き直した。

「え、何て?」

「ミッシング・リンクっていうでしょ」

「何ですか、それ」

「もともとは生物学とか考古学の用語ですよ。失われた環《わ》です、文字通り。未だ発見されざる中間的生物というのが、進化論上では存在するはずなんですが、そこからして、空白の歴史というふうに使ったりします」

ちぇっ、物知りだな、こいつ。舞子は鼻腔《びこう》を膨《ふく》らませた。

「そのミッシング・リンクってのを調べる手段てのはあるのかしら」

「それはちょっと、難しいな。砂漠で蟻の行方を調査するようなもんですね」

「たぶん、父はそこで躓《つまず》いたんでしょうね」

「だと、思いますよ。これは調査のしようがありません」

宿の者が、おむすびを持ってきてくれた。高岡が頼んだらしい。

「どうです、食べませんか。腹へったでしょ」

舞子はそれほど空腹ではなかったので、遠慮したが、それではと高岡は舞子の分もペロリと平らげてしまった。

「あなたのいうように、古田重雄は、京都の事件に関わっていたのかしら」

「そのほうが自然だろうということです。古田重雄が犯人であるというのは、考えが飛躍しているかも知れませんが、思い出して下さい。僕は実際に例の舞台を拝見したわけではありませんが、あなたの演じられた『竹生島心中』では主人公の男は、あるヤクザ者のところから、女性、えーとなんでしたか」

「姫子」

「そうです、その姫子を助け出したという設定になっていますね。ここのところが偶然、一致しているようなんです。オヤジさんも、そこのところで、ちょっと驚かれたんじゃないかと思いますよ。おまけに次が偽装心中でしょ。これはちょっと戯曲の作者と話してもみたくなりますよ」

「偶然っておそろしいのね。その芝居に私が出ていなかったら、父はそんなもの、観もしなかったでしょうに」

「雨森さんは、心中のことは話には聞いたことがある程度だといってらっしゃいますね。まさか京都の事件までは御存知なかったと思うんですが、あなたと雨森さんと冴草のオヤジさん、何か因縁のようなものが、この三者を出遭《あ》わせた。そこから、何かが発展して、オヤジさんの事件に結びついたんですね。雨森さんは幸か不幸か、偶然にも冴草さんに何か重要なインスピレーションを提供してしまったようですね。それで、御自身まで巻き込まれてしまったわけですからね」

「あの写真屋さん？」

「そうです。あの件は雨森さんのいうとおり、内緒にしておいた方がいいでしょう。警察ってところは、どんな些細《ささい》なことにもくらいついてきますから、ほんとうに雨森さんを巻き込んでしまうおそれがある」

「あの、写真屋さん、やっぱり殺されたと思う？」

「さあ、それはねえ。少し調査してみないと。単なる事故が重なっただけかも知れないし。古田重雄についての調査が終わったら、次はその写真屋ですね」

舞子は黙って頷いた。

「それから、これはどうでもいいことかも知れませんが、名古屋からこっちへ、それからこっちで僕たちが捜査らしいものをしているあいだ、気のせいかも知れないと思うんですが、誰かに尾行されているような気がしないでもないんです。バイクのようなものが追尾《ついび》していたような気もするし、そうでない車のような気もします。何れにせよ、そいつは尾行の上手なヤツですね」

「尾行？」

「ですから、気のせいかも知れません」

別々の部屋に別れてから、といっても、襖《ふすま》で仕切りがあるだけなのは、安宿なのだからしかたないのだが、舞子は雨森に電話をした。今日の報告をしておこうと思ったのだ。

あいにく雨森は不在とみえて留守番電話が応対に出た。舞子は簡単に今日捜査したことを、相手のいない電話に向かって話した。

「……それで、明日は古田美也子さんを訪ねようと思っています。それが終わったら、写真屋の調査です。……では、オヤスミナサイ」

布団は上等なものとはいえなかった。一泊五千円だといってたから、こんなもんなんだろうと、薄い敷布団に舞子は身を横たえた。掛け布団もちょっと黴《かび》臭い感じがした。

そのせいばかりではない。いろんなことがあった一日だ。三年ぶんくらいの劇的なことが今日一日にいっぺんにやってきたみたいだ。いくら寝つきのよい舞子でも興奮して眼が閉じそうになかった。襖ひとつ向こうには、高岡が眠っているはずだ。時計は一時をまわっている。舞子は起き出すと、襖に耳をあてた。もう寝たんだろうか。

その時、舞子の部屋の扉がノックされた。

「はい、どなた」

慌てて舞子は、身繕《みつくろ》いをした。

「宿の女将《おかみ》ですねんけど、ミルクをお持ちしましたんどすへ」

「ミルク？」

怪訝《けげん》に思ったが、扉を開けると、宿の女将さんがお盆に白いミルクの入ったコップをのせて立っていた。ミルクは温《あたた》められているらしく、湯気がのぼっている。

「どうしたんですか、これ」

と、舞子は訪ねた。

「へえ、なんやしら、隣のお連れさんが、持っていってくれて、いわはりまして、持ってまいりましたんどすけど」

眠れぬ時には、温かいミルクがいいということは、舞子も知っていた。

「ああ、そうですか。ありがとうございます」

受け取って、舞子はそれを両手に抱えるようにして、飲んだ。一口飲むごとに神経が鎮《しず》まっていく感じがした。それから、隣の部屋に耳を澄ました。微かな寝息が聞こえた。あいつ、きっといい刑事になるぞと舞子は思った。

古田美也子が現在、滋賀県の私立南郷《なんごう》高校で英語の教師をしているということを、高岡はすでに調べあげていた。

「べつに雨森さんに頼まれたから、この事件の捜査をやるつもりになったわけじゃないですからね。前にもいったように、僕は僕で、調査をしてみようと思っていたんです。それで、いずれ、古田重雄の姉のところを訪問することになるだろうから、調べておいただけですよ」

と、いってたけど、用意のいいやつだな。舞子はまた感心する。

自宅を訪問すると、留守であった。お隣に訊ねてみると、日曜日なのに学校に出かけたらしい。舞子たちは学校に向かった。

私立南郷高校は、瀬田川の中流にある南郷里町《なんごうさとまち》にあった。すぐ傍を琵琶湖から唯一流れ出る自然の川、瀬田川《せたがわ》が流れている。

たしかに古田美也子はそこで教鞭《きょうべん》をふるっていた。日曜日であったが、進学クラスの特別補習授業が午後にあり、その授業が終了するまで会えないといわれ、午後二時まで、舞子は高岡とともに時間をつぶさねばならなかった。

すぐ近くに堰《せき》があった。水門が幾つもあって、その幾つかから水が流れでている。

「これは、洗堰《あらいぜき》というやつですね。南郷の洗堰というのは、その実利だけではなくて、観光の名所としても有名ですよ。ここで、京都や大阪に流れる水量を調節するんですよ。琵琶湖は自然に流れ出る川は瀬田川が一本あるきりで、それが京都に入ると鴨川《かもがわ》になり、大阪に入ると淀川《よどがわ》になるんですね。途中伏流水もあるだろうけど、京都、大阪にとっては琵琶湖の水が命の水ということですね」

「フクリュウスイって?」

「地上に降った雨が地下にしみこんで、それが川にまた流れ込んでくるんです。ぼくもこの夏の渇水《かっすい》で、新聞によく出ていたものだから、おぼえたんです」

「この川だけなのね、流れ出ているのは」

舞子は白く泡になって砕《くだ》けている流水を見つめた。

「性格には、疏水《そすい》というやつが、大津市から京都市までをつないで流れていますね。これは人工の運河です。いまはもう行われていないけど、物資の運搬などにも利用したようですね。現在は京都市民の飲料水かな」

また、こいつ知識のあるところをみせやがる。なんで、そんなどうでもいいことを、いろいろ知ってるんだろう。

「よく御存知ですね。まさかお祖母さんが、この辺の育ちとか、京都の方なんていうんじゃないでしょうね」

「祖母はたしかに京都の出身ですよ」

あっそ。

「時間が余るから、ちょっとドライブっての、しましょうか。息抜きも大切ですよ。ここを下っていくと、渓流になるんです。この眺望《ちょうぼう》がまた絶景なんです」

いわれるとおりる車に乗って、三十分ばかり行くと、たしかに山道に入って、川の流れは谷川のそれになった。ほんとに眺めがいいのである。

「飯にしましょう」

高岡は風呂敷包みを持って車を下りた。

「御飯って？」

「宿の女将に頼んで、握り飯をつくってもらったんです」

二人は、適当な眺めのよさそうな場所に腰を下ろした。風呂敷をとくと、竹の皮で包んだおにぎりが出てきた。

「あなたって、ほんとに準備万端ね」

「そうでしょ。子供の時から段取りのいいヤツだってお袋に、よくいわれました」

しかし、食事をして旅館を出てきたのは十時前である。まだそんなに空腹を感じるほどではない。とはいえ、食べないと、こいつきっとみんな食ってしまうだろう。舞子はともかく一つ食べることにした。

「僕はね、舞子さん。銀舎利ってやつが大好物なんです」

ガブッという形容がまさにぴったりの食べ方で、握り飯を頬張ると、高岡がいう。

「ギンシャリ？」

「御飯です。米です。いつぞやの米不足で外米《がいまい》が入ってきたでしょ。そん時も頑固に内地米《ないちまい》だけ食べてました。余剰な外米は雀にやってました。そしたら、アパートの前の広場が雀の運動場みたいになっちゃいましたよ。あいつら、最初は警戒するんですけど、だんだんと集まってきて、もう、すっごい数になっちゃったんです。はははは」

変なヤツ。舞子はおにぎりを少し齧《かじ》る。

「パンはダメですね。いくら飲み込もうとしても、喉を通ってくれやしない。しかたなく水で流し込む。洋食をコースで食べると、水が出てくるでしょ、あれの意味、何となく分かる気がするな。それからね、米といえば糯米《もちごめ》はもっといいですね。赤飯なんて食後にも食べられますよ。あと、おはぎかな」

渓流から吹き上げる風が涼しい。川の流れの音は、眼を閉じると風の音のようにも、雨の音のようにも聞こえる。向かい側は絶壁になっているが、向こうからこちらを観てもそうみえるんだろう。その岩の狭間《はざま》に松が幹をくねらせて生えている。

舞子がおにぎりを半分も食べ終わらぬうちに、高岡は残りの四つのうち三つを食べてしまっていた。あと一つは舞子の分としてチョコンと竹の皮の上に置かれている。

「高岡さん、いいわよ。私、おなか減ってないから」

高岡は、くしゃくしゃな顔で笑いながら舞子をみると、ゴチとひと声、拝むように掌をたてて、その手で残りの握り飯を取り上げた。

「高岡さん」

「はい？」

「あなた、いまの顔、あんまり人にみせないほうがいいよ」

「いまの顔って?」

「嬉しそうにくしゃくしゃにした顔。いい男が台無しよ」

「そ、う、ですか。はい」

高岡は首をひねりながら、指についた御飯粒を口で始末している。

「あなた、幾つ」

そういえば、年令を知らない。

「僕は、二十七です。飯の食い過ぎか、年令にしては、少し腹がでているんです」

「へーえ、そんなふうにはみえないけど」

「みせましょうか」

「いらないわよ」

舞子はジーンズについた砂を払って立ち上がった。

「そろそろ行こうよ」

いうと、高岡も立ち上がった。

車に乗り込むと、舞子は昨夜のことを思い出した。そういえば、お礼いってなかったな。舞子は車内のバックミラーに映る高岡に、こういった。

「ミルク、どうもありがとう。おかげで、よく眠れたわ」

高岡は、さっきとはまったく変わった、刑事の顔にもどっていた。その顔のままで「はい」と応じた。

古田美也子は、一言でいえばまったく協力的ではなかった。何を聞いても、結局は話すことはもう何もありませんというだけなのである。

舞子と高岡は、古田美也子の指定してきた喫茶店の片隅で、彼女と対座していた。彼女は若いとはいえなかったが、老いはまだその容貌《ようぼう》に侵入してはいなかった。どちらかといえば、知的な美貌《びぼう》に恵まれているといってよい。それが独身であるのは何かわけでもあるのか興味をひかれはしたが、もちろん、それはプライベートなことだから、事情を聞く権利などは舞子のほうにはない。

「もう昔のことですから、私にとっては、もう何も彼も終わったことですから」

開口一番、彼女はそういって、舞子たちを牽制《けんせい》した。

「まったく突然の出来事ですし、それは事件当時にもお話ししましたし、それ以上のことは私にもわかりません」

古田重雄の心中の動機について訊ねると、そうこたえた。

今度は弟である彼の人柄について訊ねると、

「それも、あの当時、お話ししたことと、何も変わっておりません」

また、そうこたえた。

「調書には、心中についての心当たりはまったくない。古田重雄については、人間として、とくに変わったところなどはない、普通の男の子だったと供述したとありますが、そういうことなんですね」

「そういうことです」

「お母様を早くに亡くしてらっしゃいますね」

「はい。それが、何か」

「いえ、ただ、何かそれが彼の性格に影響を与えたことがなかったかと、ふと、そう思いましたから」

高岡は直截《ちょくせつ》な質問をあびせた。美也子は、一度も高岡や舞子と視線を合わそうとしないで、俯《うつむ》いている。

「そういうこともなかったと思います。ともかく、弟のことについては、失踪した当時からもう死んだも同然と思っておりましたから、当時、心中したと連絡を受けても、それで動揺したとか、そういうことすらもなかったように記憶しています。ともかく、私には何もわからないんです」

とりつく島がないとはこのことだ。舞子は聞こえないように溜め息をついたが、ふとみると高岡は、次第に眼光を鋭くしている。

「古田さん、事件は一応の収束をみていますから、貴女《あなた》が、いま何を供述なさっても、貴女の不利益になるということは、まったくないんですよ」

「ですから、もう申し上げることはないのです」

「弟さんの死体を確認されたのは、貴女だということですが、一目観て、それが弟さんだと判別できたのでしょうか」

「……」

美也子は、しばし、黙していた。

「判別された、決めては何ですか」

さらに高岡が詰問《きつもん》する。

「遺留品は、すべて重雄のものでした」

「遺留品で判断されたのですか」

「そうではありません。遺体も拝見いたしました。変わりはてておりましたが、面影はございました」

美也子は強くかぶりを振ってこたえた後、自ら納得するように頷いた。

「遺留品とおっしゃいますが、失踪されて二年たっているんです。二年前の物を所持してらしたということですか。それから、弟さんの所持品を何故貴女はご存知だったんです」

また彼女は何か黙って考えていたが、

「眼鏡、腕時計、万年筆、それらは私が買って弟に贈ったものです」

そう答えた。

高岡はしばし、また黙考したのち、質問の方向を変えた。

「肉体的な特徴のようなものはどうでしたか」

「あの、何がお知りになりたいのですの？　あれは、重雄ではなかったとでもおっしゃりたいのですか」

「そうです」

高岡がきっぱりとそういい切った。美也子は初めて高岡の眼を見て、驚愕《きょうがく》した顔を舞子たちの前に突き出した。

「そんな。……」

「僕は、古田重雄は生きていると思っているのです」

舞子も息を飲んだ。

「ど、どうしてそんな。二十年以上もたってから」

「つまり、あれは偽装心中だったと考えているのです。ですから、お姉さん、よく聞いて下さい。いま僕は古田重雄は生きている可能性があると申し上げましたが、逆に、犠牲になって殺された可能性だってあるんです」

古田美也子は、また沈黙した。それから、首を小さく横に振って、

「いつぞやでしたか、同じようなことを、もう少し年齢のいった刑事さんに、私、訊ねられましたわ。でも、私の答えは一緒です。重雄は死にました。もうすでにそれは過去のことでございます。私は、思い出したくもないのです」

そういうと、二人にお辞儀して、一方的に面談を打ち切ろうと立ち上がった。

「その、いつぞやの刑事の、私、娘です」

舞子は美也子にそういった。美也子は舞子の顔をみて、しばらく眼を瞬《しばたた》かせていたが、

「そうですか、あの方にこんなお嬢さんがいらしたんですね」

いうと、また彼らに一礼して、席を離れた。

その背中に、舞子はいった。

「父は死にました。ひょっとしたら、殺されたかも知れないんです」

店内の二、三の客が、ちらっと彼女の方をみて、またもとのお喋りに姿勢をもどした。

舞子は美也子の前にまわると、家の電話番号と、携帯の番号を書いた紙片を差し出した。

「私、ここにいます。今日帰るつもりです。どんなことでもいいんです。何か、思いつかれたことがあったら、教えて下さい」

美也子はその紙きれを受け取った。

「あの」

今度は高岡が美也子を引き止めた。

「何ですか」

振り向きもしないで美也子は返事した。

「古田重雄さんの写真はありませんか。いつの時の写真でもいいんです。大学時代くらいのがあれば、丁度いいんですが」

「……すべて、弟のものは処分いたしました。現在の私は、過去のこととは関係なく生きておりますから。もう、構わないでいただきたいのです。お願いします」

いい残して、美也子は喫茶店の扉の向こうに消えた。

眼だけで見送って、高岡は椅子に腰を下ろすと、冷めたコーヒーをすすった。

「縁談のせいかな。身内に心中者《しんぢゅうもの》なんかがいると知れるのが、怖いわけなのかな」

「縁談、あの年齢《とし》で」

同じように、椅子にもどった舞子は高岡に聞いた。

「事務員の女性にそれとなく訊ねたんですよ。古田先生はまだ独身なんですねって。そうしたら、いや、やっと良縁があってねと、いってたから」

そんなことまで、いつの間に聞いたんだろう。

「事務員さんとそんな話をしたんですか」

「しかし、縁談の話が持ち上がっただけで、過去の出来事について、あそこまで、かたくなになるかな。顔をみたかぎりでは、も少し知的な女性に思えるんだけどな」

喫茶店の窓ガラスを通して、まだ古田美也子の後ろ姿が小さく確認出来た。

「女性というのは、そういうものなのよ。まして、あの年齢なんだから」

「そうですか。そうなのか。……そうかな」

高岡はまだ合点がいかない表情をくずさないでいる。何か疑っているといってもいい。何を疑問に思っているんだろうか。高岡は刑事として、美也子に対する不信をつのらせている。舞子にはそんなような気がしないでもなかった。

舞子にしても、美也子の態度に対しては何か一抹《いちまつ》の不安を感じた。

ところでそれは図らずも的中して、最も残酷なかたちで露出した。古田美也子の死体が南郷の洗堰に浮いたのは、翌々日のことである。

美也子が死体となって発見されたその一日前、舞子に美也子から電話があった。舞子が名古屋にもどった次の日のことである。

電話をとったのは、伯母の道子だった。伯母は、ああ、そういえばと忘れていた電話のことを舞子に告げたのだった。

「昨日ね、電話があったよ。女の人から」

「女の人、なんて人」

「み、み、……」

「美也子っていう人」

「そうそう、美也子さん」

「どういう電話」

「お前にね、話しておきたいことが、やっぱりあるからって」

「やっぱりあるから、どうだって」

「どうだったかねえ。お前にすぐ言えばよかったんだろうけど、お前出かけてたろ。うっかり忘れちゃって。ごめんね。……」

舞子は内心、歯軋《はぎし》りした。しかし、伯母を責めても仕方がない。どうして携帯にかけてこなかったんだろう。やっぱり躊躇《ちゅうちょ》したのかな。

連絡をとろうとしたが、高岡も雨森も不在だった。舞子は新幹線に飛び乗って、至急、京都まで行き、東海道線に乗り継いで最寄りの駅で下車、南郷里高校へ駆けつけたが、彼女を待っていたのは、古田美也子変死という知らせであった。

その日は朝から細かい雨がふっていた。小雨の中、洗堰では現場検証がすすんでいた。それを遠まきに近所の野次馬や、偶然観光に訪れた旅客たちがおおぜい見物していた。

傘もささず、舞子も現場に立ち回る警察係官の仕事を観ていたが、そんな舞子をさらに離れた遠くの車中から、観察していた女がいたことを舞子は知らない。

女は舞子をずっとみつめていたが、舞子が諦《あきら》めがちに、うちひしがれた様子で立ち去るのを見届けると、車を出した。

泳ぐように車体をくねらせて、車はけぶる雨の中に消えた。車窓からのぞくオレンジ色の帽子の色だけが鮮やかな痕跡を残したが、それもやがて点となってみえなくなった。

3

美也子から電話があった当日、舞子はまた例の悪友たちに誘われて街で遊んでいた。アミューズメント・パークなどと洒落たネーミングになったゲーム・センターで擬似ギャンブルをしたり、キャッチャー（これはその場で親しくなった若い男連中をけしかけたのだが）に歓声をあげていたのである。

それからドーナツ・ショップでお茶とドーナツ。それなりに楽しい時間ではあったけれど、舞子の頭の片隅には、常に事件のなりゆきがくっついて離れなかった。するとそれは、ときおり浮かない表情になって、現れた。

「ま〜た〜、お父さんのこと考えてるんでしょ」

「それはそうよ、ねえ。あたりまえの事、聞くんじゃないよ。舞子は私たちと違って、真面目な子なんだよ」

舞子の顔を見て少女たちは、彼女たちなりの激励と、揶揄《やゆ》を含めた慰めの言葉を口にした。

「学校では別に、たいした噂にもなってないよ。知らない子のほうが多いみたい」

学校で、みんな何かいってやしないかという舞子の質問に応えて、仲間の少女の一人がそう答えた。

「新聞に乗らなかったもんね」

「テレビでもやんなかったし」

「あら、それはそうよ。何も彼もテレビや新聞にしていたら、パンクしちゃうよ」

「そうよ、舞子には悪いけど、他人ってそういうものよ。他人さまからみたら、そんなに大したことでもないのよ」

「違うわよ、警察が揉《も》み消したのよ。そうじゃないの？」

「あら、何でよ」

「だって、元刑事の自殺だよぉ、あたりまえじゃん。そういうのって警察は嫌がるんじゃないのかなあ」

揉み消しというだいそれたことではないが、たしかにマスコミに向けてのお願いはしたようだと、舞子は鯊倉のことを思い出しながら、そう語った。

「ほら、きっと体面の問題よ」

「そうかなあ、警察だって、舞子のことや、遺族のことを考えてくれたんじゃないのかなあ」

「それなら、どうしてもっと捜査しないのよ」

「だって、自殺だって決めたんでしょ」

「舞子本人が、自殺じゃないっていってるのに？」

「そういうことって多いんじゃないの。いちいち素人のいうことなんか、とり上げてくんないよぉ。そんなことしてたら、警察なんかパンクしちゃうじゃん」

「あんた、パンクが好きねえ」

「パンク・ロックは嫌いよ」

「馬鹿言ってんだからもう。キャハハハハ」

キャハハハハ、キャハハハハハ、キャハハハハハ、キャハハハハハ。…………

女性は男性よりもはるかに動物的であると、図書館の本で読んだことがあった。題名は忘れたが、『男と女の深層心理』とかいうタイトルだったはずだ。論旨《ろんし》によると、女性というのは自然の成長過程において生理経血を迎える。それは本人の意志に関わりなく、子供を宿す準備をしているということになる。それゆえ、女性は男性より強く自身の動物性を心理の潜在部分に持つというのである。ただし、男性のそれが不確かなのにくらべて、女性のそれはハッキリとしているため、女性は知らず知らずのところで、そういった動物性を引き受けてしまい、かえって生きることについての覚悟が出来るというのである。その点では、女性は男性よりも強く生きることができるはずだと、その本には記されていた。

それを鵜呑みにしているわけではないが、屈託のない友人たちの表情をみると、この子たちは強いなあと、舞子は感心してしまう。もちろん、これが彼女たちの素顔というのではないだろう。それぞれがそれなりの苦境というものを背負っていて然るべきだ。それを表にみせないで、ただ、一生懸命遊んでいるところが偉い。それは現実逃避だとか、痴呆《ちほう》的だとか、大人が若者を非難していうものとはまったく違う。そういう大人をむしろ彼女たちはあざ嗤《わら》っているのだ。

夜はパソコン・ネットというものを見学した。彼女たちの中に、そういうことを趣味にしている兄を持っている者がいたのである。

彼はパソコンを立ちあげて、舞子にはチンプンカンプンな用語を羅列しながら、キィ・ボードを叩いていった。ネットにも表と裏があって、そこは特別な方法でアクセスするのだ云々《うんぬん》。例の『自転車フォーラム』も覗いてみた。バイシクルという英語をバイセクと略して、売セックスの隠語《いんご》にしているというフォーラムである。彼は、裏ワザのコマンドとかいうのを駆使して、そこに侵入した。手慣れたものである。彼だって利用しているのかも知れない。確かに、さまざまなセックスグッズの売買がされている。『女子高校生ヌード生写真』のコーナーまである。ここに舞子のそれも流出したのに違いない。まったく男ってやつは、どこまでスケベなんだか。舞子は憤懣《ふんまん》やるかたなかった。

「面白いサイトもあるよ」

「え、何、なに？」

「最近出来たんだけどさ、『全共闘サイト』ってのさ。このゼンキョウトウってのは、最近のワープロじゃ漢字変換しねえんだぞ。いわば死語なんだ。ちょうど五十代半ばから上のひとが昔のことを喋りあってるんだ。こんな時代もあったんだなあって、思うわさ。きついなと思ったり、けっこう面白いやと思ったりさ」

彼はマウスを動かして、そのサイトの画面を呼び出した。

『かつて、数多《あまた》の戦いを闘った勇士たちよ、我々の時代をミッシング・リンクにしてはいけない』というキャッチ・コピーがうたわれていた。

ミッシング・リンク、失われた環か。そういえば、そんなコトバを高岡からも聞いたな。舞子は、モニターを見ながら、そんなことを思い出していた。

四　失われた環《ミッシング・リンク》①

京都同士館大学にある二つの学生食堂は、何れもその利用者の大半は学生なのだが、学生でないと入れないというわけではない。外部一般にも開放されているせいか、安さと量の多さを目当てに、ネクタイを締めた近所の会社員や、地下足袋《じかたび》を履いた工事労働者なども出入りしている。大学の食堂にしては料理も丁寧《ていねい》で、ハンバーグをひとつとっても、冷凍の薄っぺらいものではなく、ちゃんと挽き肉をつないだ手製のものである。名物のカレーライスは、辛口と女性向けの甘口の二種類があり、オフィス・レディなども、野菜サラダとともにこれをランチにしているふうであった。

食堂は朝の十時から夜の七時まで営業している。喫茶も食堂と同じ棟にあり、ここは午前九時から午後八時までの営業で、食堂とは枡目《ますめ》の障子《しょうじ》を模したパーテーションで隔《へだ》てられている。意図するところは、京都らしい情緒《じょうちょ》を醸《かも》し出すべく演出であるのだろうが、それが成功しているかどうかは、すでに素材そのものが食堂の臭気《しゅうき》によって変色し始めているところから、いわくいい難い。

古田重雄は十一時過ぎに下宿を出て講義に出席するでもなく、そのまま朝昼兼用の食事（うどんにカレーライス）をこの食堂で済ますと、隣の喫茶ルームで濃いコーヒーを飲んでいた。日差しはすっかり春めいて、セーターで街を歩くと汗ばむこともあるくらいの五月の初頭である。

年が変われば、古田重雄は二十三歳になる。一年の浪人の末にこの大学の文学部神学科などに入学したが、まともな学生とはいえず、もはや下火というか消えてしまったかのような学生運動などにも顔を出したが、それにももう厭《あ》きて、何のアテもナイ学生生活を送っていた。

もともと神学などに興味があったわけではない。牧師の倅《せがれ》などは、もう少し名門の大学の神学科に行くのだが、この大学は京都の有名大学の名前を二つ併せてもじったような二流の大学である。中でも文学部の端っこにぶら下がっているようなここの神学科は、何でもいいから入ってしまえというデモシカの学生の吹き溜まりのようなところだ。それを百も承知で入学したのは、そういうところなら、のんびり四年間遊んでいられると思ったからで、事実、三年という時間を半ば無為《むい》に過ごしてしまっていた。

かつて七十年安保の周辺は、この大学も学園闘争などで、毎日がお祭のように賑やかであったと聞いているが、十年余りを過ぎた現在にいたっては、燃えカスのようにあちこちに当時の残党が燻《くすぶ》っているだけの状態だ。闘争のスローガンも「反核」が中心になった。古田重雄にしても、けして面白半分でヘルメットなど被ってみたわけではないが、〔革命〕というやつが起きるなどとも信じてはいなかった。

マルクスもバクーニンもまともに学習したわけではない。当時流行した映画や劇画を観て少しは革命について学んだかも知れない。しかし、心のかたすみには義憤《ぎふん》のようなものが漂っていたことは確かだ。権力を相手に闘っているということに正義を見出していたといえぬことはない。だが、祭はすでに終わっていた。ザセツの残骸《ざんがい》というか、襤褸《らんる》となった戦旗を残して。

古田重雄にとっては、社会の政治的動向やら、学生運動の顚末《てんまつ》など、それはもうどうでもいいことに思えた。それが、祭の後の虚《むな》しさだとするならば、そういえないこともない。どうせ遅れてきた革命派だ。全共闘の残党だ。

彼にしてみれば、あとは、それなりの単位を取得して適当な卒論をデッチあげれば、トコロテン式に卒業出来なくもナイ。といってそれから先のアテなどはない。こんな大学の神学科などという肩書では、雇ってくれるまともな企業などないだろう。おまけに残りカスとはいえ、同士館大学全共闘書記などというレッテルが、前科のように履歴《りれき》にくっつくわけだから、ますます就職は困難だろう。かといって、ろくでもない三流の企業に就職して、こき使われるのも真平《まっぴら》である。実家からは借金の督促状《とくそくじょう》のように月に一度、姉から手紙が届く。毎度同じような行く末を案じての文面には少々、鼻白《はなじろ》む。親父は酒が祟って伏せっているようだけれど、そんなものは自業自得《じごうじとく》というやつだ。勝手にくたばればいい。姉は母親が死んでから母親代わりに何やかんやと身を砕いてくれるが、それも何やら当てつけがましく疎ましくて仕方がない。

ステバチというのだろうか、心情を覗いてみればそんなところで、逆立ちしても虚無《きょむ》しか落ちてこないような現在の心境に、古田重雄は倦怠《けんたい》をもよおしていたのである。

何か面白いことはないかな。人生が変わるような、アッと驚くことが。……

食堂は賑やかになってきた。昼時である。古田重雄はもう冷めてしまったコーヒーを舐めるようにして飲みながら、来る途中で拾った競馬新聞などを広げた。別に競馬に興味があるわけでなく、その新聞にしても赤エンピツで印の入った、すでに終わってしまった昨日のレースのものらしいのだけれど、さて、この新聞を睨《にら》んでいた猛者《もさ》が、どれほど得をしたのか損をしたのか、そういう人間の生臭さが残っているような気がして、つい拾ってしまっただけの話である。

と、その新聞のはるか向こうに、パーテーションの隙間から、こんな食堂には、えらく不釣り合いな美人の姿を彼はみつけた。

女は黒いシャツに、高価そうな赤い薄手のブルゾンをはおっていた。同じような色のヒールの高い靴が、行く宛を定めずあちらこちらに動いて、衆愚《しゅうぐ》の中でただひとつ利発そうな音をたてているように古田重雄には感じられた。

あの女は初めてみる。学生にしては身なりが派手だから、お水関係の女が気紛れに昼でも食べに、こんなところに来ているのかも知れない。黒い長めの髪が首筋のあたりで束ねられて、テールが彼女が顔を動かす度《たび》に、左右に跳《は》ねる。

さきゆきの虚ろな者は簡単に蛮勇《ばんゆう》をふるう。古田重雄も例外ではない。彼は女に近づくと、大胆にも、話しかけた。

「何か、捜してんですか。ここ、初めてみたいですけど」

女は、振り向いて古田重雄をみると、ちょっとびっくりしたような顔をしたが、すぐに笑顔をつくって、彼に応対した。

「はあ。……えらい、ここ混んでますんやなあ。あんさん、ここのお人どすか」

「ええ、ここの学生です」

「いわはるように、うち、ここ、初めてなんです。ここのカレーが美味しいいうて、聞いたもんやさかいに、いっぺん食べてみよ、思うて、来たんどす」

「こんなところのカレーなんかより、もっと美味いカレーを食わせるところ、知ってますよ」

そこへ行こうと誘われていることは、女にも重々分かっている。

「そうですか」

しかし、女は気乗りのない返事をして返した。

「学食にしては、少し味がいいというだけの話ですよ。なあに、たいしたことはないんです。僕なんかは、もう飽きあきしてますが。僕の知ってる店というのは、ここからなら歩いてでも行けるんですがね」

なおも、下心のあるコトバを吐くと、そんな表情を悟られまいとして、古田重雄は眼鏡をとって、レンズを拭いた。

「ほんでも、ここのん、いっぺん、食べてみたいわあ」

抱きかかえるようにトレイを持ちながら、彼女は、白いうなじを伸ばして、空いている席を捜すような仕種《しぐさ》をみせた。

「そんなに、いうんでしたら、僕が持ってきてあげますよ。その辺りが空きそうですから、座っていて下さい」

古田重雄は半ば強引に彼女からトレイを取り上げて、すでに食事を終えている学生の座っている席を指差した。

「そうですか。ほな、お願いしょうかな。なんや、要領がわからへんし」

しばらくして、古田重雄はカレーライスとサラダをトレイに乗せて、もどってきた。女は愛嬌《あいきょう》のある笑顔をみせて、彼に礼を述べた。

彼女にとって、実際その食堂のカレーライスが美味かったのかどうかそれはわからないが、これが古田重雄と花村玉梨《はなむらたまり》のなれそめであった。

古田重雄にとって女は花村玉梨が初めてではない。同じ学生運動に参加している女性たちと次々と関係したこともある。フリーセックスなどもはや常識のような時世であったから、性欲の処理のための口実はいともたやすかった。愛も性も自由だとでも論ずれば、そこいらにうろついているフーテンまがいの姉ちゃんは、尻尾を振ってついてきた。そのような場所は豊富にあった。当時は全国の学生クズレが、どういうわけか京都に流れ込んでいたのである。路地を入った地下喫茶や、前衛、実験、アングラの名残を引きずり、いまだに跋扈《ばっこ》していた芸術家たちのたむろする居酒屋に行って、怪しげな芸術論や政治論に運動論の類《たぐい》を交わせば、にわかな連帯意識というやつが生ずることも稀ではなかった。一夜かぎりのヒーローとヒロインは、それがあたかも社会に対する反抗の行為でもあるかのように、あるいは、傷を負ったケモノどうしが互いを舐めあうかのような気分に酔いしれて、その身体を求めあった。

花村玉梨とも、遇《あ》って一月《ひとつき》足らずで褥《しとね》をともにする仲になってしまった。

ただ、困ったことがあった。花村玉梨には旦那がいたのである。無論、法的に婚姻関係にある夫ではなかった。つまり、ヒモがいたのである。だから、よけいに始末が悪い。

それは、最初に安宿で休憩に及んだ時にすぐに分かった。彼女の左腕に『けんぞういのち』という刺青があったからである。『けんぞう』というのが、暴力団黎明会の檜垣健三であるのは、彼女の口からすぐに知れた。古田重雄は逡巡《しゅんじゅん》した。この女と関係を続けるべきか、一度っきりの行きずりで、おさらばしてしまうか。しかし、玉梨はそんじょそこいらに転がっているハスッパなフーテンとはわけが違った。彼女の肉体は、定番お決まりの表現で恐縮だが、男の欲望のようなものを刺激してやまない艶《つや》と、たちのぼる香《か》を持っていた。危険であるとは知りつつものめり込まざるを得ない、抗《あらが》い難い魅力を持っていた。結局、二人の関係はその後もずっと続くようになる。男としての情動《じょうどう》に古田重雄は勝てなかったのだ。

花村玉梨は、決して自分の出自《しゅつじ》を明かそうとはしなかった。生まれが九州の方であるとは聞いたが、それすら事実であるのかどうか知れない。職業を訊ねると、キャバレーのダンサーをしたり、水関係の仕事をしたりして全国を流れてきたのだといった。それにしては、けっこう流暢《りゅうちょう》な京都言葉を話すので、古田重雄は感心したが、その土地に溶け込むのは、その土地のお国言葉を覚えるのが一番だという、彼女独特の処世《しょせい》を述べた。

「私、だから、数カ国の日本語が話せるのよ」

と、寝物語に語ったこともある。

彼女は怪しげな秘密会員制のクラブのホステスをしているらしかった。いくら古田重雄が訊ねても、それが何処でどんなところであるのかの詳細は教えようとはしなかった。ただ、金まわりは非常に良かったから、法外な給与を貰っていたことは確かである。つまり、それだけ口がかたくなければ、勤められないようなトコロであるらしく、財閥《ざいばつ》の金持ちやら、投資家、政治家に医者を始め、大学教授に評論家、流行の作家やら俳優やらが出入りしているとだけは、彼女の洩《も》らすコトバの端々《はしばし》で推し量ることはできた。

「びっくりするようこともしてるのよ。マルキ・ド・サドの『ソドム』みたいなことまでやるのよ」

「サドの『ソドム百二十日』かい」

玉梨の口からサドの名前が出るとは思っていなかった。

「遊びが過ぎて人が死んだこともあるみたい。もっとも死んでもアシのつかない男とか女ばかりだっていう話だけど」

「警察の手がよく入らないな」

「警察は、地下に潜伏《せんぷく》した政治活動の危険分子のほうで忙しいんじゃないの。それは冗談。だいたい、あそこでの生贄《いけにえ》は、あら、まあ、ほほほ、要するに、警察にはわからないようになってんのよ。あんた、愕《おどろ》くかも知れないけど、私もいつ口封じに殺されるかもわからへんのよ。ホホホホ……」

虚構とも本気ともつかぬことを彼女は口にした。多分に誇張して話しているには違いない。何れにせよ、彼女の仕事に立ち入る気は古田重雄にはなかった。

ヒモの檜垣健三と玉梨とは、アパートに半ば同棲しているようなかたちで住んでいるらしかった。『鶏明荘』という変わった名前の1DKトイレつき風呂なしアパートだ。――京区、三の茶屋町といえば、同士館大学からはさほど遠くない。金まわりがいいくせに、どうしてマンションに住まないのかと聞くと、あんたは何も知らないのねと古田重雄は玉梨に笑われた。

ヤクザや暴力団の組員というのは、住居には金を使わないのだと玉梨はいった。立派な所に住んでいるのは、親分クラスだけで、構成員は長屋のようなところや、安アパートなどにたいてい住んでいるのだという。それには理由がある。貧乏だからではない。その代わり、彼らは身につけるものには惜しみなく金を使う。腕時計、ブレスレット、指輪等など、何れも百万円を越えるようなシロモノばかりだ。これにも同じようなわけがある。それら貴金属は逃走用の資金として、いつでも換金可能だからである。つまり、彼らには定住の処世《しょせい》というものが、のっけから欠落している。いつ、どんな時にでも、何処へでも逃げられるような暮らし方というのが、根底にある。従って、住むところは布団さえあればそれでいいという考え方になってくるのだという。浮き草の人生とはよくもいったものだ。ヤクザというのは所詮流れ者の系譜《けいふ》を背負う、根無し草なのである。

「私とつきあうなら、あんたも、そうならなきゃ駄目よ。でも、ほんというと私もどっか遠くに逃げて、落ち着いて暮らしてみたいなあ」

玉梨のそういう口癖《くちぐせ》を古田重雄はよく聞いた。

「じゃあ、俺と逃げるか」

そう古田重雄は玉梨にいったことがある。もちろん、強い決意から出たコトバではないが、あながち法螺《ほら》ともいえなかった。いつもの玉梨の口癖に、ふとそんな気になったのだ。彼女はそれを鼻で笑うと、

「あんた、ヤクザがどんなに執念深いか知ってなはるの。何処までも追いかけて来ます。それこそ、地の果てまでもや」

それからこう続けて、

「もしかして、うちと逃げよと思うたら、……」

と、そこでコトバを詰まらせた。

「逃げようと思ったら、何だ」

「健三、殺さなあかんわ」

それから冗談とも真《まこと》ともとれる眼差しで古田重雄をみた。

殺意の発端は、ここに訪れた。

玉梨は鶏明荘とは別に、そこよりは多少住み心地の良いアパートを借りていた。檜垣健三というヒモが出来てからも、そのアパートを引き払わなかったのは、いざという時には、玉梨のそのアパートを逃げ場所のひとつにしようという健三の魂胆《こんたん》によるものだったが、玉梨はそこから週のうち何日かを鶏明荘に通うような暮らしをしていたのである。

古田重雄は、玉梨との関係が深くなるや、三月《みつき》を経ないうちにそのアパートに居候《いそうろう》のように転がり込んだ。最早《もはや》、大学のほうはどうでもよくなっていたが、大学はともかく、彼女のアパートに居るということは、危険なことに他ならない。檜垣健三に知れたら、それこそ命に関わることになるだろう。そうして、さらに一月ばかり過ぎたあたりで、予期したとおり、古田重雄のことが檜垣健三の耳に入る事態がやってきた。

しかし、古田重雄も、何も考えずに玉梨のアパートに居候を決め込んだのではない。自分の身がやがて危機にさらされることは承知していた。いわば覚悟の上というやつで、そこまで追い詰められれば、逆に決心もつくだろうと考えていたのである。窮鼠《きゅうそ》、猫を嚙むというが、自らをしてその鼠になってやろうとしたのである。

殺意は熟した。

自らの身に危険が迫ったことを玉梨から知らされたおり、古田重雄は檜垣健三殺害の計画のあることを彼女に告げた。大学闘争での知り合いが、他の大学の薬学部にいる。その男を通じて青酸カリを手にいれることが出来る。これなら、腕力も武闘の技量も関係ない。使用はいとも簡単である。酒にでも混ぜて飲ませてしまえばよい。ヤクザ者の一人や二人、この世からいなくなったところで、かえって社会のためではないか。あとは、出来るだけ遠くに逃げよう。そう持ちかけた。

今度は気紛れや、その時の気分次第の戯《ざ》れごとでいっているのではない。古田重雄にしてみれば、一世一代の賭《かけ》である。花村玉梨はこれを承諾した。

玉梨にしてみても、腕に刺青を彫った仲とはいえ、それはいわば成り行きの出気心で、檜垣健三に未練などはなかった。というより、このままヤクザな男をヒモにして、さきゆきの見通しのない不穏な暮らしを続けるのにも気詰まりを感じていた。それゆえ、古田重雄という男の登場は、運気《うんき》の巡り合わせと思えないでもなかったのである。もちろん、古田重雄に将来の明るい生活などを夢みていたわけではない。ここはちょっと違う、新しい空気が吸えればよかったのだ。

計画は実行に移された。その年の八月十九日、夜半のことである。

玉梨は檜垣健三に、古田重雄が挨拶をしたいと申し出ている旨を伝えた。間男《まおとこ》をして挨拶はないだろうと、檜垣健三の怒りは収まらなかったが、これで自分は身を引く、その詫《わ》びに指の一本でも二本でも献上しよう。金で済むなら何百万でも用意するつもりがあると、嘘をいったら、満更でもナイ態度に変わった。玉梨自身も健三からかなりの折檻《せっかん》を受けたが、女のことゆえ命までとられるようなことはなかろうと踏んでいた。それはそのとおりだった。

檜垣健三にしてみれば、指の十本より、金のほうに食指《しょくし》が動いた。玉梨は、古田重雄のことをさる財閥の御曹司《おんぞうし》で、自分の秘密会員制クラブに出入りをしている客だと欺《あざむ》いて伝えておいたのである。檜垣健三にしてみれば、格好の金蔓《かねづる》が現れたようなものである。ヤクザが情婦を選ぶ基準というのを、一般人のそれと同じように考えてはいけない。彼らは博打《ばくち》の運気、ギャンブルのツキの良し悪し、ゲンかつぎのジンクスとして女をはべらせるのである。俗にいうところの〔あげまん〕だ。そういう意味では、玉梨という女性は檜垣健三にとって縁起のいい女だったのかも知れない。

八月十九日の日付も変わろうとする頃、古田重雄は鶏明荘二〇二号の戸を叩いた。すでにずいぶんと酒の入っていた檜垣健三は、「金ヅル、金ヅル」と呪文《じゅもん》のように口走り、唇を歪めながらこれを招き入れた。

青い顔に緊張の脂汗《あぶらあせ》をたらしながら、古田重雄は対座した。檜垣健三の隣には、いつもと変わらぬ顔つきで玉梨が座っていた。

「まあ、紳士的に話をしましょうや」

と健三は穏健《おんけん》を装って、古田重雄に酒を勧めた。

杯を何度か重ねて、大嘘の金の話で相手を気持ちよくさせ、健三がトイレにたった瞬間に、酒にすかさず古田重雄はシアンを混入した。

事は案外と簡単に終わった。特に争いがあったわけでなく、檜垣健三は、一グラムにも満たないシアン化合物の粉末で絶命したのである。

あんまり呆気《あっけ》なく事が終わったので、かえって肩透かしを食ったように二人は感じた。それから、玉梨のアパートにもどり、家賃三カ月分に相当する金子《きんす》と『突然ですが引っ越しします。残りの荷物は処分して下さい』との書き置きを残して、予《あらかじ》めまとめてあった荷物を手に、ＪＲで神戸へと向かった。そこからフェリーに乗り換えて、行き先は四国松山の道後である。

玉梨の居たアパートはその半年後に壊され、雑居ビルに姿を変えている。花村玉梨というのが本名なのかどうかも疑わしく、大家との契約に使用されたる氏名は吾川安江《ごかわやすえ》であった。そのため、ここは捜査の網の目をこぼれることになる。

五　雨森《あめもり》の推理と高岡の推理

1

「事故か、自殺か、他殺か、古田美也子についても、滋賀県警のほうはその三つの方向で捜査を進めたようです。遺書もなく、身辺の整理もしていない。また最近、ずいぶん遅まきにせよ縁談がまとまっているところからみて、自殺というのは変だと考えられたのですが、そうなると、事故か他殺なんですが、この辺りの判別はちょっと難しいと思われますね。何故なら、争ったようなあとがなく、衣服も乱れていないんです。滑り落ちた痕跡は残っているんですが、残念なことに目撃者はいない。夜になると、人気のあまりないところですし、死亡推定時刻は深夜の一時前後です。ともかく、幸いなことに彼女の落ちたのがゲートの琵琶湖方向だったので、死体が流れずにすんだということです。司法解剖の結果はまったくの溺死です。彼女を知っている人たちの証言によると、彼女は泳ぎのほうは全然だったらしいんです。舞子さんは、例の竹生島の写真屋末松信吾が同じように溺死した事件にも遭遇されていますね。あれは、泥酔の上の事故だということで処理されていますが、今度の古田美也子はそういうわけにはいかないでしょう。僕は、古田美也子はやはり殺されたと思いますが」

謹慎を解かれた高岡は、別の事件の捜査に赴《おもむ》いていたが、舞子の伯母の家に立ち寄ると、古田美也子溺死事件についての、現在の捜査情況を舞子に報告した。仕事の合間をぬって来ているためか、時間に急《せ》かされているように舞子には思えた。

すでに古田美也子の事件から三日がたっている。

琵琶湖から唯一流れ出る自然の川というのが瀬田川である。琵琶湖の水位、流水の水量調節のために、瀬田川の南端には堰が設けられていて、南郷の洗堰と称されている。ここは東西に橋が架けられており、人や車も行き来できる。堰はその北側に設置されていて、水面下に固定されたゲートがあり、その高さ分上下する可動ゲートがある。この可動ゲートを上下させることによって、流れる水の調整をするのである。

古田美也子の死体は、このゲートに引っかかっていた。その年は稀にみる渇水で、流水の量が少なかったため、下流に流れ出ないですんだのである。

「ともかくこれは管轄外《かんかつがい》で、僕が直接関わることの出来る事件じゃないもんスから、あちらさんの捜査の進展を待って、その情報を聞くしかないスね。ただ、聞き込みで、僕たちが前々日に彼女と会っていることは、すぐに知れますから、その辺のことは、あちらさんにもう、連絡は入れてあります。昔あった事件の参考人ということで、非公式に話を聞いたと説明してありますが、ひょっとすると舞子さんのところにも事情聴取があるかも知れません。なるべく僕のほうでうまくやっておきますが。……いや、何というか、いま僕たちが追いかけている件に、首突っ込まれたくないんですよ」

出されたお茶にも、お菓子にも口をつけず、殆ど一人で喋ってしまうと、高岡は腕から外して手に持っていた腕時計の時刻を見た。

「いけねえ、こんな時間か。いやあ、宮仕えはつらいな。行かなきゃなりません。さぼってんのがばれたら、また部長のお小言を拝聴ってことになって、今度は謹慎じゃすまなくなるかも知れないや」

舞子は高岡を見送ろうと立ち上がったが、

「ねえ、私に出来ることありませんか。だって、私、もう何をしていいのか、全然わからないんだもの」

そう訴えるようにいった。

「そうスね」

高岡は額に手をあてて、ちょっと考えたが、すぐにこう答えた。

「じゃあ、面倒なことをお願いしていいですか」

「ええ、いいわ。何でもやる」

「例のオヤジさんの遺書めいた書き置きの件なんですが」

「『残念だが、事実と認めざるを得ない』ってやつ？」

「そうです」

「何か、わかったんですか」

「わかったという程のことではないんですが」

高岡は車の方に歩き出しながら、ゆるめたままになっているネクタイを締め直した。

「あれ、冴草さんの癖《くせ》じゃないかと思うんです」

「癖？」

「ええ、僕もいつだったか、そんなふうに冴草さんが口にされるのを聞いたような記憶があるんです。ぼんやりとですけどね。たしかに『残念だが、事実であると認めざるを得ない』っておっしゃったような。何の事件の捜査の時だったか、よく憶えてないんですけど。ですから、オヤジさん、何か、そういうことを、重要な時に口にされたりメモされたりするのが癖だったんじゃないかと、そう思えてきたんです」

癖か……舞子は立ち止まった。それは舞子にも思い当たるところがあった。そういえば伯母が、父からそのコトバを聞いたとかどうとか、いっていた。

「それで、私、何をすれば？」

車に乗り込んだ高岡を、窓から舞子は覗きこんだ。

「実家にファイルがありましたよね、たくさん。あん中で、そういうくだりのメモ書きが残っていないかどうか、調べてほしいんです」

「わかった。やります」

車にエンジンがかかった。

「僕は、失われた三冊めのファイルについて考えます。例の竹生島の心中事件の後先《あとさき》で、オヤジさんの興味をひいて、ファイルにとらねばならないような事件がなかったか、どうか。これも、滋賀県警のほうに問い合わせて、何とか調べます」

「ねえ、高岡さん」

「はい？」

高岡は、アクセルに乗せた足を外した。

「あなたが問題を起こして謹慎になった部長さんて、鯊倉さんとかいう警視さん？」

「ご存知なんですか」

「ええ、父の通夜にいらしたから。高岡さん、あの方殴ったの？」

「冗談じゃない。ちょっと、突き飛ばした程度ですよ。意見の対立ってやつです。いやあ、あの人も硬派の熱血漢で、悪いひとじゃナイんですが、僕も血の気が多いですから」

「父の友人だっていってらしたけど」

「そうらしいですね。冴草さんは警部補だったですが、あっちは警視でしょ。この先どんどん出世されると思いますよ。上にも下にも気配りが出来て、そういう評判です。それに、あの人の義理のお父さんだかが、検察庁のお偉方だそうです」

「何でも相談するようにいわれたんだけど」

高岡は、ちょっとの間、黙ってギアをいじっていたが、

「僕じゃ不足ですか」

強《し》いてつくったような笑顔で、舞子をみた。

舞子は大きく首を横にふった。

「そういうわけじゃないの。いってみただけだから」

「たしかに、鯊倉部長に懇願《こんがん》すれば、友達のよしみというやつで、冴草さんのことは洗い直してくれるかも知れませんね。でも、それは僕たちでは二進も三進もいかなくなってからでいいでしょう。ともかく、警視殿には内緒にしておいて下さいよ。あなたのような素人を巻き込んだ捜査がばれたら、僕のク

ビが飛びます」

舞子はコクンと頷いた。

じゃあ、という声と、排気音を残して高岡は去った。

舞子は車が大通りに姿を消すまで、見送っていた。

と、伯母の声がした。

「舞子ちゃん、電話だよ」

もどると、電話は雨森からであった。舞子はひさしぶりに聞く雨森の声に、安堵《あんど》と興奮を半々に感じた。


その日の夕刻、舞子は雨森の家を訪ねた。

雨森は例によって、玄関まで出迎えてくれたが、忙しい仕事が続いたせいか、鼻の下と顎《あご》に無精髭が濃くのびていた。

「先生、お髭くらい剃ったら如何《いかが》ですか」

「ああ、そうだな、この顔は、レディを出迎える顔じゃないな。まあ、根《こん》をつめての仕事が三日ばかり続いたもんだから、勘弁してくれよ」

前にも通された応接のカウチに舞子は腰をおろした。

「ミル付きのコーヒー・ドリップを買ったんだ。有機栽培のブラジル・コーヒーを飲ませてあげるよ」

いって雨森は台所に去った。モーターが小さくうなって、豆を挽《ひ》く音が聞こえてきて、それからコーヒーの香りが漂ってきた。しばらくすると、雨森が湯気のあがっているマグカップを二つ持ってもどってきた。

「手盆《てぼん》で恐縮だが、味は保証するよ」

舞子はもっぱらハーブ党でコーヒーを飲む習慣はなかったけれど、その香りの良さにひかれて、一口飲んでみた。渋みのない、適度な酸味と苦みがある、飲みやすいアメリカンタイプのコーヒーだった。

「どうだい」

「ええ、とっても美味しいです。すごく香り、いいし」

「そうか、そりゃ、良かった。最近ちょっとこいつに凝ってるんだ。わざわざ無農薬野菜販売の八百屋まで出かけて行って、豆を買ってくるんだ。普通のコーヒー豆の店には売っていないんだ。これを飲むと、喫茶店のコーヒーはちょっと喉を通らないな。こいつのせいか、おかげでビールの量も減ったよ」

雨森はおかわりを勧めたが、さすがに二杯めは遠慮した。

「捜査は進んでるの？」

雨森はあごの髭を撫《な》でた。

「進んでいるというか、わかっていることは、逐一《ちくいち》お電話で話した通りなんです。でも、高岡さんが予想外に頑張ってくれちゃって、感謝してます」

「そうか。電話で話しただけだけど、なかなかいい刑事さんのようだね」

舞子はさっき高岡から聞いた話を雨森にした。例の『残念だが、事実であると認めざるを得ない』の書き置きについてである。

「へーえ、高岡刑事はそんなふうにいってたのか。なるほどねえ、それは、ほんとうにそうかも知れないな。でも、半畳《はんじょう》いれるつもりはないけれど、癖なら癖で、キャンサーだと告知された時にふとそういう癖が出て、書き残されたのかもしれないねえ。そうすると、やはりそれは覚悟の書き置きといえなくもないいんじゃないかな」

「それは、そうかも知れないですけど。……」

舞子は少し顔を伏せた。

「いや、何れにせよ、あと、残りの事件簿が出てくるか、あるいはそれが何の事件だったのかが判明すれば、事件は一挙に展開しそうな雰囲気だね」

励ますように雨森がいった。

「はい。まだいろいろ謎はあるんですけど」

気をとりなおして、舞子は顔をあげた。

雨森はカウチから立ち上がると、台所に消えた。冷蔵庫を開く音がして、やっぱり缶ビールを持ってもどってきた。

「先生、炊事はどうされてるんですか」

「適当さ。簡単なものなら作るし、冷凍をチンすることもあるし」

「事件が解決したら、私、料理作ってあげますね」

「前にも、そんなことをいってたね」

微笑むと雨森は慣れた手付きで缶ビールを開けた。炭酸の吹き出る音がした。それから顔を近づけて缶に口をつけると、美味しそうに飲んだ。少し髭が濡れた。そんな仕種を舞子は眼を細めて観察していた。

「日が落ちるのが早くなったな、秋の夕日のつるべ落とし、か」

雨森は視線を庭に移した。縁側にはもう夜が訪れはじめている。雨森は立ち上がると応接室に明かりを灯した。

「これから、実家に行くのかい」

「はい」

舞子は頷いた。

「怖くはないかい」

「えっ？　怖いって」

「だって、竹生島の写真屋は事故かも知れないけれど、古田美也子はそうじゃないんだろ。そうすると、犯人がいるってことだろ。しかもそいつは姿をみせずにいる。おまけに今日はもう外は帳が下りた」

部屋の天井にぶら下がっている飾り電灯が、わずかだけれど、ゆれている。風が入ってきたのかも知れない。

「私が、狙われやしないかってことですか。まさか、大丈夫ですよ」

そんなことは思ったこともなかったので、舞子はそういってみたが、雨森の心配そうな顔をみると少しだけ恐怖感らしいものを覚えた。しかし、自分が襲われるようなことがあれば、実際に犯人と接触できるわけだから、それも厭わないと、思い直した。そうすると、実体のハッキリしない影に脅《おび》えかけた心が、もとにもどった。

「うん、ええ、大丈夫です私」

もう一度そういうと、雨森はちょっと安心したようであった。

「ねえ、舞子くん。私は探偵ではないから、高岡くんのように、捜査も推理も出来ないんだけど、こういうことは考えられないかな」

雨森は両の掌に缶ビールを挟んで、それを揉むようにコロコロと転がした。

「つまり、まったくの偶然の重なりが、今度の事件というやつを組み立ててしまっているんじゃないだろうか」

「えっ？　偶然の重なりって、どういうことですか」

「まず、一つ、君のお父さん、冴草藤太郎さんの死は、自殺もしくは何らかの事故であった。二つ、写真屋も事故であった。三つ、古田美也子も事故であった。すべてが事故で、私たちの頭の中だけが、それを何か関係のあるものとして、想像で結びつけてしまった。都合よく竹生島の心中事件やら、京都のシアン殺人事件やらが過去にあったために、私たちは、それと、冴草さんの死とを強引に結びつけて、ひとつのフィクションを組み立ててしまった。……どうだろう」

「つまり、犯人なんて、いないと」

「そうなるな。私たちは架空の犯人を頭の中で作り上げてしまったんだよ」

「まさか、じゃあ、消えたファイルはどうなるんですか」

「何かの事情で、その三冊のファイルを冴草さんが誰かに貸し出したということはないんだろうか。つまり、この事件のうんと前にだ。ひょっとして、ひょんなところから、そのファイルが出てきたらどうするんだ。ありがとうございましたなんて、いわれて、ひょっこり返ってきたりしてさ」

「そおんなあ……」

竹生島の写真屋が溺死した時は、あんなに真面目に今度の事件のことを関連づけて、頭を抱えていたくせに。舞子は少々、雨森の意見に不満である。それがわかったのか、

「いや、私は、ひとつの可能性をいっただけだけどね。そうか、そうだよね。そんなわけはないよな。まあ、古田美也子が君に電話してきて、何をいいたかったのか、その次の日に突然に事故死するってのもねえ、偶然というには、たしかに出来過ぎだよねえ。うん、いまの私の話は、私のひとつの推論なんていうより、ただの思いつきだと考えてくれればいいさ。私は探偵じゃないからね。どうも推理ってのは苦手だよ。探偵小説てのは読むんだけれど。ミステリは創るとなると難しいからなあ」

そういうと、雨森は少し下にずれた眼鏡を中指で持ち上げて、ニコリと笑った。

「雨森先生は、推理小説、お読みになるんですか」

「読むよ。そんなに量を読んでいるわけじゃないけど、海外の昔のものとか、有名な日本のものとか、娯楽のつもりで、それくらいだけどね」

舞子は、雨森の書斎を覗いてみたい衝動にかられた。

「どうだ、書斎に来るか。読んでみたい本があったら、持ってかえればいいから」

まるで、舞子の心を見透かしたように雨森がいった。

舞子はすぐに、ハイと快活な返事をして、カウチから立った。

縁側を通って突き当たりにドアがあった。それが、雨森の仕事場である書斎らしい。

書斎は六畳ばかりの洋室で、北側と西側は本棚と本で埋まっていた。改装したのか、東側に出窓があって、そこにも本が横に積まれてあった。南に面して大きめの机があり、書きかけの原稿らしいものに囲まれて、パソコンが中央に陣取っていた。それで文書を作成しているのだろう。

「ご覧の通りなんだけどね、案外と蔵書なんてないんだよ。資料はたいてい図書館で間に合わすからね」

「何か、私にお勧めっていうのはありませんか」

「そうだな。舞子くんが読んで面白そうな本といえば、なにかな」

雨森は、本棚を順繰り指でなぞりながらみていったが、

「これは、さて、どうだかわかんないけど、ひょっとすると、面白いかもしれないし、まったく理解出来ないかも知れない」

そういって取り出した本があった。

「何ですか」

「哲学の本なんだけどね」

舞子は受け取ると、表紙のタイトルを読んだ。

「『ツァラトゥストラはかく語りき』……これ、どういう本ですか」

「超人について書いてある。ニーチェの著作だ。聞いたことないかい」

「ニーチェは聞いたことありますけど。チョウジンっていうと?」

「誤解をおそれず簡単にいってしまえば、やがて登場するべき、新しい人類の倫理について書かれた、ニーチェ版の聖書のようなもんだ」

「なあんか、難しそう」

「やめるかい」

「いえ、挑戦してみます」

「さて、それからと、何か面白そうな探偵小説はないかな……」

舞子も同じように本棚を眼でなぞった。

シェイクスピアの全集があった。シェイクスピアの名前は知っているが、きちんと読んだことはない。

舞子は中から一冊『ハムレット』を抜き出した。

「これ、いいですか」

「いいとも。まだ読んでなかったんだね」

「中学生の頃、ちょっと読み始めて、何だか読みづらいし、それに冒頭で幽霊が出てきたから怖い本かなと思って、やめちゃったんです」

いうと、ふいに頭の隅に、微かだけど、何か夢の一部分が現れて消えたような気がした。それはフラッシュ・バックされた映像のような一瞬のことだったから、舞子自身にも何が起こったのかよくわからなかった。

それから雨森は、一、二冊、本棚から本を抜き出して、舞子に渡した。舞子は雨森の分身を手にしているようで、嬉しくなった。

「あとはまた今度にしよう」

「はい。ありがとうございます」

思わず受け取った本を抱きかかえた。

2

白熱電球の黄色っぽい色の明かりの下では、蛍光灯の白けた光とは違う、古い映画のフィルムのひとコマをみるような、そんな趣があった。明りをつけて、父の書斎のファイルの棚をみた第一印象である。夜、父の書斎に入るのは初めてだけれど、舞子は夜半に父が何かの書類とニラメッコをしている姿を、子供の時からよくドア越しに眼にした。半分開いたドアの向こうで猫背の父が、一心不乱に机に向かっているさまは、ある時は鬼気《きき》迫るものとして、幼い舞子の眼に映った。いまはそれすら記憶の中だけのものとなってしまったのだけれど。

ファイルは五百冊余りあった。その全てに冴草藤太郎が関与したのかどうか、それはわからない。自分の捜査しなかった事件でも、興味を引かれるものはファイルしてあったろうし、その反対のこともあったろう。うんと昔は、ファイルの種類もバラバラだったと思うが、いつか同じタイプのファイル・ブックに整理しなおしたらしい。古い年月日のものを取り出して開いてみると、明らかに以前は紐で閉じてあったらしい穴が開いていた。

刑事というのは、いったい生涯に何件の事件と遭遇するものなのだろう。複数の事件が同じファイルに入っていたりもするので、ここに眠っている事件の記録は五百ではきかないはずである。その中から『残念だが、事実であると認めざるを得ない』の文字を捜し出すのは、えらく根気のいる仕事のように思えた。しかし、それさえみつければ、父の書き置きが遺書の類ではないということが、ほぼ立証できる。

何のために休学しているんだ。私はきっとみつけるぞ。舞子はそう心の中で呟いて自身を励ますと、まず、ファイルナンバー①を抜き出した。

『残念だが、事実であると認めざるを得ない』

『残念だが、事実であると認めざるを得ない』

『残念だが、事実であると認めざるを得ない』

その文字だけを、眼が皿になって、検索していく。

ファイルナンバー②、③、④……n

部屋に何処からか夜の空気が入ってきた。夜気《やき》はもう冷たい。舞子は上着を物色しに部屋を出た。と、その時、携帯が鳴った。誰だろう。時計を見るとすでに九時を過ぎている。

「もしもし、……」

「舞子さんですね、いまどこです？　僕です」

高岡だ。

「高岡さん？」

「はい」

「いま父さんの書斎にいます」

「そこにいるなら都合がいいや。ついでに調べてもらいたいんですがね、いいですか、ファイルの中に『田神村《たがみむら》殺人事件』と書かれているか、それに類するものはありませんか。もう一度いいます『田神村殺人事件』です。田圃《たんぼ》、神様、村、です。竹生島の事件の近辺を調べてみて下さい。僕は出先ですから、またかけます」

一方的にそうまくしたてて、電話は切れた。

なんだ、こいつは。舞子はちょっと口を尖《とが》らせてみた。

洋服タンスから、カーディガンを出してきてそれを羽織ると、舞子はまず、高岡の注文のものがあるかどうかを調べた。『田神村殺人事件――』それに類すると思われる事件簿は、見当たらなかった。

さて、また『残念だが、事実であると認めざるを得ない』へ向けての作業が続く。

ファイルナンバー⑦、⑧、⑨……n
努力は多くなされるほど、報われた時の喜びが大きい。それは比例するものらしい。舞子が目指すキイ・ワードを見つけたのは、深夜を過ぎていた。たしかに父の字で、インクの跡がこう記している。

『認めたくないというのは心情だが、しかし、残念ではあるが、これは事実と認めざるを得ないだろう』

似たようなフレーズが、別のファイルにも発見できた。舞子はついに宝の地図から秘められた財宝をみつけ出したのだ。

そうして、タイミングよく、この時、高岡からの電話のベルが鳴った。舞子は震える両手で開けたままのファイルを持って、携帯を耳にした。

「もしもし、僕ですが」

「高岡さん、あった、あったのよ！」

バンザイよね。と舞子は思った。しかし、舞子の意に反して、残念そうな声で高岡は、こう述べた。

「そうですか、ありましたか……おかしいな」

「おかしいって」

「僕はきっと田神村はないと思ったんですが」

なんだ、勘違いしているらしい。

「違うわよ。あったのは『残念だが、事実であると認めざるを得ない』よ」

「え、あっそうか、あったか。ありましたか」

やっと悦《うれ》しき知らせに、嬉しそうに反応した。それにしても、田神村事件というのは、よほど重要なファクターなのに違いない。

「これで、あれは父の何か大切なポイントを発見した時に、つい口にするか、書いてしまう癖だということが、はっきりしたわ。あの病室の書き置きは遺書の代わりでも何でもなかったのよ」

舞子の声が誰もいない居間に弾む。リレーの最終ランナーが握るバトンのように、携帯を握る手に力が入る。ところが、その声が急にトーンダウンした。

「……そうでしょ。そのはずよね」

「ええ、そう思いますが、どうかしたんですか」

高岡は、舞子の成果を訝《いぶか》しむような口調が気になったらしい。

「だって、あの、さっきね、雨森先生のところに寄ってきたんです。そうしたら雨森先生は、たとえその『残念だが、事実であると認めざるを得ない』というのが、父の癖だとしても、キャンサーを宣告されて、そのショックによる覚悟の一筆というのか、そのつもりでいつものようなコトバ書き置きしたんじゃないかって仰るんです」

「へーえ、雨森さんそういいましたか。でも、それは違うと思うな」

「どうして」

「冴草のオヤジさんは、刑事事件に関してだけ、そういう語句を用いられたと思うんですよ。日常的に、そういうことはなかったんじゃないかな」

日常的には用いないか。しかし、そういうことはあったかも知れない。伯母のぼんやりとした記憶では、藤太郎は母の失踪についてそういうコメントを口走ったらしいからだ。いや、じゃあそうすると、もし、それが日常的な発言ではないとすると、母の失踪は何か刑事事件と関係していたのだろうか。舞子は顔を曇らせた。

「もしもし……舞子さん。もしもし」

「あっ、はい。ごめんなさい」

「何れにせよ、冴草のオヤジさんは、あの病院の自分の病室でですね、何か重要な発見をされたと、そういうことですよ。ここは、大事なところだと思いますよ」

「そう、そうよね」

「それで、『田神村殺人事件』のほうはどうでしたか」

「それは、なかった。ありませんでした。近くのファイルをみたけれどなかったです。何冊か中もみたけど、ありませんでした」

「そうか、よっし、チッチキチー」

今度は電話の向こうの高岡の声がジャンプした。

「『田神村殺人事件』って、何なんですか」

舞子は訊ねた。

「失われた第三のファイルです。竹生島の心中事件の近くで、時間的にも空間的にも近くでですね、奇妙な事件があったんですよ。それは迷宮入りしていますが、いいですか、ある老女が首を吊って死んでいるんです。しかも、シアンが鑑識の調査で検出されているんです。冴草のオヤジさんがこの事件に着目しなかったわけがないんです」

「シアンで殺されたの」

「いいえ、直接の死因は首をくくっての縊死《いし》というやつです。しかし、老女の口腔《こうこう》や口のまわりからシアンが検出されています。口のまわりがただれているんです。たぶん、飲んだか飲ませられたのだけれど、吐き出したのではないかとみています。その後、首をくくっているんです」

「その事件が、何か、関係しているんですか」

「ええ、おおありですよ。このファイルがやはり盗まれているということは、そのファイルは事件の謎を解く、最後の鍵であるはずなんです。ようし、頑張らなきゃ」

「高岡さん、いまどこにいるんですか」

「いま署にもどったところです。最近、コンビニの連続強盗がありましてね、店員が殺傷された事件があったんですが、そっちの事件の使い走りをやらされてるんです」

「私、これから、どうしたらいい」

「そこにいて下さい。いまから時間があきますから、そっちへ行きます」

「それで、どうするの」

「できれば、飯を食わせて下さい。僕はもう腹ペコなんです」

「わかったわ」

元気出そう。きっと、自分たちは間違っていない。いろんな事件が単なる事故で、それを想像力で犯罪にしているなんて、いくら雨森先生のコトバでも、それはナイだろ。父の書き置きだってそうだ。高岡刑事の言ったように、きっとあれは遺書めいたものではなく、何か閃《ひらめ》きがあって、書き残したメモに違いないのだ。自分のやっていることを信じて、いいふうに考えよう。

舞子は微笑むと、お勝手のほうを見た。何か材料を買ってきて、ここの台所で、奔走《ほんそう》している若い新米刑事のために簡単な料理でも作ってあげよう。そう思った。

と、また電話のベルが鳴った。

「はい、どうしたの」

何かいい忘れたことでもあるのだろうか、そう思ってそんな口の利き方をすると、電話の主は雨森だった。

「あら、雨森先生」

「どう、例のものはみつかった」

「はい、みつけました。それから、第三のファイルが何であるのかも、わかったみたいなんです。さっき高岡さんから電話あって」

「そうか、進展だねえ」

そうはいったが、雨森の声はけして事態を喜んでいるふうではなかった。

「捜査の進展に水をさすようで申し訳ないんだけど、あれから、ちょっと考えたことがあるんだ。この電話でいいから、聞いてもらえるかな」

「はい」

舞子もいくぶんか沈んだ声で返事をした。

「今度の事件は何でもかんでも偶然が重なっただけじゃないかって、君に述べたことが気になってね。君のご機嫌を損《そこ》ねたみたいだしね」

「いいえ、そんなこと、ありません」

「いや、まあ、それはいいとして。まったく反対の発想というやつで、今度の幾つかの事件を考えてみたんだ。いや、何度もいうけど私は推理なんて苦手なんだけど、ちょっとインスピレーションのようなものがあったんだ。うん、閃いてしまったというか、そういうことは私のような職業にはままあることなんだけどね。まあ、細かいところまではわからないんだけど、これで大まかなことは説明出来るんじゃないかと思うんだ」

新しい推理を展開しようとしているにしては、しかし、雨森の声は暗い。何か良くない結論を導き出したのではないのだろうか。舞子にはそんな予感がした。

「その前に、その、みつかった第三のファイルについて、教えてくれないか」

「いいえ、みつかったわけではないんです。むしろ、その逆で、ここでおそらくそうだろうと思われるファイルが発見出来なかったんです。高岡さんは、えーと確か田神村殺人事件だっていってました」

電話の向こうは沈黙している。沈黙は一瞬だったのか、一分ばかりもあったのか、舞子もしばらく何も喋らずに、居心地の悪い緊張を感じていたが、

「内容は?」

という雨森の声に促《うなが》されて、高岡から聞いたとおりのことを話した。

「そうか」

そういったまま、また雨森は押し黙った。

「あの、雨森先生の推理って」

沈黙の重みに耐え切れず、舞子は訊ねた。

「うん、いまから述べる」

「はい」

「まったく逆に考えてみたっていったのはね。……私は君に、今度のことは偶然が重なったんじゃないか、それを想像力で結びつけただけじゃないかって、確かそういうふうにいったよね」

「はい」

「それを逆に考えてみたんだ。つまり、つまり君の父君の事件をやはり他殺だとする。これを定理だとしてさて、ではどんなことが導き出されるか。まず、殺人である以上はその加害者、つまり犯人がいなければならないということになる。君と私はそれを求めて竹生島まで素人捜査をした。そこで、あの写真屋の事件だ。これは、きっと二十年以上前の事件と今度の冴草藤太郎の事件には何かつながりがある。そう考えたよね」

「はい」

「反対に考えたというのは、いうまでもなく、一連の事件は偶然の重なりではなく、それはすべて結びつくんだということだけれど、何か結びつけ方に問題があるんじゃないか。もう少し違うニュアンスでいうと、ほんとうなら、結びつけなくてもいいものを、結びつけてしまうように、私たちは曳航《えいこう》されたんじゃないか」

「え、エイコウ？　どういうことですか」

「結論をいえば、ほんとうの事件というのは、冴草藤太郎が殺害されたそれひとつだけだということなんだ。つまり、竹生島や京都の事件は、ほんとうは君の父上が殺されたこととは一切無関係であるのに、さも関係があるように、私たちは思い込んでしまったんじゃないかということなんだ。それだけなら、以前の私の考えとあまり変わらないんだけれど、あの数多の事件は偶然というのが積み重なったわけでもないんだ。あれは全部必然だったんだ。必然につくられた事件なんだ。何のためにかというと、冴草藤太郎殺害事件を隠蔽するためにだ。これがつまり、私がいうところの思考の逆転なんだ」

「結局、今度の父の事件と、竹生島のことや京都のことや、古田美也子さんのことやなんかは無関係だと、仰るんですか」

「無関係だ」

「つまり私たちはそれが無関係なんだけれど、何か関係があるように思わせられたということですか」

「そうだ。君の父上が私の芝居を観て、竹生島心中事件の顚末について思いを馳せ、そこで病院から飛び下りたとなると、どうしても、君がそうだったように、竹生島と父君の死とは関係があるのじゃないかと、考えてしまう。ここが、犯人の思うツボさ。だいたい、私の芝居と冴草藤太郎との出会いなんてのは、偶然中の偶然なんだからね。これを、冴草さんの死と関係づけるところに無理があったんだ」

「あの、写真屋さんの件は」

「そこだよ、いいかい、犯人は確かに冴草藤太郎を殺害した。その娘が父の死因を疑っていることも知っている。そうして竹生島の一件があって、娘は竹生島に出向く。そこで、写真屋を今度は殺してごらん、その娘はどう考えるだろう。あの写真屋はきっと何の関係もなく、ただ私に電話をしてきただけの、おそらくその内容もイカガワシイ写真でも売ろうとしただけじゃないかな。その写真屋が殺される。ますます、事件は過去の事件との関連の色を濃くしてくるじゃないか。そう思い込んでしまうじゃないか。現に私はあの写真屋の一件で、これはほんとうに君の父上の死は自殺ではない、刑事事件だとビクついたんだからね」

「そうすると、今度の古田美也子さんも」

「そうだと思うね。ともかく犯人は、冴草藤太郎の事件と、過去の事件を結びつけることによって、ほんとうの自分自身の動機や存在を隠蔽することに努めているんだ」

隠蔽、いんぺい、インペイ……雨森のコトバの中に出てきたそのキィワードの文字を、舞子は頭の中で漢字で書いてみようと努力したが〔隠〕しか書けなかった。

雨森の意見は、彼のいうとおり事件の百八十度の転換だった。まさにコペルニクス的転換である。犯人は冴草藤太郎殺害の真実を逸らすために、彼の追っていた過去の事件を利用したのではないか。さも重要な関係があるようにしてそれを結びつけたのではないか。いわばこの一連の事件は偶然なのではなく、つくりだされた必然なのではないかというのである。

もし、それが妥当だとするならば、自分は、まったく犯人の都合よく初動捜査を展開してしまったことになる。確かに、竹生島と父の死を結びつけるものは、自分の舞台である『竹生島心中』に父が非常に興味を持ったという事実以外には、見当たらない。

父の死を他殺と考えたのも自分だし、それらが、父が独自に調査をしていた過去の事件と関連するのではないかと考えたのも自分だ。

舞子は蟻地獄に滑り込んだ。

しかし、しかし、ほんとうにそうなんだろうか。舞子は懸命に反論を試みようと頭を働かせたが、なるほど、雨森のいうように考えてみると、それはそれでひとつの推理推論としては筋が通っている。

じゃあ、そうすると、そうすると。

「え!……じゃあ、雨森先生、そうすると、ひょっとして」

やっと声を発した舞子に、雨森は沈鬱《ちんうつ》な口調でこう告げた。

「そうなんだ。残念だけど、論理的な帰結において、私は犯人を捜し出してしまったことになる。つまり犯人はね」

「僕だというんですか。そりゃあ、すごい推理だな」

舞子の作ったミート・スパゲッティを二人前ペロリと平らげた後で、舞子の話を聞き終わった高岡は、お道化た調子で外人のようなアクションを起こした。

「オーマイガッドにジーザスクライストだな」

すでに時計は深夜の二時に近い。

「じゃあ、高岡さん、雨森先生の推理に反論できるの」

「できなきゃ、僕が犯人ということになるんですか」

「そうは思ってないけど……」

コトバを濁《にご》らせて、舞子はティー・カップに紅茶を注ぐ。

「そうすると、舞子さん、あなたはいま、父親殺しの犯人とたった二人っきりで、深夜、一つの部屋で向かい合っているってことになりますよ」

「だから、そうは思ってないっていってるじゃないの」

いって舞子は奥歯を嚙んだ。

「なあるほどねえ、僕に何かの動機があって、冴草藤太郎さんを屋上から突き落として殺害する。これをガンを苦にした自殺にみせかけるが、その娘は死因を不信に思って捜査を始める。娘は父の死が過去にあった父の携わった事件と関わっているのではないかと考える。それを僕はまんまと利用して、真相を隠そうとする。彼女は劇作家の雨森とともに竹生島へ。僕はそのあとを尾ける。そうして竹生島の写真屋を殺し、いよいよ事件は過去の犯罪と何か関係があるのではないかと相手に思わせる。雨森さんは、トンマにも僕に事件捜査の援助の依頼をしてきた。渡りに船だ。京都で捜査の真似ごとをして、さらに古田重雄の姉、美也子まで殺害してみせる。これで完璧に冴草舞子は犯人である僕の術中に陥《おとしい》れられる。……よく出来た筋書きじゃないですか」

「茶化さないでよ」

真剣に悩んでいるらしい。舞子の拳がテーブルを撃った。その勢いでテイ・カップが受け皿と触れ合って音をたてた。

「すいません。……舞子さん、じゃあ、真面目に聞きます」

高岡はテーブルに両手をつくと、正面に座っている舞子に顔をうんと近づけた。

「何ですか」

舞子は顎《あご》を引いて、少しのけ反る。

「お父さんの死が、他殺であると判断したのは、どんな理由からですか」

高岡は人さし指で、舞子をさした。

「それは……」

軽く首をかしげる。

「それは?」

同じように高岡も首を傾けてみせる。

「いうなれば、直感。感情的なものじゃなくて、もっと理性的な直感よ」

「直感的理性。よろしい。それでは、その死がその犯罪が、お父さんが独自に調査していた過去の事件と関係があると判断した理由は」

舞子はしばし、コトバを選んでいるようだったが、

「私の舞台、『竹生島心中』について父が興味を持った。そのことは父が長年自分の中で解決出来ずにいた事件のことと、もちろんつながるんだけど、何だか、そのことと、とても関係があるように、その、うん、やっぱり直感、理性的な直感」

いって顔を高岡に真っ直ぐ向けた。

高岡はそれに応えるかのように頷《うなず》くと、口許《くちもと》に小さな笑みを浮かべた。

「それでいいじゃありませんか。いいですか舞子さん、直感です。直感が最も正しいのです。そこへも

どっていくために人は思考し、煩悶《はんもん》し、苦吟《くぎん》するのです」

「……それって、誰かの箴言《しんげん》」

舞子は眉を顰《ひそ》めた。

「ええ、そうです。あなたが最もよく御存知の、ある人物のね」

父のことだなと舞子は思った。そうすると、何だか急に涙腺がゆるんだ。

「とりあえずですね、雨森さんとは、一度お会いしたいと思ってますから、その時に彼の推理をもう一度お聞きすることにしてですね、さて、じゃあ、これだけ夜更けになったら、毒を食らわば何とやらですよ、徹夜を覚悟で事件を頭っから順繰りに、検討していこうじゃ、あ〜りませんか」


場所を藤太郎の書斎に移すと、藤太郎が小物入れに使っていたらしい小さな座机を中央に置いて、二人は畳に座蒲団を敷いて差し向かいに座った。高岡は真っ白なノートに①と番号をふって、舞子と自分の間に置いた。

「ついでといっちゃ何ですが、推理っていうほどのものでもないんですけど、僕自身の考えも述べさせていただきます。まず、冴草藤太郎の事件からです。舞子さんの要望というよりも、僕たちの捜査方針として、これを自死ではなく他殺であるとして扱っていきます。現にそうしてきました。その時僕が問題にしているのは、冴草さんが屋上まで何をしに出て来られたかということです。深夜、何か屋上に出向く用事があったのでしょうか。どうして冴草さんは屋上に昇ったのか。それには、二つの考え方があります。まず、犯人にその場所と時間とを指定されて上がってこられた。大胆にも犯人は冴草さんを呼び出したんです。二つめは、僕たちが思いもよらない用事があって冴草さんは屋上にやって来て、そこで犯人と遭遇した。何れの場合にせよ、犯人は冴草さんがあの病院に入院なさっていることを知っている必要があります。ところで、こういう考え方もあります。犯人は冴草さんがあの病院にいることは知らなかった、しかし、冴草さんがその居場所を教えたという考え方です。つまり、これでいくと、冴草さんのほうが屋上に犯人を呼び出したということになります」

「すると、その最後の推論でいくと、父は犯人の見当をつけていたのね」

「そうです。冴草さんは、ついに犯人の目星をつけたんです。それで、その犯人に向けて何か通信された。電話、手紙、果たして何かは分かりません。この日本の何処かに潜んでいる犯人の居所を見抜いて、果敢《かかん》にも、挑戦状を送られたんです。しかし、これはちょっと無理だというのが僕の意見です。のこのこと、いままで潜んでいた犯人がたとえ辞職したとはいえ、元刑事の呼び出しに応じるわけがないし、また、そんな突飛なことは冴草さん自身、考えなかったでしょう。しかし、冴草さんはこれくらいのことはしたかも知れない。つまり、『京都、竹生島の真相はこうで、犯人はお前だな』という通牒《つうちょう》のよう

なものを突きつけた。それで慌てた犯人は、冴草さんの居場所を調べ、機会を窺《うかが》いながら病院にやって
きた」
「父を殺しにね」
「そうです。結果的には、これは冴草さんが犯人を呼び出した恰好になるんですが、果たして犯人がやって来るかどうかについては、やはり先程も述べたように、ちょいと難しいところがあります。でも、物理的にはあまり問題はありません。あの病院は夜間もガードマンが裏手の出入り口にはいますが、よほどの怪しい人間でないかぎり出入りは自由です。白衣もしくはパジャマのようなものを身につけていれば、医者か患者として、出入りすることは出来ます。おまけに、ガードマンも四六時中、入口を見張っているわけではない。院内の監回《みまわ》りがあるし、守衛室でテレビを観ていることもある。いちいちチェックはしていないというのが、僕が調べた現状です。ともかく、冴草さんの事件を他殺とするならば、犯人は屋上まで来なければならない。そうして、その時間に冴草さんは屋上に居なければならない。これだけは、どう転んでも間違いないところです。そうすると、あの時間に冴草さんと犯人が屋上で出会うということは、けして偶然ではないという結論が導けるでしょう。ですから、僕はやはり冴草さんか犯人か、そのどちらかがあの時間と場所を指定したんだと思いますね。ただ、何度もいうようですが、犯人がその場所にのこのこ現れる可能性というのは、低い。にも関わらず、現れたということは事実と

して認めなくてはいけない。この辺ですよ、何かこの事件のポイントになるのは。ここはちょっと考えてみるべきところだと思うんです」

白いノートは幾つもの単語と点と線で、瞬《またた》くまに埋まっていった。

夜という深い海の底で、黄色い明かりを灯した四畳半にただふたり、窓の外は風の音すらしない。感じられるのは、コンピュータのように動く高岡の頭脳の気配だけだ。

「次にいきましょう」

高岡は②と、ノートに書いた。

「冴草さんが、竹生島の心中事件に関心を持っておられたこと。そうして、偶然にも、舞子さんが出演する雨森慎介、作・演出作品『竹生島心中』が上演され、それをご覧になったということ。そのあとで雨森さんと冴草さんは二度ばかり会ってらっしゃいます。その会見記をもとに、舞子さんは雨森さんと竹生島に行かれました。そこで、写真屋が変死するという事態に遭遇されました。それで雨森さんは僕に捜査の依頼をされています。ともかく、舞子さんひとりの手には負えない、しかし自分は仕事の関係もあって全面的に協力は出来ない、さらに、写真屋の変死はもう刑事事件ではないかと、雨森さんはそう判断されて、舞子さんから予め聞いていたぼくに連絡をとられたわけです。さて、写真屋の変死ですが、泥酔による事故、溺死という県警の判断です。もちろん、その夜、雨森さんに写真屋の末松信吾から電話がかかっています。これは内密にしてある。末松とは、竹生島で会われたんでしたよね」

「ええ、そう」

「その電話で雨森さんが出向き、舞子さんも三十分ばかり遅れて出向いたところ、『サクラヤ写真館』は灯が消えていた。近所の人の話では主は出かけたという。ずいぶん待ったけれど末松は帰ってくる気配がない。仕方なく、退散。次の日の朝、彼の変死のニュースを知る。と、こうです」

「順を追うとそうなる」

ノートに描かれた簡単な絵や矢印、それから、単語の羅列。それらが舞子の記憶の中で像となって浮かんでいく。

「たぶん写真屋の末松も殺されていますね」

末松と書かれた人のカタチに×印がつけられた。

「調べたわけではないので、憶測にしか過ぎないんですが、古田美也子の死を聞いて、僕はそう確信しました。きっと彼は何か重要なことを伝えたかった。しかも電話ではいえないようなことを。何でしょう。……おそらく、写真屋である以上、写真の話だったと思うんです」

「写真?」

「それ以外考えられない。何かが写真に写っていたんです。雨森さんが、写真屋に竹生島で声をかけたのは、その写真屋が二十年以上前もそこで記念写真を撮っていたという事情からですね。雨森さんにいわれて、写真屋は生真面目にか、気紛れにか、二十年ほど前のネガを発掘してみたのかも知れない。で、そこに何かが写っていたんです。だから、雨森さんに急遽《きゅうきょ》知らせたんです」

「何が、写っていたのかしら」

「その写真屋が殺されねばならないほどの重要な何かです」

高岡はノートに〔写真〕と書くと、クルっとそれを○で囲んだ。

「それからね、舞子さん。写真屋が殺されたとしますよね。そうするとですね、そこにもやはり加害者がいなければならないということになります。つまり、犯人です。そいつは写真屋と雨森さんの電話のことを知ってないといけない。それで、雨森さんが行き着くよりも早く、写真屋を呼び出して、彼を殺害しなければならない。ということは、そいつは、あなたたちを尾行するようにして、竹生島にも居たということになる」

〔犯人〕という文字が大きくノートに記されると、舞子は黙って高岡の顔をみた。

高岡も口を閉じたまま舞子に視線を向けて、二、三度頷いた。

「そうです。それが僕だと、雨森さんはおっしゃるんですよね。そりゃあ、なかなかいい推理です」

「反論しないんですか」

「その必要はないんです」

「必要ないってどういうこと」

「事実をキチンとつなぎあわせていけば、真実に到達するはずなんです。自ずと僕が犯人などではないことは証明されるはずです。では、次いきましょう」

何かよほど自信があるらしい。雨森の推理など意に介さずといった態度だ。高岡はノートのページを繰《く》って③と書いた。

「京都の檜垣健三殺人事件は〈たまり〉という名の女性と、古田重雄による犯罪であると僕たちは推論しています。その後彼らは消息を絶っています。彼らの消息を調べるのは殆ど不可能に近い。ですから、このミッシング・リンクには触れないことにしましょう。それでも、犯人を導き出すことは可能だと思うからです」

ワイシャツの首のボタンを外すと、高岡は片方の膝をたてた。それから、両腕の袖をまくりあげ、解いてあったネクタイを左手に手っ甲みたいにグルグル巻いた。博徒が賭場で正念場をむかえたような高岡の仕種に、舞子はちょっと前髪をつまんだ。うーむ、こいつ、やっぱり変わってる。

高岡は続ける。

「古田重雄と〈たまり〉。この二人は、竹生島で心中して死んでいることになっている。調べでわかったように、女のほうが京都の事件の〔たまり〕であることは間違いない。ただ、古田重雄がそこで死んだかどうかは疑わしいと僕は思っています。それは前にも話しましたね。シアンは無理心中を目的に使用されたのではなく〔たまり〕殺害に用いられた。さて、そうすると〔たまり〕と一緒に死んだのは、誰かということになる。この件については、後ほど説明します。僕の考えでは、あの第三のファイルがそれに答えてくれるはずなんです。僕の知り合いが頑張ってくれて、もうすぐここにある連絡が入るはずです。それで、新しい事実が判明すると思います。ともあれ、あれは偽装心中ではなかったかと、冴草さんもそう考えたに違いないのです。ところで、これは図らずも古田美也子の死によって証明されたんじゃないかと思うんです。僕たちは古田美也子に会いましたね。それから、舞子さんに古田美也子から電話があった。やっぱり古田美也子は真実を知っていたに違いない。冴草刑事の死を舞子さんの口から聞いて、彼女は悩んだに違いない。彼女は隠していることがある。あの時僕はそう感じました。その隠していることというのを、冴草刑事の娘である舞子さんに話してしまおうと彼女は思ったんです。竹生島で死んだのが、弟の古田重雄ではないということを知っていたのは、死体を検分した姉の古田美也子だけです。彼女はそれがいいたかったに違いない。じゃあ、僕たちが訪れた時には貝のように口を閉じていて、何故急に話す気になったのか。ここが、重要なんです。僕はね、古田美也子は弟と会ったから何かして、接触を持ったと思うんです。ともかく彼女の心を動かす事態に、僕たちがもどってすぐに、遭遇したと踏んでいるんです。で、もちろん古田美也子の急な変死というのは、事故死ではなく、他殺であるとすれば、ここにも犯人が必要になってくる」

ノートに再び〈犯人〉の文字。

「そうすると、生きている彼女の弟であるところの古田重雄が、姉を口封じの目的で殺したと考えたほうが話はスムーズになってきます」

「ええ！　美也子さんを殺したのは、実の弟の古田重雄なんですか」

「と、思います。それ以外、彼女が殺されなければならない理由はないからです」

「でも、そうすると」

「そうです。みんな犯人は古田重雄です。この一連の事件の犯人こそ、古田重雄であるというのが、僕のとりあえずの結論なんです」

「じゃあ、父を」

「ええ、冴草のオヤジさんを殺したのも彼だと思っています」

「動機は？」

「京都の事件。竹生島の事件。そうしてもうひとつ田神村の事件。これらがすべて暴かれて、おそらく名前を変えて現在も生きている古田重雄は、自分のいまそのものを危うくされることに、恐怖を感じたのです」

「何故、急にどうして、いまになって。……父はどうして突然、古田重雄を追い詰めるような真実に到達したの」

「それはね」

高岡はそこで、深く息を吐いた。

「僕はね、事の起こりはすべて、舞子さんが出演した『竹生島心中』の舞台にあったんじゃないかと考えているんです」

「あの舞台が。……」

高岡は黙して頷いた。舞子は息を飲んで、高岡の次のコトバを待った。

「冴草のオヤジさんは『残念だが、事実と認めざるを得ない』というメモ書きを、病院の自分の病室に残されていますね。ですからもちろん、そこである事実に到達されたんでしょう。あの病室で得られた、残念ではあるけれど事実と認めざるを得ないような、そんな情報って何でしょうか」

コトバの続きを高岡は躊躇《とまど》っているかのようだったが、また、小さな溜め息を洩らすと、こういった。

「ねえ、舞子さん。雨森慎介というのはどういう男なんですか」

六　失われた環《ミッシング・リンク》②

1

道後には古田重雄の先輩がいた。同じく学生運動に携わった同士である。七十年安保の晩年の戦士というのだろうか、デモの際に機動隊との小競り合いで腰椎《ようつい》を損傷し、この先輩は数年前に帰郷していた。家業の酒屋を継いだということであった。

その伝を頼って古田重雄は道後に来たのである。

神戸からK汽船のフェリーに乗った時は、それが内海にせよ、さすがに海を渡るという感傷が二人の胸にも去来した。驚いたことに、あの気丈夫《きじょうぶ》とみえた玉梨が泣いていたことである。女は興奮すると涙を流すと聞いていたが、玉梨もそうであるのかも知れないと、古田重雄は女性の感情の一面を初めて観たような気持ちになった。

荷物といってもトランク二つに信玄袋が一つである。身軽といえばそうではあったが、まことに心細い出発ではあった。これが所帯道具の全てかと思うと古田重雄は一抹《いちまつ》の寂寞《せきばく》の念におそわれた。しかし玉梨はこんな旅行は慣れているとみえて、船の上でみせた涙が嘘のように、下船するともう鼻唄などを歌って、あっという間にタクシーをつかまえ、古田重雄に聞いていた行き先を告げた。

大街道《おおかいどう》に銀天街《ぎんてんがい》、それがメインの盛り場で、昔は唐人町《とうじんまち》やら北京町《ぺきんまち》と称するところもあったのだと、玉梨は車中で古田重雄に話して聞かせた。数年前に、松山にもしばらく流れて住んだことがあるという。いったいこいつの年齢は幾つなのだろう。艶やかにみえるところはすでに二十代の後半を過ぎていると思えるが、童顔からか、まだ十代の後半を生きている女のようにもみえるのである。

車は国道437号を真っ直ぐに道後温泉に向かって進んだが、途中、本町の交差点を左に折れた。玉梨がそう運転手に命じたのだ。

「ついでだから松山のお城を観ていきましょうよ」

のんきというのだろうか、胆《きも》がすわっているというのだろうか、ともかく古田重雄は車窓から端整な佇まいの城を観た。

「運転手さん、あれは、誰の城?」

玉梨が気安くドライバーに訊ねた。

「あれはね、賤ケ岳七本槍《しずかだけしちほんやり》で名高い、加藤嘉明《かとうよしあき》の築城したものです。その後が松平定行公《まつだいらさだゆき》を藩主とあおいで、松平十五万石のお城となったですねえ。戦災で焼けたりしましたが、木造で復元されました。毎年、春になると桜が見事ですよ」

だそうだが、古田重雄には興味のある話ではなかった。

車は再び東に進路をとり、さらに北に向かって目的地の道後に着いた。

玉梨の話によると、道後温泉というのは観光や保養の温泉なのではなく、目的はたったひとつではっきりしているのだそうだ。つまり、女遊びだというのである。

道後温泉の北側にはソープ街があり（かつてはトルコと称していたが）その近所の湯月町《ゆげつちょう》には昔、遊《ゆう》廓《かく》があったという。松山市の中心にほど近い中の川や土橋《つちはし》などは、夜になるとその手の女性が出現し「遊んでってよ」と声をかける。関西方面を中心に、ここに旅の恥はカキステとばかりに人々は女を買いにくるのだというのである。大袈裟《おおげさ》に過ぎるとは思われたが満更嘘でもないだろう。古田重雄は町並みを眺めながら、そんな印象を抱いた。

アテにしてきた先輩、太田進《おおたすすむ》の実家である酒屋は、路面電車の駅の近くにあった。温泉街の入口にあたるような場所である。

太田には、ワケアリで女と逃げていると連絡しておいたが、それより深い事情を詰問されるようなことはなかった。こういうところが大学闘争を闘った先輩の利点といえば、そういえた。他人のプライバシーに深入りしないのである。たとえ人を殺してきたといっても同様の態度で迎えてくれたに違いなかったが、その件はさすがに内緒にしておいた。

太田は父親がすでに隠居同然で、この地方の女性と結婚して店を切り盛りしていた。酒屋と中華は当たり外れがないというが、店はけっこう繁盛していた。商《あきな》っているものは酒ばかりではない。灯油や煙草をはじめとして、店頭には麵類などの簡便な食料品の類も並んでいた。多角経営とやらで道路を挟んで向かいに安い直営の居酒屋まで営業し、さらに後に二十四時間コンビニエンス・ストアとなる店舗も経営していた。

古田重雄と玉梨は二、三日温泉の旅館に泊まったが、それからは太田が用意してくれたアパートに移った。京都に比べると物価がずいぶんと安かった。古田重雄自身は太田の酒屋の使用人、玉梨には旅館の仲居の職を世話してくれて、贅沢《ぜいたく》をいわなければ、それなりの暮らしをしていけそうであった。ただ、それなりの暮らしというやつが古田重雄には難しかったのである。もちろんそれは玉梨にもいえることであった。

一ヶ月ばかりして、古田重雄は太田の主催する『哲学思想研究会・キマイラ』というグループの集いに誘われた。太田進は、やはり若き日の夢覚めやらず、故郷にもどっても学生運動時代に培《つちか》った手腕を発揮して、松山大学と愛媛大学の学生を中心に、そのようなグループを先導していたのである。

「すぐに勧めるのも何だったから、まあ、そろそろ生活も落ち着いたろうから、一応声をかけたが、面倒ならいいんだ。酒の配達ばかりじゃ息もつまるだろう。息抜きのつもりで来ればいいさ」

そう、太田は古田重雄に語っている。

太田の主催する『哲学思想研究会・キマイラ』は月に二度ばかり、太田の借りているアパートの一室で勉強会があった。といっても、すでにそれは運動のための集団というのではなかった。純然たる学習会である。各々テクストを持って集まり、まず読書会があって、その日のテクストについての意見がたたかわされる。太田はマルクスだけではなく、古のギリシャ哲学から始めて、思想や哲学それ自体の勉強をやり直そうと志していたのである。そういう意味では稀なる真面目な男であったといえる。

古田重雄は太田ほど生真面目な人種ではなかったが、十人ばかりの若い男女が、ソクラテスやらカントを口角泡《こうかくあわ》を飛ばして論じあう、熱の入った場所に出入りするのは、たしかに悪い気はしなかった。もちろん、酒屋の大将がやっていることだから、集会のあとは直営の居酒屋で酒宴ということになる。そっちのほうが目当てといえばそうだし、そのさらにあとの女性会員との交流というのも悪くはなかった。

会員は連名で二十人余りだったが、勉強会に参加するのはいつも十人程度だった。そのうち三、四人が女性である。女子大生というわけだ。古田重雄は、二時間ばかりの学習会のほうは殆ど上の空で聞き流していたが、そのあとの酒宴に及んでは、なかなか砕けた感じで思想（らしきもの）を語り、けっこう女性に人気があった。殊に、何処で聞きかじったのか、ニーチェの『ツァラトゥストラ』については、一家言あって、連中からツァラさんという愛称まで頂いていた。もっとも、京都で全共闘を経験してきた古田重雄にしてみれば、門前の小僧の聞き学問程度でも、その辺りの学生連中を煙《けむ》にまくことくらいは、朝飯前だったかも知れない。

『キマイラ』は、古田重雄が参加した後三年ばかり続いたが、若者たちの思想熱も去って、四年目に自然に消滅したらしい。しかし、ここでの当初の一年間は、古田重雄にとっても、玉梨にとっても、最も平穏な時期であったかも知れない。古田重雄と玉梨は予想以上にうまくいっていたのである。玉梨は仲居の仕事をそつなくこなし、その美貌《びぼう》も手伝って客からの人気も高く、経営者の信頼を得ていた。古田重雄も『キマイラ』という遊び場があったためか、他に浮かれた噂をたてるようなこともなく酒屋の業務に勤しんでいた。

折りをみて、玉梨は腕の刺青を消した。入れる時よりも辛い作業であったらしいが、それはもう文字ではなく、薄く残った痣といえるものになった。消えたのは刺青だけではない。人ひとり殺しての逃避行であることすら、二人の脳裏から消えていった。

こうして失踪した二人にも、世間の生活者と同様に月日は流れたが、玉梨の妖艶《ようえん》さは、古田重雄をとりあえずは夫同然の男として縛《しば》っておくことに容易であったし、また衰えるところがなかった。しかし、この衰えるところがなかった彼女の美貌が、災いを呼ぶことになる。

古田は『キマイラ』会員のある女性と親密な関係をつづけていた。お決まりのパターンとでもいうのか、やがて、お相手の女子大生の申告から古田重雄の行状《ぎょうじょう》が発覚するに及んだ。申告されたといっても強姦《ごうかん》を誣告《ぶこく》されたわけではない。妊娠した責任をとれと、駆け込んできたのだ。これは女のほうの思い違いと判明したが、古田重雄と玉梨の間には軽いジャブのような一悶着《ひともんちゃく》があり、これに対抗するかのように鬱積《うっせき》していた玉梨の気紛れが弾けて、旅館を接待によく利用する地方名士の医者との間に恋愛騒ぎを起こした。

客とその接客をする仲居がねんごろの間柄になるということは、日常茶飯《にちじょうさはん》とはいえないまでも、この辺りではたまに持ち上がることではあったが、相手が次の市議選挙には候補者に名を連ねるだろうと目されていた名士だけに、表沙汰になると大事件になるところであった。つまり、この事件は揉み消されたのであるけれど、一部周囲の知るところとなり、玉梨もとかく噂の種にされる羽目に陥った。

当然、古田重雄と玉梨の仲は険悪《けんあく》なものになった。これは、太田の骨折りで、何とか二人は元の鞘《さや》におさまるということで決着したのだが、この後、玉梨はしばしば男と問題を起こすようになり、やがて精神に変調をきたした。

古田の考えるところ、玉梨の症状はヒステリー性の疾患《しっかん》であるかと思われたが、次第に異常な立ち居振る舞いが目立つようにもなってきた。今日は変な声が聞こえるから勤めに出るのをやめるとか、他人が自分の過去を噂して困るとか、そういう言動が増えた。ただ、それらは我儘《わまま》といえばそれですむくらいの軽いものだったから、本人はさほど気にとめないし、多大な損害を周囲に及ぼすというほどのものではなかった。しかし、その病的な行動が逆に誤解をまねいて、いい寄る男が後を絶たず、また玉梨もそれを避けようという気もないニンフォマニアな一面があったことが古田重雄には、癪《しゃく》に障った。

それが先天性のものなのか、それとも何処かで誰かから感染したものなのか、玉梨の精神障害（と古田重雄は称したのだが）は、あきらかに梅毒《ばいどく》の引き起こす症状であると古田重雄は、今度はそのように推測した。と、いうのも古田重雄自身が梅毒に感染していたことが判明したからである。これは檜垣健三から順に巡ってきたものだと彼は考えた。何しろあれは暴力団の男だったのだから、玄人《くろうと》相手の女遊びも相当なものだったに違いない。スピロヘーターの一つや二つ、飼っていたと考えても不思議はない。そう判断した。

竹生島の検視においては、司法解剖の結果、女性が末期梅毒であったという報告はなされていない。とすると、これは古田重雄の早とちりであった気配がある。しかし、古田重雄は玉梨の症状を脳梅毒のそれと信じ込んだふしがある。

古田の梅毒は初期のものであったので、早いうちに完治したが、玉梨は医者にかかることすらを拒否した。梅毒よばわりされることが玉梨にとっては屈辱であったのである。ましてや、精神科の門を叩くなどということは決して、なかった。だが、先天的であるのか後天性のものであるのか、何れにせよ玉梨の精神は蝕《むしば》まれていると、古田には映《うつ》った。ほんとうは、それは覚醒剤の常用によるものであったのだが、それを古田が知るのはしばらく後のことだ。

彼女は次第に〈死〉をよく口にするようになった。それは当初「死にたい」であったのが、「私を殺して」になり、やがて「一緒に死んで」となり「あんたを殺して私も死ぬ」というほどにエスカレートしていった。

そんな彼女をなだめたり、すかしたりしながらの生活は、古田にとって苦痛以外のナニモノでもない息のつまるものとなった。そして、いよいよ彼女が覚醒剤中毒であることを知るに至って、もはや二人の仲は完全に冷却、破綻《はたん》した。というよりも、下手《へた》をすると今度は自分自身が檜垣健三の二の舞いになりかねない。古田重雄は身の危険すらおぼえた。彼はまだ二十代である。死ぬなんてまっぴらだった。

勤めの酒屋から路面電車の最寄りの駅は『公園前』である。文字通り、道後公園が眼前に広がっている。公園の木々の緑にふりそそぐ陽光は鋭さを増して、五月の末は晩春というより初夏の気配だ。

そこから終点の道後温泉までは一駅だ。この路面を走る電車は、正式な名称を伊予《いよ》鉄道という。道後温泉に向かうルートと逆のコースを辿れば、そこから『南町《みなみまち》』を経て、『上一方《かみいちかた》』で西向きと南に下る路線に分かれる。松山市の中心に向けて、西に松山城を眺め、南に走る電車にそのまま乗っていくと、繁華街の『大街道』に到る。市の中心の盛り場である。

古田重雄は休みの日には、伊予鉄道の路面電車を利用して、ここまでぶらっと出向くのが日課のようになっていた。夜は道後に近い、もっといかがわしい場所も面白いのだが、昼間ウロウロする町ならこの辺りがよい。かつてはよく玉梨と腕を組んで歩いたが、恋熱（エロス）が冷め、逆に希死（タナトス）の欲望が、玉梨のまなざしや指の先から匂いたつように感じられるようになったいまは、むしろ彼女を避けるためにそうしているようなものだった。

そんなある日である。ここで、古田重雄を呼び止めた者があった。

聞き慣れない声であった。四国で二年近くを暮らしているが、『キマイラ』以外、親しい交際と呼べるものはない。誰か何処かで会ったことのある者だろうか。それとも、酒類を配達しているお得意の誰かが呼び止めたのかと振り向くと、見知らぬ顔が渋面《しぶつら》を作って、古田重雄をみていた。古田自身も首をひねった。

「おい、あれ、まだなのかよ、早くしてくれよな」

と、男はぶっきらぼうにいう。けっこうな年齢と見受けられるが、あまりいい筋の容姿《ようし》風体《ふうてい》ではない。地まわりともみて取れる。第一いったい、その男が何をいっているのかが、まるでわからない。

「何ですか」

そう、古田重雄は男に訊ね返した。

「何をって、あれだよ。売るんだろ」

いって男は古田重雄の顔を睨《にら》むようにみていたが、突然小さな声で「あっ」と叫んで、「失礼しました。川中《かわなか》さんじゃないですね」と、後ずさった。

どうやら人違いされたらしい。

「いやあ、あんまりよく似てたもんだから、いや、すんません」

男はペコペコしながら、人混みにもどろうと踵《きびす》を返したが、古田重雄はこの時、何かとてつもない天啓が降りてきたような、気がした。事実は小説より奇なり、である。

「ちょっと待ってくれませんか。いったい私を誰と間違ったんです」

「いや、何でもないです」

男は小走りに去った。

無論、この時、具体的な計画のようなものが古田重雄に浮かんだわけではない。ただ、何とはなく、この機会を逃すなという声を聞いたような気がしたのである。古田重雄は男のあとをつけた。

男は銀天街から柳井《やない》街《まち》をぬけると、松山市の北東から南西に横断して流れる石手《いして》川《がわ》まで出てきた。目の前は立花橋《たちばなばし》である。男はそのまま石手川に沿って東に歩いていく。中村橋《なかむらばし》を過ぎ、国道11号線の永木橋《えいぼくばし》をさらに横切って、それから横道にそれて路地の小さなお好み焼き屋に入った。破れた庇《ひさし》のビニールテントに赤い文字で店の名前が書かれているが、『宗月《そうげつ》』とは名ばかりの煤《すす》けた店だ。古田重雄も同じようにそこに入った。と、男はぎょっとした顔で古田重雄をみた。いましも栓を抜いたと思われるビール瓶が鉄板の上に乗っかっている。磨かれていない空のコップを持ったまま、男は立ち上がった。

「いいんだ。何もあんたをどうこうしようと思ってるんじゃない。ちょっと聞きたいことがあるだけなんだ」

男を制して、古田はいった。

「な、何だよ、聞きたいことって」

「あんた、道後あたりの地まわりさんか何かなんだろうけど、さっき、俺の顔をみて、川中さんっていったな。その川中っていう男と俺を、み間違えたのか」

「そ、そうだ。それが、どうした」

「どうもしやしないさ。俺はただの酒屋の奉公人《ほうこうにん》だ」

そういうと古田はビール瓶を手にして、男の空のコップにビールを注いでやった。

「俺も一杯、もらっていいかな」

店がまだ準備中のせいか、髪に櫛《くし》も入れていない白髪混じりの太った女が、たぶんこの店のママというところだろうが、窪《くぼ》んだ眼をぴくつかせ二人の様子を訝《いぶか》しくながめて、コップを古田の前に置いた。古田はコップに手酌《てじゃく》でビールを注いだ。

「その川中と俺は、そんなによく似てるのか」

「まあ、そうだな、み間違えたんだから、似てるといえば、似てる」

古田は万札を一枚、二つ折りにすると、男の上着の胸ポケットにねじこんだ。こういう輩《やから》と話をするには、これが一番手っ取り早い。

「あんたたちの商売の邪魔は決してしないから、その川中っていう男に会わせてもらえないかな」

「まあ、会うくらいなら、いいと思うよ。でも、俺のバックにはな、——組がついてんだからな。変なマネすると、怪我《けが》するぜ」

コトバはすごんでいるが、ドスの効いていないチャチな脅《おど》しだ。公安で恫喝《どうかつ》された経験をもつ古田重雄にとっては、どうってことはない。たかが、地まわりだ。

「会わせてくれよ」

古田はぐいっとコップのビールを飲み干した。

あちこちめぼしい場所を捜し回って、古田たちは川中を見つけた。川中圭介《けいすけ》というのが、その男のフルネームである。会ってみると年齢は同じくらい、川中圭介という男はたしかに古田重雄によく似ていた。地まわりが間違えるのも無理はない。身体つきや顔など、他人の空似とはいうが、兄弟のようであった。

その川中圭介が地元のチンピラを相手にやろうとしていた取引というのは、それほど危険なものではなかった。麻薬や拳銃を売ろうとしていたのではない。

この男は、自分自身の戸籍を売ろうとしていたのである。

聞くとすでに自分は尾羽《おばね》打ち枯らした人生の敗者のような者であるという。母親一人自分一人の他、身寄りはない。母親の住んでいる故郷は滋賀県で、K大学の哲学科に在籍していたが、学費がおぼつかなくなり、除籍処分になったという。そのアト大阪で働いていたが会社が倒産、失業して自分はここまで流れてきた。働き口がないわけではないが、どうしても勤まらない。いくつかの職を転々としたが、現在は浮浪者に近い生活をしていて、切羽《せっぱ》詰まっている。金もない。行く宛もない。もう死のうかと思っていた。そうした矢先に、土地のヤクザから戸籍を売ってくれないかという話をされた。少しでも金になるならと、承諾した……。

戸籍を売るということが、具体的にどういうことなのか古田重雄にはよく分からなかった。そこで例の地まわりに訊ねると、簡単にいえば、AとBという人間がいて、BがAに成り代わるということであるという。外国人が日本国籍を取得する場合やら、逆にパスポートを申請する場合、または偽装結婚する場合に用いられる手段であるという。普通、その場合Aは抹殺《まっさつ》されるわけであるが、Aの納得ずくで売買の商談が成立することがあるらしい。そういった場合Aは戸籍のない人となってしまう。

戸籍謄本を不法にいじるわけであるが、戸籍謄本は役所へ行けば、三文判で受け取れるものだ。当人であるAさえ蒸発してしまえば、それほど難しいことではない。Aを選ぶには、親戚知人友人の類がまったくないような人種が選定の基準となる。この場合、川中圭介がそれに当てはまっていたというわけだ。

古田重雄は千載一遇《せんざいいちぐう》のチャンスが巡ってきたと思った。先程感じた天啓のようなものは、これだったのだと合点がいった。その時、潜在的に眠っていた恐ろしい計画がはっきりと古田重雄の脳裏に浮かんだのである。

「組のほうには商談不成立ということにしておいて、この川中さんの戸籍、俺に売ってはくれないか。あんたの中間マージンもキチンと払うから」

まず、地まわりの男と川中にそう持ちかけた。地まわりは渋っていたが、上のほうにはどうにでもなることであったとみえ、金額次第ではと、古田重雄の提案を飲んだ。それで、多少ふっかけられたが、こっちのほうの商談は簡単に成立した。

さらに、地まわりと別れた後、川中には、別の相談を持ちかけた。

「川中さんは、滋賀県の何処なの。実は俺も故郷は滋賀なんだけど」

同郷というのは、便利な殺し文句である。故郷が同じだと告げると川中は警戒心をいっぺんに緩《ゆる》めた。

そのスキをついて一挙に話を核心に持っていく。

「三百万円やる。俺の仕事を手伝ってくれないか」

「さ、さん、三百万。な、何するんですか」

「あんたの戸籍は俺が買ったから、あんたはもうこの世にいないのも同然だ。三百万円あれば高飛びだってできるだろう。仕事は簡単なことではないが、二人でやれば、そう難しいことじゃあない。女を一人始末したいんだ」

それほど死にたいのなら、あの女の希望どおりに一緒に死んでやろう。

いまからなら人生のやり直しがきく。彼はそう考えた。それには、何としてもあの梅毒病みの精神異常の女が邪魔である。この後玉梨の面倒などみる気はさらさらない。ならば、あの女と一緒に自分も死ぬのである。花村玉梨と古田重雄は心中して果てるのである。その後、川中圭介として、自分は生きていけばいい。その身代わりはここに、この眼前につっ立っているではないか。

彼は多分に自分のたてた計画に酔っていたのかも知れない。女が邪魔ならただ逃げればそれでも良かった。法律上の妻でも何でもない、もとよりデラシネなのだから、自分一人が姿をくらませばそれですむことである。（また後年、彼が悔やんだことではあるが、人間一人、非合法的に赤の他人になりすまして姿を隠す方法は、他にもあったのである）

彼は自分の過去の一切が消したかった。その欲望が強くあった。そうしてこれ以外に方法はナイと考えた。まるでそれを成就《じょうじゅ》せよといわんばかりにチャンスが飛び込んできたのだ。目の前にそのチャンスがぶら下がっているのだ。

策士、策に溺れるとはいうが、策に溺れない策士などあろうわけがない。それは全共闘の時代に培《つちか》われた〔負〕の部分である。政治運動や思想などというものに首を突っ込んだ者のもつ病のようなものだ。古田重雄は自分の計画を信じて疑わなかった。自身が生きていくために、どんな手段をも彼は合理化し、正当化したのである。

古田重雄は川中圭介の思案にくれている顔をみた。

「三百万だよ」

「あなたは、それで新しい人間になって生きるということですね」

と、川中は考え深そうな目つきをして古田にいった。それから、

「でも、それで、私も生きなおせばいいワケですよね」

と、自分にいい聞かせるように呟きながら、「いいでしょう」と妙に自信のある返事をしてみせた。

事を成すのは早いほうがいい。この夏のうちがいいだろう、場所は、奇遇《きぐう》にもこの川中と同じ故郷ということもあるゆえ、滋賀県の何処かがいい。そう古田重雄は考えていた。

川中はやがて顔をあげて、頷いた。

「で、私は何をすればいいんですか」

「それは、まあ、何か食いながら話そう」


問題は二つあった。川中圭介の唯一の肉親である母親をどうするか、それから、おそらく心中死体の身元を確認にくるであろう、自分の身内の父と姉をどうするか。いくら姿かたちが酷似《こくじ》しているとはいえ、身内のものが検分すれば、自分ではないことが知れる可能性はある。そうなればせっかくの心中も意味がない。さて……。

大胆にも古田重雄は姉の美也子に連絡をとることにした。二年ぶりの電話である。

そこで父の死を知らされたが、古田重雄にとっては悲しむどころか好都合であった。姉一人なら何とかいいくるめることが出来る。

「姉さんは僕の味方だよね」

彼は切羽つまった現在の状況を捏造《ねつぞう》して、姉に訴えた。ある暴力団員にいわれなき事情で追われているために、居所を教えるわけにはいかない。その情婦だった女が無理心中を迫っている。しかし、自分は死ぬ気はない。そこで自分は心中するが、心中はみせかけで、自分は死んだことにして生き残るから、死体検分の時には、男の死体を古田重雄のものだと供述してくれ。女と一緒に死ぬ男は、自殺志願の男だから、けして自分が殺すとかそういうのではない。死にたい者どうしが死ぬのだから、これは犯罪などというものではない。ましてや殺人というものとはまったく違う。法的には何も問題はない。ただただ自分は生まれ変わって生きたいのだ。これからは、真面目に生きるつもりだし、連絡もとるようにするが、古田重雄という男は死んだということにしてくれ、今後はそう思ってくれ。これは一生の、最後の願いだ、と訴求《そきゅう》した。

ダメ押しのつもりで、もう一度、同様の内容と、後始末についての手紙もしたためた。古田重雄の過去がわかる一切をこの手紙とともに処分してもらいたいと書いた。写真、日記、書簡の類全部である。事が成就したら、必ず参上つかまつります云々《うんぬん》。

おそらく姉は承諾するに違いない。姉の性格からしてそうしないわけがない。それについては古田重雄には自信のようなものがあった。

さて、では川中の母親はどうすれば、いいか。どうすれば……。

ところで、ここでもう一つ問題が生じていることを、筆者は重々承知している。古田が川中に遭遇したのは、必然でも蓋然性《がいぜんせい》でもなく、まったくの偶然である。そのような偶然が都合よく起こるだろうか。もちろん小説という虚構の場合であるから、起こってもらわねば話にならないのだが、実人生においても、かくのごときことは頻繁《ひんぱん》に生ずると筆者は思っている。でなければ、「運（さだめ）」や「縁（えにし）」などというコトバが重要視されるワケがナイ。人生のこの偶然性を〈無作為の必然性〉と称してもいいくらいだ。こういう情況はけっして数学のいう〈確率〉などでは説き得ない。また、踏み込んでくる余地すらナイとさへ、筆者は考える。

2

冴草藤太郎は、竹生島の心中事件の二日前に起こった、同じ滋賀県大津市田神村の変死事件の報告を受けて、独り考え込んでいた。藤太郎はその事件の捜査に直接関わってはいない。心中事件のほうは、十日ばかりを過ぎて、無理心中ということで、かたがつきそうな気配であった。それも彼自身には充分に納得のいく決着といえるものではなかったが、大勢の意見がそうなら仕方あるまいと、首を縦に振った。

　田神村の事件というのは、今年還暦《かんれき》を迎える女性が首を括《くく》って死んだのである。検屍《けんし》の結果、絞死《こうし》ではなく縊死であると判定されたが、首に擦過傷《さつかしよう》がみられ、無理やり梁《はり》にぶら下げられた可能性もあり、他殺の疑いも少なからず残っていると中間報告書には記されていた。この捜査は別の班で続行中である。

　藤太郎の興味をひいたのは、鑑識の報告で、この女性の口腔、唇、その周辺などからシアンが検出されているという点である。検屍においては縊死が死亡原因とされて、シアン中毒による死亡ではないとされている。発言はしなかったが、藤太郎は、もしこの女性が殺されたとするならば、犯人はシアンを用いてこの老女を殺害することを計画、老女に飲酒の習慣がなかったために、水あるいは茶にシアンを混入するが、いざそれを口にする段になって、老女は味がおかしなことに気づいて、それを吐くかもどすかしたに違いない。それゆえ口腔と唇の周辺、これはシアンの劇薬性でただれていたのだが、その辺りにシアンの痕跡が残ったのだ。

　シアンはもちろんそれを致死量で試した人間などいないはずであるが、ひどい味がするのである。ふつうの者ならすぐに吐き出して不思議はない。いくぶんかは胃に到達したかも知れない。しかし、老女のことゆえ、極端に胃酸が薄かったとしたら、死には到らなかったろう。致死量の十倍近いシアンを服用しても死ななかった例はある。胃酸のペーハー度が低かったためである。

ともかくシアンによる老女の殺害は失敗したとみられる。それで相手が死なないものだから、犯人は予定を変更して、首吊りに見せかけて、これを殺害したに違いない。

被害者の名前は川中登米《とよね》といった。圭介という息子が一人いるはずだが、行方不明であるという。現場はずいぶんの田舎の一軒屋であり、近所といっても、歩いて十分ばかりのところに民家がやっとあるくらいで、不審な者を目撃したという証言もなければ、異常な物音を聞いたという者もいない。

前述したように検屍は絞殺か縊死かをすでに判定していた。扼殺《やくさつ》（手で締め殺した）でないということは確かであった。普通、監察医は首の締まり方によって、絞死か縊死かを判断するが、絞死は水平に力をいれて首を締めるため、首の動脈を閉塞《へいそく》させるが、背髄やその後ろ側にある椎骨《ついこつ》動脈を閉塞させることはない。しかし縊死というのは、首吊り自殺などがその典型であるのだが、椎骨動脈を閉塞させる。眼に溢血点《いっけつてん》があるかないかで、この二つは判別されることもある。何れにせよ、絞死はその大部分が他殺、縊死は自殺であるケースが多く、扼死なら必ず他殺である。

川中登米の場合は、縊死ではあるが首にもがいた爪跡が残っており、無理やり首に縄をかけられて引っ張り上げられ、さらに梁に結ばれた可能性があるのである。一時テレビの時代劇で評判をとった『必殺シリーズ』で三味線の糸を使って相手を殺す方法があったが、力学的にはああいったものと理解されるとよい。

凶行に使用された縄は川中登米の家の土間にあった荒縄である。冴草藤太郎の考えでは、犯人はやはり川中登米を薬で殺すつもりが、急に計画の変更をよぎなくされ、扼殺では殺人の疑いが起きるとみて、傍らにあった縄を用いて被害者の首を吊るように締めた、ということになる。

問題はシアンだ。

昭和五十六年の京都の事件と、この度の心中事件の女の刺青。その死因であるところのシアン。さらに、今度の川中登米のシアンとが、明滅《めいめつ》しながら結びついては離れ、また結びついた。藤太郎の脳裏に浮かぶ幻燈はまさにそれであった。

これは直接に携わっている事件ではないが、自身の個人的なファイルの中に含めておくべきだと藤太郎は考えた。いずれ、この三つの事件の点は何処かで線としてつながり、面となって立ち上がってくるに違いない。それが冴草藤太郎の刑事としての勘であった。

後日、藤太郎は川中登米の家を訪れた。湖南アルプスと地元の人々に称される峰の一つ太神山《たがみやま》の麓《ふもと》に、ぽつりぽつりと民家が埋もれるように点在している。それが田神村だ。すでに事件は迷宮に入っていた。

事件から数年を経て、いまでは廃屋となった藁葺《かやぶ》き屋根の家屋が川中登米の家であった。

のび放題になっている雑草をかきわけて、崩れた壁の穴から家屋を覗くと、廃屋《はいおく》独特の黴臭《かびくさ》い匂いがした。きっとここに誰か不法に侵入した者があったのだ。事件は物盗りでも、ましてや痴情のもつれでもない。考えられるのはひとつである。犯人は川中登米を殺すことを目的として、ここに来たのである。それは怨恨《えんこん》だろうか。だとすれば、ただ一人、このような山麓の村の一軒屋に住む老女がいったい何の恨みをかったというのだろうか。それは考え難いことだ。

シアン化合物は比較的手に入りやすい劇薬であるが、薬局で簡単に買えるようなシロモノではない。犯人はその薬を非合法的に調達、おそらく盗み出したに違いないが、そうすると、そこはさまざまな薬品のある場所と考えることができる。シアンのあるところといえば、何処だろうか。工業用に用いるための工場、劇薬を含めて薬品を扱っている業者の倉庫、あるいは、大学などの薬学部の薬品室かも知れない。

竹生島の心中を考えよう。藤太郎はごく自然に北の方へ頭を向けた。

琵琶湖はこっちの方角だな。……左てには沈みかけている夕日があった。あいにく藤太郎の視線の先は森林に遮《さえぎ》られて、湖をみることは出来なかった。

もし、竹生島の心中に第三者がいたとしたらどうだろう。犯人は女をシアンで殺害し、男ともども湖に投げ込んで、心中にみせかけたはずだ。

無理心中、いたって明解な結論だ。女をシアンで殺害の後、自らも入水する。怪しむべきはないようにも思える。しかし、あの男の額のみえない傷痕、硬膜外血腫はいったい、いつついたのか。女が膣に挿入されたシアンで死に、その女は心中相手の男、古田重雄ともども京都で起こったシアン殺人事件の関係者だ。果たしてこれはほんとうに無理心中なのだろうか。そのわずか二日前に起こった、老女縊死（殺害）事件にシアンの検出されたことは何を意味しているのだろうか。

再びベテラン刑事は自問する。竹生島の心中に第三者がいたとしたらどうだろう。

その者が川中登米を殺害しなければならない理由などあるだろうか。京都でヤクザ者の檜垣健三を殺し、その情婦だった女〔たまり〕と古田重雄を二年後に竹生島で殺し、さらにこんな里の老女を殺害する。いったい犯人は何を企てたのだろうか。それとも、この三つはまったく別々の犯罪で、ただ自分が想像の中でそれを結びつけているのに過ぎないのだろうか。京都でかつてヤクザ者を殺し、その情婦と逃げた者が切羽詰まって、ついに琵琶湖で心中を遂げた。その頃たまたま、老婆が一人寒村で自害した。ただそれだけのことなのだろうか。藤太郎の頭の中は、自身の推理とそれに対する反問とが渦を巻いた。

遠くに沈む夕日がススキを茜《あかね》の色に染め始めていた。冴草藤太郎は思案にくれながら重い足取りで村を離れた。

数年を経て病魔に冒され退職をよぎなくされた時、冴草藤太郎は自身の命のあまり長くはないことを、暗黙のうちに覚《さと》っていた。気がかりになることは公私ともにあったけれど、中でも最も気がかりであるのは舞子の行く末と、幾つかの迷宮に取り残された事件であった。

再入院して、いよいよ身体の変調が著しくなってきた際、藤太郎は外出の許可を得て自宅にもどった。自身が整理した事件ファイルにもう一度眼が通したかったのである。

自室の壁に設えられた本棚の殆どを、彼の事件ファイルが埋めつくしていた。それらの多くは実際に関わった事件である。ある時は駆け出しの新米刑事として、またある時は担当事件の班長として、雨の中、雪の中をかけずり回った記録である。

藤太郎は最初から順にファイルを眺め、中から、三冊を選《よ》って抜き出した。無論それは、京都のシアンの事件と竹生島心中の事件、それから田神村老女殺人の事件の三冊であった。他にも心残りの事件はないでもなかったが、余命いくばくもない身体だ。せめて、この事件には何とか理屈だけでもいい、白黒をつけておきたい。そう考えたのである。

それからもう一度、部屋を眺め、もうここには帰ってくることはないのだなと、自身にいい聞かせるようにすると、外に出てドアを、閉じた。

自分は各々の事件に風穴を開けるのだ、密室で息苦しく沈思《ちんし》黙考《もっこう》するのではなく、思考を開いておきたいのだ。そんな願いがこめられて、いままで一度も閉じられたことのないドアであった。またそんな主義とは別に、自分の仕事に向かっている姿を少しでも娘が垣間見てくれればという思いも、そこにはあったろう。しかし、ここに主が帰ることはもうない。

扉の閉まる音を聞くと、藤太郎は小さく「うむ」と頷いた。

いまこのドアを私は閉じる。このおびただしいファイルの存在の意味もいま、とりあえず終わる。その思いをこめてこのドアを閉じよう。されど、このドアをまた開く者よあれ。ここにまた、光をあてる者よ、その者に幸あれ！

そう念じて、藤太郎は三冊のファイルを小脇《こわき》にはさみ、二度と帰ることはないだろう自分の家をあとにした。

七　もうひとりの男

1

二〇〇六年、平成十八年九月九日。県立第一病院。

明日、娘が演劇で舞台に立つというので、冴草藤太郎は何だか自分のほうがそわそわしていることに苦笑いをした。苦笑いでも何でも、笑うという現象が自身に起こったのは、ひさかたぶりのことであった。ヌード写真の停学の次は演劇か、それを大人へ向けての成長と思えば、けっこう娘もたくましく育っているではないかと藤太郎には思えた。と同時に次第に自分から遠いところへ足を踏み入れているとも思えた。歳頃にまで育った娘の父としての嬉しさというのは、やはり一抹のさびしさというものを伴うものなのだろう。

もう一つ、藤太郎の胸を騒がさせているのはその芝居のタイトルであった。『竹生島心中』とは、まただどういう巡り合わせだろうか。いったいどういう内容の芝居であるのか見当はつかないが、奇妙な運命を感じずにはいられない。藤太郎はベッドマットの下にひそませてあるファイルを取り出した。こんな病院に入院までして、仕事をしているところをみつかると、心配をかけるどころか、大目玉をくらうだろう。そう考えて、家から持ち出したファイルは三冊ともマットの下に隠してあった。その一冊をいまそっと取り出したのである。

ファイル名は『竹生島心中事件』

もう何十回もそうしたように、藤太郎はファイルを繰った。果たして、明日の芝居はこの事件に取材したものなのだろうか。作者の雨森慎介という男にも興味があった。こんなところに入っていると、娑《しゃ》婆《ば》の空気が吸いたくもなる。そうしてその空気を運んで来るのが見舞い客というやつだ。ここに凝っと独りでいるのは耐えられるが、見舞いの客があると、里心が起きてかなわない。会って話をするのも面倒臭いから、よほどの人物以外は見舞いを極力断るようにしていた。舞子や伯母の道子にしても、週に一回までと決めてあった。その週に一度と決めた見舞いの時に、舞子が最近口にするのは、雨森のことであった。すごくステキな先生で、自分は演劇に目覚めてしまったなどといっていたが、果たして、この程の上演演目といい、一度会ってみたいものだと、思った。

翌日、病院から外出の許可をもらい、タクシーで会場へ向かって、隅の席で一時間と少しの舞台を見終えた。娘の舞子がずいぶんと大人にみえた。普通の親なら、娘の初舞台とその成果に目頭を熱くして、拍手喝采《かっさい》、祝杯でもあげて、労をねぎらうことで、そのセレモニーは完了するはずである。藤太郎にしても、けしてその例に外れる親ではなかったのだが、この芝居についてだけは、そういうわけにもいかなかった。

たしかに舞台の印象は藤太郎にとって複雑なものであった。芝居など鑑賞する趣味などなかったから、舞台の出来の良し悪しは判断できなかったが、予想以上に娘の舞子の演技が堂々としたものであるのに舌を巻いた。さらに、物語の内容は、大いに藤太郎の興味を引いた。ヤクザな男から救い出した女と、主人公の男が偽装心中を迫られる話である。当時の新聞やら週刊誌がどれくらいあの事件を報道したのかわからないから、この作者がどの程度事件のことを取材したのか見当はつかないが、偶然というには、普通一般の者が知らないことで一致しているところがある。たしか被害者の女が京都の檜垣健三殺人事件と関わり合いがあるかどうかは、発表されていないはずである。従って、この作者は、まったく偶然にもそんな事件の背景を戯曲に描いたことになる。ひょっとすると、この作者である雨森慎介というのは、独自の調査でもしたのかも知れない。是非、会ってみたい。

筆無精な藤太郎だったが、そんな経緯もあって舞台を観終わって後、彼は書き慣れぬ手紙を書いて雨森に郵送した。

娘のことと、元刑事としての欲求とが絡み合って、いったい自分はほんとうはどちらを心配しているのやら、藤太郎にももうわからない。藤太郎は子供のように興奮している自分に、再《ま》た苦笑いをした。

窓を開け放っても、風はまだ涼しさをとりもどしていない。ほんとうの秋が来るまで命はもつだろうか。年を越すのは難しいかも知れない。たとえ名残の暑さとはいえ、肌は汗ばむ。しかし、発汗しているということは、まだ身体の機能が働いているということだ。もう少し、もう少し、欲しい。何を未練に思っているのかわからないまま、藤太郎はそんなふうな思いにかられた。

冴草の意を察してか、最近は見舞い客も殆どない。警視と警部補という身分の差はあるが、律儀《りちぎ》に鯊倉は時々顔を出したり、部下をよこしたりしてくれる。先日は京都府警時代の知己でいまは探偵業をやっている情報屋が懐かしい顔をみせた。思いもよらぬ来訪だったが、憶えてくれたとはありがたい。

そんな具合にいまの自分は過去という名の勲章しかないが、死んでいくしかないいま、もう少し時間が欲しい。もう少しで、積年のメビウスの輪を断ち切ることが出来そうなのだ。もう少し生きていたい。

九月二十日、雨森が来た。

「冴草藤太郎さんでいらっしゃいますか」

突然病室に現れた男は、開口一番そういうと、軽く頭を下げた。

「雨森慎介と申します。お手紙をいただいて恐縮です。突然でご迷惑かと思いましたが、こっちの都合で、本日お見舞いに伺いました」

藤太郎は慌てて、パジャマの胸元のボタンをとめた。

「いや、こっちこそ、恐縮です。無礼をいたしました。冴草藤太郎です。舞子の父でございます」

いいながら、雨森に座るように勧めて、ともかくお茶をと、戸棚を開けた。戸棚には、舞子の持ってきたハーブ・ティがあった。

雨森に背を向けてお茶の準備をしながら、刑事の習性とでもいえばいいのか、藤太郎の頭の中は、いま瞬時にインプットした雨森慎介の容姿を記録していた。

——痩身《そうしん》、背はやや高い部類。縁なし眼鏡、おそらく近視。面長、髪の毛は自然に伸ばした長めの黒。知性的な顔立ち、ハッキリした眉。やや冷淡そうにもみえる眼つき、唇は薄い。年令は四十代の前半か。若干の猫背。Tシャツの上にカーキ色のジャケツ、同系色の細身のズボンに白い運動靴。…………。

しばらく世間話をして、それから演劇の話などしてから、いよいよ『竹生島心中』についての話をした。ほんとうは藤太郎のほうが雨森に、今度の芝居の成立の経緯について聞きたかったのだが、雨森が実際の事件のことを聞きたがったので、これは礼儀かと思って、まず藤太郎は実際の事件のほうを話して聞かせた。

雨森はずいぶん熱心にその話を聞いていた。藤太郎が意見を求めると、独自の推論を展開してみせたりしたが、本職の刑事であった藤太郎の眼からみれば、それは参考になるものとはいい難かった。話は次第に熱を帯び、藤太郎はベッドマットの下から『竹生島心中事件』と『京都鶏明荘・檜垣健三殺害事件』の二つのファイルまで取り出して説明することにした。こんなものを持ち込んでいるということは、医者や看護婦、それから舞子にも内緒に頼みますよといいつつ、さすがに劇作家というものは、職業柄こういうものには非常に興味を示すものなのだなというのが、藤太郎の感想であった。

途中午後の看護婦検診があって中断をしたが、一時間半ばかりも話したろうか。藤太郎に疲労の色がみえるのを察すると、次に来る時は何か見舞いの品を持ってきますといい残して、雨森は去って行った。

また一人病室に残されて、ポカンとした空虚《くうきょ》な時間が藤太郎にもどってきた。ベッドの脇のテーブルに置かれたファイルを、元のマットの下にもどすと、藤太郎は煙草を燻《くゆ》らせた。聞きたいことはいっぱいあったのに、昔の事件の話に熱弁をふるったりして、まったく相手のペースで時間が過ぎてしまったようである。しかし、これほど熱を入れて人と語ったのは久し振りのことであった。それに雨森の出身が滋賀県だとわかって、ますます奇妙な因縁を感じた。けれど、考えてみれば、竹生島のことを書くらいだから、いまさら驚くほどの不思議でもないようにも思えた。

藤太郎にしてみれば、舞子のこともあったから、あるサービス精神のようなものと、退職して病みつつも刑事としての情熱を失してはいないところを、誰かに鼓舞《こぶ》したいという無意識の欲求もあって、雨森に京都と竹生島事件の講義などをしてしまったわけだが、実は、雨森慎介自身はそうとばかりは受け取っていなかったのである。

事件のあらましや自身の調査の顚末《てんまつ》を語る中で、何度か藤太郎は雨森に、刑事が取り調べの最中に被疑者を質《ただ》すような問い掛けをしたらしい。人をみたら泥棒と思えというのは、浅ましい刑事根性なのであるが、冴草藤太郎という者をしても、そういう業《ごう》からは逃れられなかったらしい。雨森は、途中差し挟まれる藤太郎の質疑が気になっていた。

戯曲『竹生島心中』はまったくの想像の産物ですと幾度か答えたように思う。藤太郎はその辺りをずいぶんと訝しむようすをみせた。雨森が何か藤太郎自身の知らない情報でもつかんでいるのではないかというふうな、口ぶりであった。京都の事件についてもまるで当時のアリバイを訊《たず》ねるかのように藤太郎が質問を繰り返すので、多少閉口した。

つまり、両者の会見は、それぞれの間でずいぶんと違う印象をもたれたのだった。

藤太郎はすぐにその日の雨森の見舞いに対しての礼状のようなものを書いた。今度は葉書に簡単に、ともかく娘をよろしくと記した。それからさらに十日して、九月三十日のやはり午後であった。雨森慎介は再び冴草藤太郎の病室を訪れた。藤太郎はちょうど点滴《てんてき》の最中で、ベッドに横になっていたが、身を起こした。

「いや、これは、何度もありがたいことです。死にかけの病人に付き合わさせてすまんことです」

雨森慎介は、社交的な挨拶をすますと、持参した見舞いの品を藤太郎に渡した。ブリキで出来た星座表であった。

「これは」

「ええ、星でもご覧になればと思いましてね。もうすぐ流星雨《りゅうせいう》も観測できるはずです」

「ほほう、星座表ですか」

「そういうご趣味は」

「いや、ありません。いや、趣味というのがまったくないつまらん男ですから。刑事を辞《や》めてつくづく思い知らされましたよ。私はほんとうに、人の犯罪を追っ掛ける以外に能のない人間だということをね」

「いまからでも遅くありませんよ。幸いここは屋上が近い。星を眺めるのも一興《いっきょう》ですよ」

雨森はすすめられるまでもなく自分から、隣の空きベッドに腰を下ろした。

「星ですか……」

そのようなものに、藤太郎は一切興味がなかった。

「雨森さん、こんな恰好で失礼しますが、今日は雨森さんの『竹生島心中』についてお聞きしたいですな」

藤太郎は精一杯の微笑《ほほえ》みをみせた。

雨森はそんな藤太郎の表情には応えずに、黙って点滴の雫《しずく》をみつめた。

「冴草さん、お嬢さんの舞子さんのことですが、どうでしょう、私がみたところ、彼女には天賦《てんぷ》の才があります。きっといい女優に育つと思うんです。私に任せていただけませんか」

ベランダの向こうに、新築途上の病院の緑色のネットが風にはためいていた。何とはなしに藤太郎はそっちを眺めて、ゆっくりと答えた。

「ええ、そりゃ、是非にお願いしたいですね。いや、娘がそう望むならですが」

「もちろん、彼女の意志を尊重しますよ」

「雨森さんはお独りですか」

「ええ、独身です」

「ずっとですか」

「ええ、ずっと」

「それにしては、あの芝居は女心の描写が良かったですな。そっちのほうの経験はずいぶんとおありなんでしょうな」

大人の問答である。藤太郎はいうと、また小さく笑った。

「いえいえ、まったく」

雨森は首を振った。

「そうですか、いや、作家というものは、想像であんなに人の心が書けるものなんですか。感服しました」

「ええ、想像です。それと観察かな。イメージが大事なんですよ。私は、現実でもイメージさえ鮮明に持てば、必ずイメージ通りに人生は開けると信じているんです」

「ほほう、そうですか。と、いうことは、いまの雨森さんの作家としての人生は、イメージ通りだったというわけですか」

「そうです。私は作家になろうとしたんです。これこれこんなふうな作家にとイメージして、それを実現させせました」

「ぜひ、その辺りの哲学を詳しくお聞きしたいですな。雨森さんの身の上など、話していただけませんか」

「哲学などという大それたものじゃありませんよ。ただの生活の信条ですよ。それに、話して聞かせるほどの面白い身の上話もありません。ごく普通に市井《しせい》に生きてきた男です」

「お生まれは滋賀県でしたね」

「ええ、そうです」

「滋賀の何処です」

「大津です」

「いつから、ここにお住みなんですか」

「何年前かな。平成二年の頃だったですかね、バブル経済の終わった頃です。三十くらいの時ですから。最初は小さな劇団におりました。バブルの崩壊とともに小劇場ブームなどという盛り上がりも衰退しはじめたんですが、私の場合は、当初はあまりそういうブームとは関係なかったなあ」

「ほう、平成二年か、で、どういう名前の劇団です」

雨森は繰り出される藤太郎のこういう質問の仕方が気にくわなかった。まるで調書をとられているようではないか。しかし、藤太郎にしてみれば、別に悪気《わるぎ》はないのである。染み着いた刑事の性分《しょうぶん》とでもいうべきものなのだ。

「劇団『深海魚』という、場末《ばすえ》のスタジオ公演専門の小さな劇団です。それでも、日本各地をウロウロと公演旅行、まあドサまわりですが、やりましたよ」

「雨森慎介というのは本名なんですか、それとも、ペンネームなんですか。いや、珍しい名前なもんですから、この前もお訊ねしようと思っていたんですよ」

「もちろん、本名じゃありません」

「本名は何とおっしゃるんです」

雨森は一瞬、いい澱《よど》んだ。点滴の薬の流れる針の先は、痩《や》せ細った藤太郎の腕の血管に刺しこまれていた。静脈が青く浮かんでいる。肌の色は艶のない土色だ。この男はもう生きて病院を出ることはあるまい。そう雨森は判断した。

「川中っていうんです」

「川中、何と?」

「川中圭介です。何だかありふれた名前でしょ」

あまりに不敵に過ぎたかと雨森は後悔したが、互いの命の長さを天秤《てんびん》にかけて、ここは自分の悪運に賭けた。

「そうですか、それで、どうして雨森なんかに」

特に何の反応もなかった。

「雨が漏《も》って、浸水してきたって洒落《しゃれ》ですよ」

雨森も平静を装ってそう答えた。

「ああ、そうですか、洒落ですか、しかし面白くていい名前ですなあ。すぐに憶えられる。私ゃ藤太郎ですからね、如何にも古臭いですなあ」

そういうと、元刑事は、力のない声を出して笑った。

この会見は一度めより短時間で終わった。それほど藤太郎の病状は進行していたのである。舞子をよろしくと、雨森の帰り際にいって、病みたる父は再びベッドにその身を横たえた。すると、尻の辺りに何か触れるモノがあった。手を伸ばして取ってみると、雨森が見舞いの品に置いていった星座表である。藤太郎は顔をしかめた。いまさら星でもあるまい。藤太郎はふと隣の空きベッドをみた。夏には、あのベッドには自分よりまだ若い人がいたが、彼はホスピスでまだ生きているだろうか。そんなことが急に気になった。もし、生きていたら、この星座表を送ってあげよう。そう考えた。

点滴の針がとれて、一眠りしてから、藤太郎はホスピスに連絡をとってみようと、起き上がった。ところが、その患者の名前を思い出せない。ど忘れというやつだ。とうとう頭のほうまでイカレてきたかと溜め息をついた時、ふいに、思い出した名前があった。

「川中圭介……川、中、けいすけ……川中圭介」

藤太郎はベッドマットを捲《ま》くって、ファイルを一冊取り出した。『田神村老女殺人事件』である。藤太郎は枕元の老眼鏡をかけると、ファイルの文字を指で追った。

——流星雨はいつ観られますか。一緒に拝見できるとありがたいんですが。

そう藤太郎は雨森に電話した。流星雨があるという話は雨森の嘘である。そんなものは藤太郎にはどうでもよかった。雨森も冴草からの電話で事の次第をたいていは悟った。

——でしたら、十月十日の夜、十一時頃がいいでしょう。

——場所は？

——病院の屋上にしましょう。

こんな簡単なやりとりであったが、両人には、それなりの重大な覚悟があった。

その夜、関口は叔父の病室にたいへんな忘れものをしたのを思い出して、夜中にバイクを走らせた。忘れものというのは、大学ノートに挟《はさ》んだ一枚の写真である。叔父に頼まれて買って届けた大学ノートを、自分のものと取り違えて、そのまま病室に置いてきたらしいのである。当初はその写真を叔父にもみせてやろうかと思っていたのだが、多分に荒《すさ》んだところのある叔父のことだから、何をいい出すか分からない。恐喝《きょうかつ》のネタにでもされたらやはり大変だ。それで、予定は中止したのだが、ノートを忘れてきてしまった。

夜半の病院は、建物そのものが死んでいるようで怖いくらいだ。病室の明かりは消えていて叔父はもう眠っているようだった。毛布を頭の上まで被っていて、顔がみえないが、こちらもみられる心配がなくていい。殆どベッドの生活のくせに夜になるとちゃんと寝ている叔父が、妙に可笑《おか》しかった。

ノートは開けられたようすもなく、関口は中の写真を確かめて、そっとノートを小脇に抱えると、病室を出た。それから、屋上に出た。ほっとした安堵《あんど》のため息の代わりに、屋上で、一服喫《す》いたかったのである。

この気紛れが後に彼を悪夢で苦しめることになる。

屋上には人がいた。

男が二人、屋上の柵《さく》の近くで何か喋《しゃべ》っている。

関口はとっさに身を隠して、暗い屋上に佇む二つの影を覗きみた。

そのうち、突発的に一人がもう一人に駆け寄って、足を抱き上げ、すくい投げた。

投げられたほうの男はそのまま落下したようだった。

投げたほうの男はそれを確認するためか、手すりから身を乗り出して、しばらく下をみていたが、やがて一目散《いちもくさん》に屋上を離れた。

その男の顔を関口はみてしまった。

それから関口自身も、まるで自分が加害者であるかのように、息をきらして階段を駆け下りて、歯の根があわぬままにバイクをすっ飛ばして、ようよう自宅に帰りついた。

時刻は十二時に近かった。

2

高岡を犯人と名指す雨森の推理にはもちろん頷けなかった舞子であったが、まったく逆の高岡の推理にも素直に首肯出来なかった。父すでに亡きいま、最も信頼している人物である雨森慎介が、その父殺しの当人であるという推論など、どうして鵜呑《うの》みに出来ただろう。

あの夜、たったふたりの深夜の会議は、一本の電話で幕を下ろした。高岡の知り合いからの電話である。

「昔の族のダチがね、真っ当にいまでは役所勤めなもんスから、無理いって夜中に調べものをしてもらったんです。雨森さんの戸籍《こせき》を調べたんです。こっちに知らせてくれるようにいっておいたから、その結果がいま入ってきました。雨森さんの本名は川中圭介です。ところで、彼には戸籍がナイんです」

舞子は虚頓《きょとん》とした瞳をみせたが、

「ナイ、それってどういうことなんです」

　健気な語調で高岡に問い直した。

「川中圭介という戸籍はあるんです。いや、あったんです。驚いてはいけませんよ、滋賀県大津市の田神村が本籍になっています」

「滋賀県、田神村」

　驚きはしなかったが、その地名が何を意味しているのかを了解して、息をのんだ。

「生年月日は昭和三十五年七月です。ただし、この戸籍は不正に操作された形跡があるそうです。何しろ族アガリのヤツのことですから、見破ったらしいんですけど」

「操作って、何」

「川中圭介の戸籍はここから抜かれています。そうして別に新しい戸籍となって登録されています。一応、婚姻というカタチになっていますが、その事実はありません。この手の戸籍謄本《とうほん》操作に詳しいダチの調べでは、これは売買されたんじゃないかということです。かつて、そういう商売は族の仲間でも時折あったことなんで気づいたんでしょう。外国人などが不法に日本国籍を所有するときに使う手らしいんです。暴力団なんかが絡んでいる戸籍売買です。詳細のカラクリはさすがに僕も知りません。どうですか、何か、ご意見は」

田神村の殺人事件については、さきほど高岡から聞かされた。

「さっきもいったように、田神村の事件は、竹生島の事件の直前に起こっているんです。僕は失くなった三冊めのファイルは間違いなくこの事件簿だと考えています。その事件で被害者の老母の一人息子である川中圭介が、消息不明であることが明らかになっています。戸籍を調べてみると、その川中圭介は戸籍謄本からは抹消《まっしょう》されていて、新たに作成されている。しかし、その戸籍は違法に操作された形跡がみられる。つまり、雨森慎介は川中圭介ではあるが、川中圭介ではナイということも出来ます。どう、思われます」

舞子は頭の中に別人の血が流れているのではないかと思った。思考がではなく、血そのものの流れが制御できないのだ。これ、逆上っていうんだろうか。掌は汗でべっとり濡れている。まるで、自分が犯人になったみたいだ。

「雨森さん、昭和三十五年生まれだっていってた」

そう答えるのが精一杯だった。

「雨森さんのノートにもそう書かれてましたね。あのノートだって僕は不自然だと思うんですよ。あんなに多忙な方がわざわざ舞子さんのために、その父親との会見記なんかを長々と記して残すでしょうかね。きっと、残さなくてはならない意味があったんです。つまり、彼のフィクションです。僕たちが読んだ、彼と冴草のオヤジさんとの会見記はフィクションが多いと思います。きっと、雨森さんにとって都合の悪いことは書いてないでしょう。だから、あんまり信用することはできないんですが、冴草のオヤジさんは、やはり、雨森さんと会って、彼こそが長年捜し求めてきた男であることを確信されたんじゃないでしょうか。たぶん、雨森さんは川中ではありませんね。戸籍の事実がそれをいっているような気がします。僕の頭の中では、もう事件の点はすべてつながっています」

「昭和三十五年って、たしか、古田重雄も昭和三十五年生まれだった」

舞子は自分が何を喋っているのか分からなかった。脳の芯に空洞が開いていて口が勝手に動いている。

「古田重雄は死んではいなかった。川中圭介という男になっていたんです。もちろん、竹生島で死んだ男こそが川中圭介です。舞子さん、舞子さん」

高岡は、うつむいて頭を抱え込んでいる舞子の名を呼んだ。舞子はイヤイヤをするみたいに小さく頭を振ったきりで返事をしなかった。

「竹生島の写真屋は、雨森さん自身に用事があったんじゃなかろうかと思うんです。つまり、こうです。二十数年前の写真に雨森さんが写っていたとしたら、どうでしょう。散髪屋さんは一度理髪した人の頭の形は、ずっと忘れないっていいます。写真屋も、一度撮った人間をかなりの長きに渡って記憶しているとしたら、何かの拍子に写真屋が雨森さんを写していたとしたら、昔のネガを焼いてみて、そこに雨森さんを発見したとしたら、やはり、その件で雨森さんに電話くらいするでしょう。写真屋が雨森さんを呼び出したんじゃない。その逆で、雨森さんが写真屋を呼び出したんです。古田美也子については、どうでしょう。僕たちが古田美也子を調査している事実を知っているのは、他には雨森さんだけなんです。それとも、別の誰かが、冴草さんを殺して、さらに口封じのために古田美也子まで殺したんでしょうか。……冴草藤太郎を殺害するということは、冴草藤太郎が何らかの事実に到達したことを感知していなければならない。いったい誰の口からそれを聞いたのか、それは他ならぬ冴草さん自身からでしかないでしょう」

高岡は台所からコップに水を汲んできて、舞子に手渡した。

「残酷かも知れませんが、もう少し聞いてください。……僕は思いました。この事件の一連の犯人が生きている古田重雄であるとするならば、彼は名を変えて、何処かにいるだろう。どういう名前で？……そういうところを考えていった先に、結局、疑問に思ったのが、あの戯曲を書かれた雨森さんのことなんです。あのお芝居があってから、冴草さんは雨森さんに接触されて、その後に亡くなっている。雨森さんは被疑者《ひぎしゃ》の対象としては、僕にはのっけから最も疑わしき人物だったんです。もちろん、そんなことをいい出せば舞子さんの大反発を食らったでしょうけど。……以上述べたことは僕の推論でしかありません。はっきりとした物的証拠があるわけではありません。でも、いまの電話で僕は確信を持ちました。雨森さんこそ古田重雄です」

「父は、雨森さんが古田重雄だと見抜いたのね」

「そうでしょう。古田重雄―川中圭介―雨森慎介と、このラインを結ばれたんだと思いますよ」

「わからないわ」

舞子はコップの水を少し飲んだ。

「どうだかは、わからない。確かめなくっちゃ、わからない」

それから小指で唇についた水滴を拭《ぬぐ》った。

「そうしましょう」

高岡は静かに舞子をみつめた。

「でも」

と、ふいに、鋭い眼差しで舞子は高岡をみた。

「何か」

あまりの思い詰めた視線に、高岡もわずかにたじろいだほどだ。

「簡単すぎる」

と、喉《のど》をつまらせた声で舞子はいった。

「簡単すぎるとは」

「わからないけど、簡単過ぎるような気がする」

舞子は、例によって直感的に、精一杯の理性を働かせたつもりであった。

高岡は不満げにそんな舞子の沈み込んだ眼差しを一瞥《いちべつ》すると、自身も顎《あご》に手をやって、何やら考え込むかのように無精髭《ぶしょうひげ》を撫でた。

3

眠る舞子を起こしたのは、伯母の道子だった。

枕元の目覚ましは、十一時をまわっている。

あれから、伯母の家にもどって、薬を飲んでベッドにもぐった。薬は、学校で悪友から無理やり買わされた睡眠導入薬だ。すぐに舞子は眠りに落ちた。新聞配達の自転車の音がしていたから、眠ったのは明け方の五時前後だったろう。

「どうしたの」

まだ完全には醒《さ》めきっていない瞼《まぶた》を開けて、伯母の顔にそう訊ねた。

「景子さんがね、お芝居に誘って下さったんだよ」

「誰を」

「わたし。そいで、出かけようと思うんだけど」

景子さんとなら安心だ。

「いいわよ、行ってくれば」

「それがね、お客さんなんだよ」

「お客？　誰に、伯母さんに」

「舞子さんに」

「私に？」

「そう」

「誰？」

「鈴木さんだって、仰ってるよ」

誰だろう。鈴木という名前に心当たりはなかった。

「わかったわ。すぐに行くから。伯母さん、出かけていいよ」

「そうかい、じゃあ、頼んだよ」

すぐに身仕度《みじたく》をして、玄関に出向くと、中年の女性が上がり口に座っていた。舞子はその後ろ姿にちょっと首をひねったが、顔を会わせるとすぐに思い出した。父と同じ病室にいた患者さんの奥さんだ。そうだ、あの人、鈴木っていった。でも、何の用事だろう。どうぞ部屋の方へと上がることを勧めたが、ここでよろしいですからと、彼女は丁重《ていちょう》にそれを辞退した。

「あの、何か用事でも」

とりあえずお茶を出すと、舞子はそう問いかけた。

「実は、先日とうとう主人が亡くなりました。いえ、お悔やみの挨拶なんかいいんですよ。安らかな死に方でした。それで、お世話になった方に御挨拶してまわっている次第なんですが、聞きましたら、冴草さんお亡くなりになったとかで、それも、あの、その」

「いいですよ。私は平気ですから」

「そうですか。それでね、そういう急なお亡くなりの仕方をされたとしたら、形見の品もひょっとしたら、ないんじゃないかと、老婆心で思いまして、今日はこれを持参したんです」

彼女は傍らの風呂敷をといた。

星座表が出てきた。

「これは？」

「はい、冴草さんから頂いたものなんです。こういう添え書きがありました。こんなものでもひょっとしたら、お嬢さんには貴重なんじゃないかと思って」

ハンドバッグから、白い封書を出した。

「読んでよろしいんですか」

「ええ、そりゃもう、どうぞ」

便箋《びんせん》が一枚入っていた。見覚えのある父の文字だ。

——『お元気ですか。というのは、病人に対する挨拶ではないでしょうが、他に言葉も見つかりませんので。さて、お送りしましたのは、みての通りの星座表です。私がある人物から見舞いの品にもらった物です。屋上で星座ウオッチングでもしろというのですが、私には生憎《あいにく》そういう趣味はありません。鈴木さんなら、ホスピスでのんびりされてらっしゃるだろうから、どうかと思いました。以前、星がどうだこうだと、話をしたことがあったでしょう。星座表であの時、話してらした、何とかという星を探して下さい。流星雨というのもあるそうです。私はこういうのも何ですが、別のホシを見つけました。実はホシが星を持ってやってきたのです。何の事か分からないでしょうけど、私にとっては、この二十年の迷宮が氷解したわけです。しかも、大きなおまけがついてきました。まあ、それはともかく、私は自身の病は鈴木さんと同種のモノと覚悟しておりますが、ここで何とか頑張ります。最期のさいごに、いい冥土《めいど》の土産もできましたから。では、何卒《なにとぞ》、お達者で』——

舞子はしばらく黙って星座表に視線を落としていた。それから黙ってそれを手にとった。ブリキの冷たい感触が手に伝わってきた。行こう、雨森に会いに。確かめなくては、アッテ、タシカメナクテハ……。

竹生島心中偽装事件の犯人が、わざわざそれを題材にしたような戯曲など書くものだろうか。書いたとしたら、それは何故なんだろう。私たちはどこかで間違っているのではないだろうか。舞子は解けない因数分解に向かい合っているように神経を引っかき回された。

ところが、雨森は留守であった。インターホンのボタンを押すまでもなく、それはすぐにわかった。閉ざされていた表のドアには、四隅をきちんと止めて、次のように記された張り紙があった。

——『真理を語ろう。神秘の洞《ほらあな》で』

八　失われた環《ミッシング・リンク》③

「ねえ、この『行者の霊窟』がいいんじゃない」

一緒に死んでもいいと玉梨に告げると、彼女は瘧《おこり》の落ちた童女のような眼を向けて、ピクニックに出かける場所を選ぶみたいに、パンフレットの絵地図を白く細い指で指差すのだった。

どうせ死ぬなら、俺の故郷の何処かがいい。古田重雄はコトバ巧みに玉梨を誘った。玉梨は古田が買い求めた滋賀県の観光案内ガイドブックを眺めていたが、『竹生島』がいいんじゃないかと勧められると、否応《いやおう》もなくそこでいいと頷いた。そういう無垢《むく》な仕種がたまらなく古田重雄の良心をゆさぶった。この女を殺さねばならない。自然に眉《まゆ》の間に苦渋のしわが浮かんだが、いや、この女はとにかく死にたがっているのだから、それを成就してやるのだから人助けなのだと、勝手な理屈を頭の中でくりかえして、逡巡する思いを払拭《ふっしょく》した。

「夏は、その島はいいぞ、緑がいっぱいで。冬もいいけどな。でも、寒さの中で凍えて死ぬよりも、夏の、緑の濃い空気の中で死ぬほうがいいよな」

詩人めいたことを口にすると、玉梨にもそれに応えるかのように、

「でも、冬の銀色の雪につつまれて、静かに息がとまるのもいいわね」

と、そんなセンチなことを口にした。

『行者の霊窟』に行くには船をたてねばならない。その役目は川中がいいだろう。自分たち二人は定期便で島に渡る。帰りは船を頼んだからと乗務員に断っておく。観光客が去り、土産物屋の者も去って、寺の僧侶数人を残して島に人影がなくなった頃、一号桟橋《さんばし》に川中に船をつけさせ、そのまま川中は自家発電所の小屋にでも潜ませておく。玉梨と二人、船で『行者の霊窟』に向かい、事を成した後、川中を迎えに行って再び『行者の霊窟』へ。すべてに始末がついたら、川中に変装して船を返しにいく。こういう段取りがいいだろう。

四国の先輩には、玉梨とともに滋賀に帰って所帯《しょたい》をもって、やり直すことにしましたと嘘の報告をした。人のいい先輩は、それはけっこうな話だ、神経の病には転地療養が一番いいなどと、内輪で歓送会まで開いてくれた。

所帯道具その他はすべて処分をして金に換えた。太田のくれた退職金と餞別《せんべつ》を勘定に入れると、けっこうな金額になった。太田に別れの挨拶をして、七月の末、古田重雄は花村玉梨とともに四国を離れた。

これから死にに行く身だというのに、ひさしぶりの二人きりの旅行に玉梨は殊《こと》の外《ほか》はしゃいでいた。フェリーの中では始終、何か歌のようなものを口づさんでいた。かつて京都で知りあった時と寸分《すんぶん》変わらぬ玉梨がそこにいた。燃え尽きる前の命のきらめきというものが、ほんとうにあるものなのだなと、古田重雄は一張羅《いっちょうら》の着物で着飾った玉梨をみて思った。

次の日は一日中京都で遊んだ。二年ぶりの京都はずいぶん懐かしい気がした。鴨川《かもがわ》付近のホテルのスウイート・ルームに泊まり、銀閣寺《ぎんかくじ》に詣《もう》でて哲学の散歩道を歩く。平安神宮で御神籤《おみくじ》を引き、新京極《しんきょうごく》で食事をする。そんな二人の姿は、誰の眼から見ても、仲の良い普通の夫婦のように映っただろう。古田重雄自身も、夢と現の境がハッキリとしなかったほどである。先輩にいった嘘をこのまま真に変更して、ほんとうにこの女と所帯を持ってやり直すことができるのではないかと、錯覚したくらいだ。

しかしその夜、古田重雄は前もって連絡を取っておいた薬科大学に勤める旧友を訪れ、頼んでおいたシアン500ミリグラムを調達した。これには大枚の現金が消えた。

八月八日、計画を決行する日が来た。古田重雄と花村玉梨は大津から定期フェリーに乗って竹生島に渡った。川中は先に長浜まで行かせ、近隣の漁師に釣りのためと偽って船をチャーターさせてあった。

夕刻五時を過ぎると、すでに島は無人に近い人口密度となった。身を潜めていた古田重雄と花村玉梨は、川中が用意した一号桟橋の船に乗り込み『行者の霊窟』へと向かった。川中はいわれたとおりに、軽油のタンクが積まれている発電所に潜んで迎えを待った。

「ここって、いまでも使われてるの」

洞窟の入口のしめ縄を見て、無邪気に玉梨が訊ねた。

「たぶん、もう、行《ぎょう》はしていないはずだよ」

古田重雄がそういうと、

「じゃあ、私たちの死体はうまくすると、永遠に発見されないわけね」

玉梨が嬉しそうに答えた。

「どうやって、死ぬの」

それからそう訊ねてきた。

「睡眠薬を持ってきた。これを飲んで、水ん中に浮かんでいれば死ねるさ」

古田重雄は、そう出鱈目《でたらめ》のことをいった。

「そう」

玉梨はじっと古田の顔をみつめた。それからどちらからともなく唇を重ねた。ずいぶん久しい粘膜《ねんまく》の交わりであった。玉梨は帯を解き、古田重雄は玉梨の下腹部をまさぐって、愛撫《あいぶ》をする真似をしながらカプセルに仕込んだシアンを膣に挿入した。

シアン化合物は酸によって青酸ガス化しないと、粘膜には吸収されない。そんなことまで古田重雄は知らなかったのだが、女性の膣内のペーハー度が高いことが幸いした。ほぼ五分後、花村玉梨は古田重雄の腕の中でもがきながら絶命した。

「永遠に発見されないというのは、困るんだ」

落ち着きはらってそんなことを口にしたのではない。檜垣健三をシアンで葬《ほうむ》ったとき以上に古田重雄はふるえていた。それゆえか、「すまん、すまん」と何度も唱えながら、玉梨の身体にしがみついて涙を零《こぼ》した。

玉梨の死体を洞窟の入り口に置いたまま、船で桟橋にとって返し、川中を乗せてまた洞窟へもどると、川中と二人で玉梨をかついで船に乗せた。

「この死体、どうするんですか」

当然の質問を川中がした。

「ここから五分ばかりで、小嶋に着く。その辺りに沈める」

いわれたとおりに川中は、船を小嶋の付近へと近づけた。

「ここでいい。ここに沈める。ところで川中さん、あんたいまでもまだ死にたいですか」

「いえ、そりゃあもう、一時は死ぬことを覚悟してましたが、あなたのいうとおりにして、これで三百万円が頂けるなら、それ、」

いい終わらぬうちに、川中は額を鈍器《どんき》で殴打《おうだ》された。玉梨の持っていた巾着に洞窟に転がっていた石が詰めてあったのだ。それで古田は川中の額を一撃したのである。巾着は京都の土産物屋で購入したものだ。玉梨は何に使われるかも知らずに喜んでいた。怪しまれぬ凶器というヤツだ。うーんという唸り声を発して川中は船の中に倒れた。気絶したようであった。

古田は大急ぎで川中の身ぐるみをはがし、自分の着衣と着替え、川中には自分の衣服を着せて所持品を移した。アトは扱きで二人を結わえて湖に投げ棄《す》てればいい。古田の完全犯罪？　は成就間近にあった。しかし、
ここで予期しないことが起こった。

気絶していた川中が意識を取り戻した。

川中はまさに動物的な反射作用のように、古田に襲いかかった。ふいをつかれた古田は、それでも反撃を試みた。その時、あの玉梨の巾着を踏みつけて足がもつれた。なにしろ、バランスの悪い船の上である。そのまま古田は倒れこんで船の縁《ふち》で頭を強打し、逆に気を失ってしまった。凶器として用いるために、玉梨に買い与えた京都の土産物の巾着で、自身が足をすくわれるとは。

川中は自分の着ているものや、古田の服装、そうして女の赤い扱きを観て、目の前に倒れている男が、

自分をどうしようとしたのかを理解した。

この情況をどうする。どうすればいい。女は死んでいる。男は自分を殺そうとした。自分は戸籍まで売った。とても警察には行けない。では、

川中は、無我夢中で古田と女の扱きを結びつけ、湖水の中へ二人を投げ込んだ。

ワカラナイ、何だかわからないが、そうするしかナイ。

そうして、船をもどすと、あたかも本能の仕業《しわざ》であるかのように田神村の母のいる実家へと向かった。

ところが、そこで川中の観たものは、首を吊っている母の死体であった。川中の母親は二日前に古田によって、すでに殺害されていたのである。

川中には事態は何も飲み込めなかった。しかし、自分は一人もひとなど殺していない。そうだ、湖に投げ入れた古田もきっと死んでいたのだ。とはいえ、この情況《じようきよう》は尋常《じんじよう》ではナイ。もしかすると自分は無実の罪のようなものを背負うことになるのではないだろうか。漠然《ばくぜん》とした恐怖がやってきた。

逃げなければいけない。不幸中の幸いというのだろうか、自分は戸籍を他人に売ってしまったから、もはや世の中には存在しない人間になった。逃げよう。逃げられるところまで。そう川中圭介は決断した。

竹生島の心中事件が新聞とニュースで報道されると、古田重雄の姉はかねての約束どおりに死体検分で偽証《ぎしょう》した。古田重雄はほんとうにこの世から消えたのだが、姉はその事実を知らない。ただ、その遺体がほんとうに弟のものなのではないかと疑いを持ったけれど、ともかくこのことは弟の願いどおりに、闇の中に閉じ込めねばならない。それが自分の使命なのだと強くいい聞かせた。

こうして、玉梨も古田重雄もこの世からその存在を鬼籍《きせき》に移したことになる。ミッシング・リンクをつないでみると、これだけのことになるが、では冴草藤太郎は何のために誰によって殺害されたのだろうか。もし、それが他殺であるとするならばだ。

ともかくも、雨森の推理も高岡の推理も際どいところでハズレてしまった。推理などというものはおおむね、そういう類のものだ。フィクションのようにはいかない。

余分なことかも知れないが、ミッシング・リンクの残りの一つ、古田重雄による川中圭介の老母殺害についてだけ、記しておく。これは、余韻《よいん》のようなものだと思っていただければ、それでいい。ただし、この余韻には恐るべき真相が含まれている。

古田にしてみれば、川中の母親はなるべくならば殺したくはなかった。自分は殺人鬼などではないのだ。しかし、生きねばならない。自分は追われている。京都で殺したシャブ中毒のヤクザ者の仲間などからではない。玉梨と逃げたことは間違いだった。予想をはるかに越えて玉梨は危険な女だった。だから、玉梨とともに自分も姿を消さねばならない。

川中から聞いていた住所を頼りに、古田重雄は田神村の川中の実家を訪問することにした。竹生島に渡る二日前のことである。

田神村は山の麓の寒村だ。途中まではバスがあるが、それからは歩くしかない。終着駅からおよそ二十分の行程を古田重雄は歩いた。不用意に道を聞くと足がつくおそれがあったから、場所は川中から念入りに聞いてある。何の不審もなく川中はそれを古田重雄に教えた。一度遊びに寄るからという古田の嘘にころりと騙《だま》されたのである。

目指す家がみつかったのは、もう日が落ちようとしている時刻であった。たてつけの悪い戸を開けて入口に佇むと、年老いた女が古田を見て「圭介かい？」と声をかけてきた。古田はなるべく特徴のナイ声で「ああ」と返事した。

「そうかぁ、帰ってきてくれたんか。うれしいのお。何の便りもないもんやから、母さんはずいぶん心配してたんや」

老女は火のない囲炉裏の傍に、座蒲団を敷いた。古田はそこに座った。

「何年ぶりやろかいな、うれしいのお。ままは食べたのか。お茶を入れるわな」

古田重雄はほっと胸を撫でおろした。息子だと思っている。これなら、大丈夫だ。

「すっかり、眼が悪うなってしもうての。縫《ぬ》い物もままならんようになったんや」

母はお茶を出した。

古田重雄は適当な話をでっちあげて身の上を語り、長居は出来ないので、これからもう戻ると告げた。

母は頷きながら彼の話を聞いていたが、古田が帰ると切り出すと、こういった。「あんた、どなたはんですの？」

古田重雄の背中にふるえが走った。

「姿かたちが、よう似とるんで、息子やとばかり思うたが、声も訛《なまり》も違う人や。あんたどなたはん？」

古田は反射的にシアンの壜をポケットの中で握った。息子と古田重雄の区別がつかなかったのは、眼が悪くなったためらしい。声の質はたしかに違う。なのに、ぺらぺらと余計なお喋りをしてしまって、これは迂闊《うかつ》なことをしてしまった。

目の前にお茶の入った湯飲みがあった。これにシアンを溶《と》いて、と考えたその矢先である。古田重雄は、咄嗟《とっさ》にうまい嘘をみつけた。

実は自分は川中圭介くんの友人である。川中くんは三日前に自殺して亡くなられた。それを報告に来た。だが、息子さんと間違われてあなたを不憫《ふびん》に思い、いい出せなかった。どうか勘弁してもらいたい。

なんということか、母はこれを信じた。

途端《とたん》に母の態度は柔らかくなり、古田は丁寧《ていねい》な礼まで述べられた。その後、彼女は意気消沈しているふうであったから、古田はありきたりではあったが、慰《なぐさ》めの言葉を並べた。

半時間ばかりして、古田重雄は川中登米を残して、家を出た。殺さずにすんだことを良かったと思ったが、帰途の道々、猜疑心《さいぎしん》が頭をもたげてきた。もし彼女が息子の葬式を出すようなことがあったらどうしようかと不安になったのである。せっかくの戸籍が抹消されるおそれもあった。やはり、始末しておいたほうが良くはないか。さんざん悩んだ末、古田重雄は川中登米の家に向かって、引き返した。

忘れものでもしたといおう。そう考えて戸を開けた。もうすっかり日は落ちて、明かりのない家の中は暗くて様子がよくわからなかったが、老女の呻《うめ》く声がはっきりと聞こえた。ライターをつけて、闇《やみ》を透《す》かすと、梁から荒縄を垂《た》らして川中登米が首を吊っているのがわかった。

眼が悪かったせいもあるのだろう、縄の長さが中途半端で、登米は爪先を地面に立てて悶《もだ》えているのである。

「苦しい、苦しい。だれぞ、ひと思いに、楽にさせて」

古田の気配を感ずると、登米はそう嘆願《たんがん》した。

古田は、シアンをお茶の残りに混ぜて溶くと、老女の口に流し込んだ。放っておいても死んだのに違いない。どうしてそんなことをしたのか、古田重雄にもわからなかった。殆ど衝動的な行為だった。

老女はシアンの溶液を吐き出したようであった。だが、四、五分ばかりで首の荒縄をつかんでいた手をだらりと垂らし、小水を流して、静かになった。

古田重雄は、ぶら下げられた鶏のようになっている川中の母に、手を合わせてその場を去った。俺は殺ってない。俺は殺ってないぞと何度もぶつぶつとくりかえしながら。

おそらく頼りにしていた、たった一人の息子の死を知らされて、発作的に首を括ったに違いない。古田重雄は老女の死をそう理解した。何れにせよ、これで計画の端緒《たんちょ》がついた。アトは二人に心中してもらえば、〔古田重雄〕はこの世から消える。自分はもう自由である。そう思いながら夜道を早足で通りぬけたが、星が満天に瞬いているにも関わらず、夜空は暗黒の象徴のように感じられ、もう朝などこないのではないかと彼には思えた。それが彼の抱いた罪の意識というやつだったのかも知れない。

九　ぶらい、舞子

1

名古屋駅で米原《まいばら》までの新幹線の切符を買うと、高岡にこのことを連絡しようかどうしようか逡巡した。やっぱり一人で行こう。そう決めて、こだま号に乗った。座っているのがもどかしくて、デッキでずっと立っていた。起きてから何も食べていなかったが、空腹は感じなかった。時々熱でもあるみたいに、気持ちの悪い汗が背中を伝った。着替えも歯ブラシもなし、財布ひとつをジーンズのポケットに入れて、伯母に簡単な書き置きをして、飛び出して来た。タシカメナクテハ……頭の中でまだそんな声が響いていた。

もう一度、父の手書きの便箋に眼を通した。雨森の名こそなかったが、星座表なんぞを見舞い品に持参するなんて、雨森以外には考えられなかった。

関が原を過ぎたあたりで、遠くに火事を見た。幻視かとも思ったが、たしかに黒煙をあげた中に赤い炎がゆらめいていた。煙に向かって走る人、煙の方向から逃げるようにしている人、叫んでいるらしい人もあったが、音はまったく聞こえない。悪い夢をみているようでとても不吉な感じがした。喉ばかりが乾いて、何度もペットボトルの水を飲んだ。精神がばらばらになりそうで、涙が流れたり、唇が震えたりした。

米原から彦根《ひこね》。在来線に乗り換えて虎姫《とらひめ》。びわ町までタクシーを使い。このあいだ泊まった民宿で、船をたててもらった。

「竹生島、行者の霊窟まで行って下さい」

船頭さんは、思い詰めた舞子の表情に怪訝《けげん》な顔をしたが、有り金を渡して、何とか湖上に乗り出せた。

「最近、誰か同じ場所へ乗せました？」

途上、そう聞いてみた。

「いんや、わしは知らんな。誰か捜してんのんか」

「ええ、ちょっと」

「そやなあ、船だけ貸し出すところもないことはないさかいにな」

船頭さんはそう返事した。

行者の洞窟に着いてみると、モーターボートが一隻《いっせき》停泊していた。やはり来ている。

「ここ、奥行きってどれくらいあります？」

「二十メートルばかりかな。あんた、ここに入るんか」

「はい」

「やめとき、最近は修行の人もナイさかいにな、中はどうなっとるか、わからへんで。途中はしゃがんで通らな、行けへんで。それに腰まで水に漬かるんやで」

「テレビの仕事で、もうみんな先に来て入ってるんです」

出任せにしては、上手《うま》く嘘をついたものだなと舞子は思った。船頭さんは、モーターボートを見て、簡単に舞子のコトバを信用してしまった。

「何や、テレビの仕事かいな、そうか。ほな、迎えはいらんのかいな」

「はい、結構です」

舞子を下ろすと、船はもと来た方へ去って行った。

懐中電灯も何もない。真っ暗な洞窟を見て舞子はそれを悔やんだが、ただ少し中へ入ると、ずっと先に微《わず》かな明かりがあるのが分かった。三メートルも行かないうちに岩の天井は急に低くなった。腰をかがめないと前進できない。舞子は四つんばいになって進んだ。

しばらく行くと、穴は真っ暗のまま前に傾斜していた。その傾斜を下りると手が水に触れた。そこからは立って歩くことが出来たが、たしかに腰まで水に漬からねばならなかった。しかし前方に微かな明かりがみえた。それは、水面に反射して、洞窟の壁をぼんやりと照らし出していた。

水の溜まりが終わると十畳ばかりの石畳があった。石室《いしむろ》とでもいうのだろうか。剝き出しの岩の天井まで四メートルほどの高さがある。室を囲むようにあちこちに蠟燭《ろうそく》が数多くたてられ、小さな炎がそれぞれまっすぐに燃えていた。目指す相手は、白い装束《しょうぞく》を身につけて、背を向けて座っていた。まるで、修行している行者のように。

舞子が石畳に這い上がったので、近くの蠟燭の炎が小さくゆれた。ズボンの裾《すそ》から雫を垂らしながら舞子は石畳に立った。

「早かったね」

声が洞窟に響いた。

「雨森先生……」

舞子の声も同じように反響した。

「来ると思っていたんだ。来なければ話にならないからね」

「私、確かめに来ました」

「わかってるよ。しかし、それはどうでもいいんだ」

「どうでもいいって」

「私たちはここで真理の声を聞けばいいんだ」

「真理の声って」

「ひとりなのか」

声の主は振り向いた。雨森の顔が白い装束に浮かんでみえた。

「ええ」

「そうか。役者が足らないな。まあ、いいか」

微笑んだようであった。

「まあ、座りたまえ」

舞子は石畳に正座した。

「ここは、この数年は使われてないみたいだな。弁天さまも苔《こけ》が生えている。黴《かび》かも知れないな。古人はここで真理の法を得ようとして、修行したんだな。幾人かは、途上で息絶えて軀《むくろ》となったろう。前にもいったけど修験道の祖、役の小角はここで法力を身につけて湖上を歩いてもどったといういい伝えがあるよ。さて、私たちはどんな法力を身につければいいのだろうかな。まず」

と、雨森はコトバを切って、それまで虚ろにしか開いていなかった眼を、いっぱいに大きくして、舞子を睨んだ。舞子は思わず身を竦めた。

「私は断じて、古田重雄などという者ではない。また川中圭介なる者は私の仮象《かしょう》にしか過ぎない。私は誰がなんといおうと、雨森慎介だ。わかるかな」

「それは、先生は、犯人ではないと、そう、おしゃってるんですか」

「舞子くん、どうしてそんな瑣末《さまつ》な過去にこだわるんだ。過去などという時間は、この宇宙の何処にも存在しない。あるのは、いま現在と、やってくる未来だけだ。聞こえないか、古人《こじん》が聞いた真理の声が。君も感じるだろう」

「真理の声なら、私、先生に聞きたい」

雨森の問いかけには応えず、舞子はそう呟いた。

「わかった。何でも答えるよ」

雨森はいからしていた肩の力をぬいた。眼差しが多少は虚ろであったけれど、ふだんのやさしいそれにもどった。

「父を殺したの?」

雨森は首を横に振った。

「殺してなんかいない」

「嘘!」

「嘘じゃない」

「誘ったんでしょ、父を。星を見ましょうとか何とか口実をつけて、父を屋上に誘ったんだ。星座表なんか贈ったりして」

「そのとおりだ。あの夜、屋上には行った。約束があったからね。会わねばならない約束が。でも、それは私のもう消滅してしまった過去についてのことなんだ」

「父は真相に到達したのね。雨森さんの過去に何があったかという真相に」

「古田重雄のことか」

「そうです」

「古田重雄は、もう死んだ。この島ですでに二十年以上も前に死んでいるんだ」

「たまりという女性を殺したのね」

「殺していない。私は誰も殺してなんかいない。あれは心中なんだ」

「川中圭介も、その母親も、それからこの島の写真屋さんや、古田美也子さんまで、先生は殺したのね」

「まったく違う。それは違うんだ」

「私、信じられない」

「私は迂闊だった。高岡とかいうあの新米刑事の手腕を侮《あなど》っていた。まさか、私の消滅させたはずの過去にタイム・ワープするとは思ってもみなかった。しかし、私は君の父上を始め、誰も殺してはいないんだ。いったろ、事件なんかはなく、ただ、我々がそれを接続しただけだって。いいかい舞子くん。古田重雄は逃げたかっただけなんだ。それには玉梨という女が邪魔だったんだ。私はあの日雇われただけだ。ただ、船を動かすようにと、そういわれただけだ。ところが、古田は偽装心中を計った。私を殺そうとした。心中の片割れとして、そうして、事故で死んだ。それだけだ」

「そんな、そんなこと、私、とても信じられない」

チロチロと燃える蠟燭の炎のつくる影が、岩の天井にとどいている。それは人の何倍もの巨《おお》きさになって、その人間に隠された暗い部分を象徴しているとみえなくもない。

ふいにまた蠟燭の火がゆれた。

「そんな難しい話じゃないでしょ」

洞窟の半ば辺りから声がした。ざぶざぶと、水の中を進んでくる音がして、声の主ははっきりと舞子にもわかるところにまで、やって来た。

「ああ、来たのか。いま君の噂をしていたところだ」

水のハネる音がして、さっきの舞子と同じように、ズボンから水滴を垂らしながら、石畳の上に高岡が立っていた。

「高岡さん」

「舞子さん、こういう危険な真似はよして下さいよ。あなたの伯母さんの家に電話を入れたんですが、留守でしたから、雨森慎介邸まで行ったんです。『真理の洞』ってのが、最初はわからなかったんですが、こうみえてもファミコンのＲＰＧは得意でね、やっと追いつきました」

「これで、役者はそろったわけか」

「そうですか、遅れてすいません。お初にお目にかかります、高岡です。雨森さん、あんまり難しいことはわかりませんが、要するに、あなた、カタがつけたかったんでしょう。京都やここでの事件は、あなたの中ではもうケリのついていることだったはずなのに、その古傷を抉《えぐ》るような事態が発生した。だから、あなた、カタがつけたかっただけなんだ」

「この場に相応しい科白じゃないな」

「こんなところで、恰好つけて、どうしようってんですか。何ですかそれは、行者にでも扮しているつもりですか」

「ここで、君たちに真理の声を聞いてもらおうと思ったんだがな」

「真相なら、いま僕が、説明しましょうか」

「まあ、座れ。君の推理の正しさなんかは聞かなくてもわかるさ。おそらく、君の考えたことはいくぶんか正しい。だが、それは、すでに過去の私の亡霊に操《あやつ》られた現象だ。古田重雄などというのは、もう何処にもいないのだ。写真屋も古田美也子も単なる事故が重なったに過ぎないんだ。高岡くん、舞子くん、君たちが君たちの推理を信用しているように、私もまた、私のそれを確信している」

「申し開きは、法廷でやってもらいましょうか」

「いったい、何処に証拠がある」

「たしかに物的証拠には欠けますが、そんなに悪足掻《わるあが》きしてどうしようってんですか、雨森センセイ」

しばしの間、高岡と雨森は睨み合っていた。舞子は両の手を拳に握って、その息づまる時間に耐えた。

雨森は立ち上がると、岩の窪みから、瓶を抜き出した。

「極上のシャンペンさ。グラスもちゃんと三つ用意してある。どうだ、用意周到だろう。ここで乾杯といこうじゃないか」

「何のための乾杯ですか」

高岡は石の床にあぐらをかいて座った。

「私たちの未来に向けての乾杯だ。舞子くんは未成年だが、一杯くらいならいいだろう」

シャンペングラスの触れ合う音が、鈴の音のように洞窟にこだました。雨森は、それにシャンペンを注ぐと、舞子と高岡にそれぞれ渡し、自らもグラスを一つ手に取った。

「どう釈明しても、私の過去は君たちが暴いたとおりなんだろう。君たちはその亡霊の虜《とりこ》になっていると私がここで熱弁をふるっても、相手にしやしないだろう。いくら過去という時間が虚妄《きょもう》に過ぎぬと私の哲学を披露しても、永遠の未来につながる現在こそが最もたいせつであると、その思想を述べたてても、無駄なようだね。わかったよ。まあ、終わりくらい、恰好良くさせてくれ。これでも劇作家なんだ。幕の下ろし方くらいは知っているつもりさ。じゃあ、乾杯だ」

雨森は一気にグラスを空けた。舞子は口をつける気にならなかった。高岡は三分の一ほどを飲んで、後方にグラスを投げた。グラスの割れる音がした。

「そういう乾杯の仕方を映画で見たことがあるなあ」

空のグラスを見ながら雨森がいった。

「そうですか。そういうつもりじゃないんですけど」

「この洞窟で二十数年前、花村玉梨という女性は死んだ。望みどおりの死に方だった。誓っていうが、私は殺してやしない。それは彼女の希望だったんだ。そうして古田重雄もまた湖の底に沈んだんだ」

「それは、センセイ、自分勝手な意見ですぜ」

「高岡くん、君は私に自首を勧めるつもりだろう」

雨森はグラスをそっと、石の床に置いた。

「ええ、その通りです」

「で、あるからして、三人がここへいることは、他の警察関係者の誰にもいってない。そうなんだろ」

「そうです。あなたと同じように、ひとり、ボートを借りてやって来ました」

「私の読み通りだ。好都合だな。よし、高岡くん、君はここの池の中に重しをつけて沈んでもらおう。ここなら骨になるまで発見されることはないだろうからね」

地震の前兆を感じる小動物のそれのような、小さい一瞬の脅《おび》えを舞子は覚えた。雨森は口許に笑みを浮かべている。高岡はそんな雨森を睨んでいる。舞子はシャンペングラスを覗き込んだ。

「シアンというのは、意外に入手が簡単でね。そういう人脈さえ持っていれば、すぐに手にいれることが出来るんだ。これは古田重雄から直接教えてもらった」

舞子の手が小刻みに震えだして、グラスのシャンペンが零れた。高岡は喉に手をまわして立ち上がると、呻き声をあげて後ずさりした。

「高岡さん！」

舞子の悲鳴に似た声が洞窟を走った。

高岡は、そのまま洞窟内の、いま渡ってきた池に、うつ伏せに倒れ込んだ。薄い明かりの中で高岡のブルゾンだけが浮かんでみえた。

「高岡さん！」

今度は正真正銘の悲鳴になった。

「落ち着け、舞子くん」

水の中に駈《か》け込もうとした舞子の腕を取って、雨森は強引に彼女を引きもどした。舞子は尻餅をつくような恰好になって、石畳を引きずられた。

「青酸カリで生き残ったヤツはいない。諦めろ」

「いやだあああ！」

舞子の叫びを聞くと、雨森は何を思ったのか、周囲の蠟燭を次々と消していった。洞窟が次第に暗くなっていく。三十本ばかりあったろう蠟燭は、一本だけを残してすべて消えた。殆ど闇だ。

「さあ、もう漆黒《しっこく》の世界だ。響きがいいだろ、漆黒の闇。シッコクノヤミ。よく使うんだこのフレーズ。さて、闇に光はつきものだ。この虚無の暗闇に光を灯さなくてはならない。それこそが、これからの人間の使命だ。わかるか、舞子くん」

すでに雨森の姿は、暗く溶けて見えない。洞窟に低く響きながら、雨森のコトバだけが、舞子の耳元に届いている。その他に聞こえるのは舞子自身の荒い息遣《いきづか》いと、狂ったように動いている心臓の鼓動だ。

蠟燭の灯が、いや、蠟燭そのものが暗闇の中を動いた。雨森がたった一本残った蠟燭を手にしたのである。

「この一本が消えるまでに、答えてほしい」

「……何を答えるの」

乾いた喉をつまらせながら、舞子は蠟燭の炎に顔を向けた。

「私は君を一人前の女優にしてあげることができる。私が一流の作家になったのと同じだ。君がそのイメージさえしっかりと心に描くことが出来れば、必ずそれは未来に実現する。すでに私たちの過去はない。それはこの真理の洞窟がすべて飲み込んだと思えばいい。私がそうしてきたように、君にだって出来る。新しく生まれるんだ。新しい人間になるんだ。さあ、選べ冴草舞子。この洞窟の絶望の闇の中で一生を終えるか、それとも、私が手にする一条の光に導かれてついてくるか」

陰に影をかさねた、雨森のいうところの漆黒の闇の中に、蠟燭を握りしめた白装束の俳優が一人、クライマックスの科白を吐いている。そんなふうに見えぬこともなかったが、案外、雨森もそんな気でいるのかも知れない。

「あなた、何をしたのか、まるでわかってない。人を何人も殺しておいて」

「舞子くん、信じてくれ。私は誰も殺していないんだ」

「たったいま、高岡さんを！」

「しかたがなかったんだ。何も彼もだ。あの日と同じだ。あの日、私が古田重雄にそうされかかったことを、今日、私がしている。何という忌《い》まわしい運命だろう。しかし、何も彼も、しかたのないことだったんだ。私はこれを超えていかねばならないんだ」

「私の父を殺したのも、そうなの」

唇を嚙みながら、雨森はゆっくり首を横にふった。

「私、もう誰も信じられない」

囁《ささや》くような声で舞子は言うと、頰につたってくる涙を手で拭った。

雨森は、取り乱しそうになっている自分を静めるためか、大きく何度も呼吸をした。

「舞子くん、その考えは正しい。そうなんだ、自分以外信じてはいけないんだ。この宇宙に自分が存在しなければ、また宇宙も存在しない。何故なら、宇宙は宇宙と認知されてこそ宇宙だからだ。簡単な論理だろ。つまり、絶対なのは自分だけで、あとは相対的な事物にしか過ぎないんだ。それがわかるなら、さあ、答えてくれ。私とともに行くか、それともここで永遠の眠りにつくか。お願いだ舞子くん、私に悲しい決断をさせないでくれ。すでに失った過去の亡霊などにはどうか、眼をつむってくれ。私はけして殺人鬼などではない。何も彼も、ふってきた火の粉を払うようにしてやったことなんだ」

雨森の右手に、拳の倍くらいの大きさの石の塊《かたまり》が握られているのを、舞子は見た。拒否すれば、あれで殴打されて、ここで死ぬんだなと思った。

「いやです。……」

雨森の顔が笑ったようにも泣いたようにもみえた。次の瞬間、蠟燭の火は消えた。

そうして、骨を砕くような鈍い音が洞窟に響き、舞子の悲鳴がそれに共鳴した。

2

どんよりとした灰色の雲が空をおおっている。そのところどころが紫色やオレンジ色に光っては消えるのは、稲光《いなびかり》なのだろう。暗くどこまでもつづく古い城壁の回廊で、舞子は佇んでいる自分をみた。青い光とともに雷鳴がする。そのたびに苔むした煉瓦《れんが》の壁がコントラストの強い陰影の中に現れる。歩廊《ほろう》を進むと、突然、地面から霧のような煙が吹き出し、ぼんやりとした人影が浮かんだ。

父であった。

舞子は父の名前を呼んだ。父は悲しそうな眼で舞子を見た。憂《うれ》いのある眼差しが舞子にもよくわかった。

「どうしたの」

そう舞子が訊ねると、父は首を横にふって、むこうを向いた。舞子がまた何かいおうとすると、亡霊のような父の影はかき消えた。


気がつくと舞子は、モーター・ボートの上でゆれていた。洞窟の外だ。身体中がびしょ濡れだ。寒い。まだ生きてる。何がどうなったんだろう。空が明るくみえるのは太陽の光というのではない。人工の照明だ。サーチライトというのだろうか。それが幾重《いくえ》にも交差してあちこちを照らしている。まだ夜なのだ。舞子は半身を起こした。船がいっぱいだ。赤いランプを灯した船、漁師のものらしい船、それらが、青白い光に映える湖に浮かんでいる。そのうちの一艘《いっそう》が近づいてきた。船外エンジンをつけた小船だ。やっぱり自分は死んだらしい、そう舞子は思った。小船にはぼんやりと高岡の顔がみえたからだ。ここは天国の入口なのかなあ。はっきりしない頭でそんなふうに考えた。

「舞子さん。すんません、放っておいて、いま病院に収容してもらいますから」

小船が、舞子のいるボートに横付けされると、高岡が、飛び乗ってきた。

「高岡さん、生きてるの」

「ええ、生きてます、おかげさまで」

ニコニコ笑っている。笑っているけれど、顎から首にかけて、火傷《やけど》のような痕《あと》がある。

「私、どうなったのかしら」

「どうなったも、こうなったも、助かったんですよ」

「高岡さん、どうして生きてるの」

「これです」

顎から下の火傷を指差した。

「飲まなかったんです。飲んだふりはしましたけど。暗かったから誤魔化《ごまか》せたんですよ。なんしろ、ヤツはシアンで人を殺しているんですから、シャンペンが出てきた時には、こりゃあ危ないかなって用心したんです。それで、シャンペンは顎から下に流してしまったんです。そのせいで、ほら、皮膚が爛《ただ》れちゃって、こんなになっちゃいましたよ。さすがシアンてのは劇薬ですね」

「雨森先生はどうなったの?」

「池の中でブルゾンだけ脱いで、蠟燭が殆ど消えた時に、そっと這《は》い上がったんです。それから、暗がりの中、あいつの後ろに回って、蠟燭が吹き消された時に、こっちも握っていた石であいつの肩あたりに一発くれてやったんです。たぶん骨折してるに違いないですよ。骨の砕ける音がしたから」

「このたくさんの船は?」

「僕が呼んだんです。ハイテクってのはいいですね。携帯電話を持ってきてましたからね。ただ、水に濡れてしまって、しばらく使い物になんなかったんです。ここへ来たボートで戻っても良かったんですが、警察の船を呼び寄せたほうがカッコいいかなと思って。ほら、何かサスペンス映画のラストシーンみたいでしょ」

たしかに高岡が指し示した先に広がる光景は、そんな雰囲気だ。

「まあ、そんなわけで、ともかく、救援が来るのを待ってたんです」

「雨森慎介は捕まったのね」

「ええ、罪状はまず、婦女暴行未遂《みすい》かな。それに僕に対する殺人未遂。これは物的証拠がありますからね。それから、証拠が揃えば、過去の殺人罪でも起訴できると思います。あれから手錠をかけて、蠟燭つけて、冴草さんのことや、写真屋のことや古田美也子のことについても、それから昔の事件についても尋問しました。救援が来るまでですが。でも、否認の態度をとっています。黙ってればすむと思ってんでしょうかね。竹生島で写真屋に話しかけたのは、もしかして二十年ばかり前に、玉梨、これは玉に梨って書くらしいんですけど、その玉梨っていう女の写真を撮ったことがないか訊ねたといってます。玉梨はいい女だったから、写真屋が憶えてなかったかどうか調べたんだって。それから、冴草さんの病室から盗み出したらしいファイルですが、それについても知らないといってます。きっと焼却されているに違いないと思いますが」

しゃがんで話す高岡の肩越しに、行者の霊窟が明るく照らし出されてみえる。

「そうなの。……終わったのね」

「終わりました」

「夢じゃないでしょうね」

そう、まるで夢をみているみたいだ。悪い夢なのか、いい夢なのか、ともかく、まだ舞子には現実感覚が希薄だった。

「現実ですよ。すぐに病院のほうへ、行ってもらいます」

高岡の指図で、舞子は警察のボートに移され、びわ町の病院へ運ばれた。

幸い、過労と精神的なダメージ以外は、特に怪我はなかったが、一、二日だけ検査入院ということになった。

3

次の日の午後、首に包帯を巻いた高岡が、花を持って見舞いに訪れた。

「もうこりごりでしょう、こんな体験は」

浮かぬ顔の舞子を見て、高岡は慰労のコトバをかけたつもりであった。

「ねえ、高岡さん」

舞子は深刻そうな表情をそのまま高岡に向けた。

「何ですか、眉間《みけん》にしわなんか作っちゃって」

「私、昨夜、また夢をみたの」

「夢?」

「ええ、城壁のようなものがあって、そこにぼんやりとしたものが浮かんでいて、こちらへ来いって、私を手招いているの。そういう夢、前にもみたことがあるような気がするんだけど、昨夜のははっきりと覚えてるの。そのぼんやりしたものへ近寄ると、それは私の父だったわ。と、いうよりも父の亡霊なの。私はその父に、とうとう犯人を見つけましたよって、報告したの。そうしたら、その父の亡霊は悲しそうな顔をして、私をみつめて、それから首を横にふるのよ」

「どういうことなんですか」

「違うというのよ」

「違う。……ちがうって」

「それから、足元を指差すの。そうして消えていくの。私はどこまでも追っていくんだけど、ついに見失ったわ」

「それって、何か似たシチュエーションが芝居にありませんでしたか、海外の」

「ええ、『ハムレット』だと思うけど。最近、読んだから」

「ああ、だから、それが夢になって出てきたんでしょう。たぶん、後遺症ですよ、あれだけの経験をしたんだから、その後遺症が出てるんですよ。もう少し、ゆっくり休養すれば、もとにもどりますよ」

「そうかな。……雨森さんは？」

「警察の病院にとりあえず収監《しゅうかん》されています。傷は浅いのですぐ取り調べです」

「そう。人生ってわからないことだらけね」

「そうですね」

高岡は手にしていた花を花瓶に活《い》けた。

「ねえ、高岡さん」

舞子はある疑問について、高岡に問いかけようとしたが、

「ううん、何でもない」

やめにした。

父、冴草藤太郎が星座表とともに鈴木に送った手紙の中にあった、ある文句が気にかかったのである。

――〔大きなおまけつき〕って何のことだったんだろう。……――

翌日、舞子は伯母の家にもどることが出来た。警察から事情を聞いていた伯母は、舞子が無事なことを涙を浮かべながら喜んだ。

「舞子ちゃんにもしものことがあったら、藤太郎にどうやって申し開きしたらいいのか、心配したんだよ」

「ありがとう。ごめんね、心配かけて。でも、もう終わったから」

と、いってみたが、夢のことが気がかりで、小さなしこりが心の底にこびりついたまま消えなかった。

雨森の過去の犯罪は、白日の下にさらけだされてしまったが、自分の望んでいたことはそんなことではない。ひょっとすると、自分は狸の穴を煙でいぶしていて、飛び出してきた別の狐を捕まえたんじゃないだろうか。そんな不安が舞子の脳裏を掠めるのだった。

気のふさいでいる舞子を奮い立たせるかのように、携帯電話がよろしく鳴ったのは、十月も終わろうとしている晦日《みそか》の午後のことであった。電話をとると、いつもの連中の声がした。

「いまさあ、関口にさあ、ヤキ入れてんのよ。やっぱ写真持ってたよ。それで、関口がさあ、舞子にどうしても話したいことがあるっていうんだけど、どうする？」

「話って？」

「わかんないよ。どうしてもあんたと話したいんだって、好きなんじゃないの」

電話の向こうで幾人かの少女の笑う声がした。


その子の借りているワンルーム・マンションに行くと、悪友たちが揃っていた。その中で一人、男の子の関口が下着一枚にされて、床に正座させられている。バイクや喫煙でいきがっていたのが、泣きべそをかいて項垂《うなだ》れているようすが何とも可笑しい。

「ほら、お姫さまが来たよ。話してごらんなさいよ」

舞子とともに写真停学の犠牲になった少女が、関口の頭を足でこづいた。

「……」

関口はいまにも泣きそうな顔で舞子をみた。

「大事な話なの？」

舞子が訊ねると、関口はうなずいた。

「ねえ、十分でいいから、この子と二人きりになっちゃ駄目？」

舞子のそんな提案を、少女たちは快く承諾して、部屋を出ていった。ピンクの色調でコーディネートされた、女の子らしい調度《ちょうど》の揃ったその部屋に、舞子と関口は二人きりになった。

「何なの、話って」

関口はまだ口をふさいだままだ。

「ねえ、その前に聞いていい。関口くん、あなた、京都まで私のあとをバイクで尾行したりしなかった」

関口は、しばらくじっと床に視線を落としていたが、

「ごめん。気になってよお、しかたなくってよお」

そういうと、舞子に向かって両手をついた。

「俺、あの夜、屋上にいたんだ」

「あの夜って？」

「お前の親父さんが、死んだ夜だよ」

一瞬、舞子はコトバを失った。

「？　……どうして」

「忘れものを取りにいったんだ、叔父さんの病室に。それで、そのまま、ふらっと、ほんとに何の意味

もなく、ただふらっと屋上に上がったんだ。そうしたら、お前の親父さんらしい人がいたよ。その時はわかんなかったけど、あとであんな事があったのを知ったから、あれはやっぱ、お前の親父さんだろうと思う」

「それで?」

舞子は胸が高鳴るのを感じる。

「そうしたら、もう一人、男の人がいたんだ」

「それで!」

「何か喋ってたんだけどよお、いきなり、その男が、あんたの親父、だと思うんだけど、親父さんを、屋上から、……」

「落としたのね」

「……」

「突き落としたのね!」

「こう、足をタックルして、そのまま……」

「あなた、その男の顔、みたの?」

関口は黙ってうなずいた。

「誰、それ」

「……」

「雨森さん？」

雨森なら、ワークショップで関口も顔は知っているはずだ。

しかし、関口は首を横にふった。

「雨森さんじゃなかったのね」

関口がうなずく。

雨森ではなかった。

父を殺したのは、雨森ではナイ。

「じゃあ、誰。いったい誰だったの」

舞子の声は感情を抑えてか、いや、逆に感情の異様な昂《たかま》りに負けて、半ば音にならぬまま発せられた。

「俺の、叔父さんだったんだ」

「ええっ!!……」

「そう思ったんだ。似てたんだ。だって、ベッドにいる叔父さんを病室でハッキリみたわけじゃなかったから。でもよ、叔父さんにしては変だと思ったんだ。だって、叔父さんは松葉杖《まつばづえ》ないと歩けないんだぜ。それが、走っていったんだからな。でも、あんまり似てたから、叔父さんにそのことを話したよ。そうしたら、やっぱ、違うっていった。そいで、俺が警察に届けるっていったら、それは待て、そいつの素性《すじょう》を調べて脅したほうが金になるっていい出すんだ。そいでいい争いになっちゃって」

「私と廊下で出会ったあの時ね」

「ああ、そうだよ。俺、お前にいついおうか、いついおうかって思って、悩んだんだけど、俺は、お前に悪いことしてるし」

「悪いことって写真のこと」

「そう。俺、だって、だって、俺、冴草、お前のことがさ、その……」

「わかったわ。いい。写真くらいあげるわよ。ねえ、関口くん」

舞子は少しではあるが落ち着きを取り戻してきた。しかし、自分はいまクライマックスにいると感じた。あの行者の洞窟はラストシーンではなかったのだ。それが、その鍵がいま秘密の扉を開こうとしている。

「何だよ」

関口はベソをかきながらも、ぶっきらぼうを装って返事した。

「あなたがみた男の人って、その、あなたの叔父さんに似た男の人って、あなたもう一度みたら判別つけられる」

「あんまし、自信ないけど、たぶん」

舞子は暫し、腕組みをして考える。

「ねえ、叔父さんの写真か何か、いま持ってない」

「病院で、同部屋の人に撮ってもらったポラロイドなら、あるけど」

服を着ていいかなという関口に、うん、というと、関口が鞄《かばん》の中から取り出した一葉《いちよう》の写真を舞子は手にした。

カメラに向かって笑っている関口と、パジャマ姿の関口の叔父のベスト・ショットである。二人とも仲良くVサインなんかしている。

「これが、あなたの叔父さんか……」

この叔父がよく似ていたという〔人物〕とは誰だろう。水銀灯ひとつの影の下で、関口にも鮮明に顔が判別できたわけはないのだ。もしかしたら病室でハッキリ叔父の姿をみなかったということが、叔父かも知れないという先入観を生み、関口に叔父の像をつくらせたのかも知れない。舞子はこの顔には見覚えはない。しかし、彼がみた、叔父によく似た人物というのは、舞子にも誰かによく似た人物としてみえるかも知れない。

「ねえ、関口くん、私の頼み、聞いてくれる」

写真を持つ舞子の指が心なしか、小さく震えた。

4

舞子は高岡に関口の告白を報告した。

しかし、高岡は首を横にふった。

「それは、まったくダメでしょう。証言の裏もとれないと思います。あなたたちの想像や思い込みだけでは、それは何の効力もない。警察だって動かないでしょう。雨森の自宅書斎からは例の三冊のファイルが発見されました。ある部分が破損していましたが、それはたいした問題ではないという見解です。冴草さん自身が破ってメモにしたのかもしれませんから。……ファイルによると、冴草さんは、あの夜雨森と会うことになっていたんです。雨森犯人説はゆるがしがたいことです。ともかく、舞子さん、あなたのおっしゃる真犯人には動機というものが何もないじゃないですか」

「そうなの、動機はまったくわからないの。でも、私、雨森さんが犯人じゃないと思っているの」

「無理、いや無茶な論理ですね」

「もしあの夜、雨森さんが父と屋上で会っていたとしても、雨森さんは父を殺せなかったと思うの」

「しかし、あの洞窟では、暗闇の中であなたを殺そうとしたし、僕だってシアンの犠牲にされたんですよ。これは充分な罪ですよ」

「そうね、でも、父さえ生きていて雨森さんと屋上であっていれば、事件は起こらなかったという気がするのよ。きっと父の説得にあって、雨森さんは過去のおのれの罪を受け入れたに違いないわ。雨森さんが、父に会う前に、父がこの世からいなくなってしまったことが、また一つあの人の人生の歯車の噛み合いを狂わせたんだわ。きっと、雨森さんは、あの人なりに足掻いてあがいてアガイテ生きて、翻弄《ほんろう》されて生きて、あんなふうになってしまったのよ」

「そうかなあ、それは、かなり甘い採点のような気がしますが。しかし、その舞子さんのいう真犯人の罪を暴きたてる手立ては、皆無に等しいですよ」

「方策はないことはないわ」

「方策?」

「関口くんがあの夜の屋上でのことを目撃していることを、そうしてそれを私が知っていることを公にしたら、犯人のほうから私に何かしかけてくるに違いない」

「それは、事実そうだとしたら、たいへんに危険なことですよ」

そうだろう。しかし、やってみる価値はある。でも、これ以上高岡には頼ってもいられないし、高岡にはそんな力はナイだろう。力か、そうか、権力だ。

舞子は父の友人の鯊蔵警視のことを思い浮かべた。

「危険でも何でも、それしか方法はないわ」

と、自分の計画はココロに仕舞い込んで、それだけ高岡に告げた。

「あれだけ危ない目にあっておきながら、まだやるってんですか」

高岡は諭《さと》すつもりでか、そういった。

「とことんやるわ。だって、私も父の子よ。冴草藤太郎の娘よ」

「にしても、一笑にふされてお終いって気もしますね」

そういったきり、高岡は渋い顔をして黙り込んだ。気まずいというわけではないが、沈黙が空気を支配した。その澱《よど》んだ空気を舞子のコトバが裂《さ》いた。

「雨森さんはどうしてるの」

「雨森、川中圭介ですね。取り調べ中ですよ。このあいだお話ししましたが、相変わらず古田重雄であることは認めていません。どっちも失踪していますからね。ですから竹生島偽装心中も関与はしたが、誰も殺してはいないとの一点張りです。京都の檜垣殺しなんかまったく知らないといってます。K大学の哲学科にいたというんですけど、確かに調べではそういう学生の名前がありました。除籍処分になっていますが。名古屋に出てきて、テキヤの親分に拾われて、そのような仕事をしながら、小劇団で演劇を始めたということらしいんですが、さて、どこまで信用していいものか。どうも虚言癖《きょげんへき》があるようですし」

今度は半ば呆《あき》れるような話しぶりであった。しかし、舞子は真面目な顔で高岡に嘆願した。

「ねえ、高岡さん。雨森さんに会わせてくれない」

高岡は、目の前にいる十六歳の少女の瞳に、当惑した自分の顔がはっきりと映っているのをみたが、そのまま小さく首をふった。

「ダメですよ。それは出来ない相談です」

「出来ないことを可能にする、頼もしき若き刑事高岡。私のハード・ディスクには、高岡のデータが、そうメモリーされてるんだけど」

先達《せんだつ》て書店で立ち読みしたコンピュータ入門書でおぼえたばかりの単語を並べて使うと、舞子は、自分の頭を指差した。

「困ったひとだなあ。雨森に会ってどうするんですか」

「聞きたいことがあるの。いま雨森さんはどうしてるの」

「取り調べを受けてますよ。依然として容疑は否認してますが」

「会わせて」

「取り調べ中の被疑者との接見が出来るのは弁護士だけです」

「取り調べの上で、どうしても必要な人と会わせたりもしないの」

「しょうがないなあ」

と、コトバではそういいながら、高岡にも舞子の好奇心が少しばかりだが感染していることは、その表情から明らかであった。

5

この深き紺碧《こんぺき》の　空は誰のものか
冬の予兆の冷やかな　この風は誰のものか
屹立《きつりつ》する肉体と　流れる血潮は誰のものか
精神にしみこむ　太陽の輝きは誰のものか
そうして　瞳にうつる世界の全風景は誰のものか

おう　それは誰のものでもない　まがうことなく　私自身のものだ
私は　私においてのみにしか　生きる世界をもたぬ

取り調べ室で舞子とふたりきりになると、雨森は、そんな詩を諳《そら》んじた。詩の内容とは裏腹に、外は雨だ。

「誰の詩ですか」

と、舞子は訊ねた。

「さあ、誰かのだろう。私が作ったのかも知れないな」

とぼけて答えた雨森がずいぶんとやつれたようにみえるのは、無精髯のせいだろうか。視線の奥の瞳もどんよりとしている。

雨森は、机のうえに肘《ひじ》をついて、自分の両手を握り合わせた。

壁ひとつ隣の部屋では、モニターからの音声を聞きながら、高岡ともう一人、年配の刑事がマジック・ミラーを覗いて舞子と雨森を監視していた。

「高岡くんよ、あんたは、あのお嬢さんのいうことを信用してんのかい」

ベテラン刑事は、くわえていた煙草を指ではさむとミラーの向こうをそれで指した。

「いやあ、まあ、瓢簞《ひょうたん》から駒っていうこともありますからね」

「ふたりきりってのは下手《まず》くないかな」

「このほうが、本音が聞けていいですよ。ひょっとしたら雨森のヤツ、何か彼女にだけはほんとのことをいうかも知れませんよ」

ベテランの刑事はそれを肯定も否定もせず、煙草を揉《も》み消すと、また新しいのを一本、口にくわえた。

「雨森さん、今日のこの接見は、特別に内緒でお願いしたんです」

「高岡にかい」

「はい」

舞子は頷く。

「で、私に何が聞きたい。私と何が話したいんだ」

少し捨て鉢《ばち》な雨森の態度にも臆《おく》せず、舞子は切り出した。

「聞きたいことを、うまく聞けるように整理してきました」

「うん、いつもながら、準備がいいね。いつかのワークショップの時もそうだったな。さすがに鬼刑事の娘だね」

「雨森さん、それ、皮肉で仰ってるんでしょうけど、私、雨森さんの推理に賛成なんです。わかりますか」

「私の推理に賛成って」

「私、雨森さんが父を殺した犯人じゃないって、そう思ってるんです」

雨森は黙って舞子をみつめている。澱《よど》んでいたかにみえた眼に正気の輝きが戻ってきたとでもいえばいいのだろうか。視線が真摯《しんし》になったそれに近くなった。

「いまさら、何だよって思われるでしょうけど、目撃者がいたんです」

「目撃者、何だそりゃ」

といったのは雨森ではない、ミラーの向こうのベテランのほうだ。

「らしいんですが、どうもあやふやな話で、アテにはしてないんですけど」

高岡がそれに答えた。

「ガセかい」

「に、近いと思えます」

ミラーのこっちでは、短い沈黙が終わったところだ。

「……で、その目撃者は私を」

「はい、みてません。というか、正確にいえば別の人間が、父を屋上から投げ落とすところをみているんです」

息をのんだようであった。

「確かなのか」

黙って首を縦にふる舞子。

「で、私に何が聞きたいんだ」

「幾つかあります。でも、これは質問になるのかどうか、もっとも素朴な疑問なんですけど、雨森慎介は何故『竹生島心中』なんていう戯曲を書いたんですか。私のいってる意味がわかりますよね」

「ああ、ワカルよ。しかし、答えはナイ。何故書いたのかは私にもわからない。確かめたかったんだろうか。自分の存在証明を。あるいは犯罪者は必ず現場にもどるという心理と同じことが起こったんだろうか。もちろん、あれは犯罪などではナイのだけれど。不思議なもんでね、これは書かずにはおいておけないという衝動というものが、あるんだ。あの作品がまさにそうだったとしかいいようがナイ」

雨森は目を閉じた。両手を握りあわせて額を支え、そのまままた黙した。舞子は静かな、そして長い息を吐いた。

「では、質問します。まず、ファイルのことです」

雨森が目を開けた。

「ファイルって、あの、京都と竹生島と田神村の？」

「はい。雨森先生の書斎から発見されたと聞きました」

「わからないな。私はそんなもの奪った覚えはないんだから。刑事には何度もいったが、京都の殺人事件のことなんか知らないし、竹生島の偽装心中は私の計画ではなく、私は被害者なんだ。からくも脱出しただけだ。田神村には実家があるが、戻ってみると母親の首吊り死体だけがあった。けっきょく、それだけなんだ」

「あの夜、屋上には行かれたんですか」

「行った。それは事実だから、刑事にも話した。しかし、冴草さんは現れなかった。それにファイルのことは、というのはその内容なんだけど、知らない。たしかに、あのファイルが、冴草さんのベッドの下に隠されていたことは知っていた。それは見舞いに行った時に取り出されて、ご本人が資料確認されるのをみていたからだ」

「父がベッドの下に」

「そう」

「じゃあ、書斎からファイルを持ち出したのは、父自身なんですね」

「そうじゃないのかな。だが、それをあそこから盗み出したのは私じゃない。あの夜屋上へ、約束どおり参上したが、人の姿は無かった。だから私は冴草さんの病室まで行ったんだ。そこも留守だった。私にとっても、あのファイルは気になっていたものだから、すぐにベッドの下を探ってみたが何も無かった。こんなことは、もう何度も申し立てたことなんだけどね。信じちゃくれないけど」

雨森は、重ねていた手を離して、手首の間接を鳴らした。

「じゃあ、……」

「そうだと思うよ。誰か私より先に、そのファイルを持ち出したヤツがいるんだ」

「その人も、ファイルがそこにあることを知っていたんですね」

「無論そうに決まっている」

「その人物に心当たりは」

「まったくナイ」

舞子は唇を噛んで、考え込んだ。

「次の質問は何だい」

と雨森のほうが、舞子に催促《さいそく》した。

「はい。これって、変な質問なんですけど、……あの、『大きなおまけ』って何のことかわかりますか」

「大きなおまけ。何だいそれは」

「父が、同室だった患者さんに宛てて出した手紙の中にあったんです。京都や竹生島の真相がつかめたらしいことが書かれてあって、ホシが星を持ってやってきたと、これ星座表のことなんですけど、雨森さん、父に星座表をお見舞いに持ってらしたでしょ」

「ああ、持っていったな。そうか、ホシが星をか。私のことをやっぱり古田重雄だと確信していたんだなあ、冴草さん。いや、それとも、古田重雄殺しの犯人だと思っていたんだろうか」

「それは、どちらともとれるんですが、つまり、雨森さんがその犯人らしいことを摑《つか》んだことが記述されてあって、最後に『大きなおまけ』がついてきたと書いてあったんです」

ミラーの向こうで、高岡とベテランの刑事が顔を見合わせた。高岡は立ち上がるとモニターのボリュームを少し上げた。

「大きなおまけ……うーん、わからないなあ、さっぱりわからないよ」

雨森が頭を搔《か》きむしった。

「じゃあ、もっと変な質問なんですけど」

「三つめの質問だね」

「はい。あの、ベレー帽の女性って、何か思い当たることありませんか」

「ベレー帽。ますますわからないことを聞くんだねえ。ベレー帽の女性か……」

「事件のあった直後、父と私の家の玄関付近で、近所の人がみかけているんです」

「訪問販売か、宗教勧誘の関係の女性なんじゃないの」

「私もそう思って、誰にもいわなかったんですけど、この際、気になることは聞いておこうと思って」

「さあなあ……ベレー帽ねえ」

隣の部屋で、モニターを聞いていた二人の刑事も、何のことだろうという顔をした。

「そろそろ、いいんじゃないか。何だかあの娘さんの誇大妄想《こだいもうそう》というか、関係妄想というか、そういう、何でもかんでも事件に結びつけてしまう癖が、どんどん膨らんでいくだけのようじゃないか。ベレー帽の女の次は謎のセールスマンやら、黒マントの男まで登場するんじゃないかね」

ベテランの刑事がお見合いの打ち切りを提案すると、高岡も、しょうがないという態度でええと賛成した。ベテランの刑事は立ち上がって、モニターのスイッチを切った。

「まあ、舞子さんも、気がすんだでしょう」

高岡はまだ話し続けているらしい雨森を一瞥《いちべつ》して、鏡窓のカーテンを閉じた。朝から降り始めた雨が、強い風にあおられて、本物の窓をしきりに打っていた。

ミラーのこっちでは、さらに舞子の質問がつづいていた。

「最後に、これは事件に関係があるのかナイのか、ワカラナイんですが、ちょっと気になってしょうがナイことなんですが、古田重雄が、雨森先生を身代わりにしてまで自分のことを世間から抹消しようとしていた理由は何なのでしょう」

「追われているといってたから、玉梨とかいう女の情夫《じょうふ》殺しのことでかと思うんだが、腑《ふ》に落ちないこともある」

「腑に落ちないことって」

「あの女、玉梨とかいうのは生かしておいては危険なんだと、そういってたんだ。つまり、古田は玉梨とかいう女が関係しているナニかから逃げなくてはならなかったのかも知れない」

「何なのでしょう」

「さっぱり、わからんな」

「もうひとつ、あの洞窟で私のこと殺すつもりだったんですか」

「私が手にしていた石ころはね、あそこの洞窟に偶然あったものじゃないんだ。あれはね、私の命を救った石ころなんだ。それを私は持参したんだ。君が拒絶すれば、その石ころで私は私自身を撃っていただろう」

舞子は下唇を嚙んだ。

「ついでに聞いてもいいですか」

「いいとも、時間があるんなら、何なりと」

「あの夜、屋上で父と会っていたら、どうされました」

雨森は、暫く机上《きじょう》の灰皿に眼を落としていたが、その視線を舞子にもどした。

「……そういう仮定には答えられない。つまり、情況は事と次第で如何《いか》ようにも展開するからね。これを物理学では多世界解釈というらしいんだが、私とて、冴草さんを突き落としたかも知れないし、説得にあって自首したかも知れないし、逆に私のほうが何か条件をつけて冴草さんを治めたかも知れない。その仮定は可能性が多くありすぎて、私には選択できない。しかし、現実はこのとおりだ。もちろん、私は冴草さんを殺してはいない。ただ、竹生島のことが明るみに出ることは、私にとっては生死に関わることだったから、殺したかも、知れないよ」

取り調べ室のドアが開き、高岡が顔を出した。

「舞子さん、そろそろ、時間ですから」

舞子は、立ち去り難い思いで高岡と雨森を交互にみやりながら、しばらくの間、その場で立ち尽くしていたが、年配の刑事の、お嬢さんもういいでしょうという声に急《せ》きたてられて、渋々《しぶしぶ》雨森に別れを告げた。

「どうでした、雨森に会った感想は。まだ、事件の真犯人とやらを捜しますか」

高岡は、署の玄関口まで舞子を送ってくると、そう訊ねた。

「高岡さん、協力してくれる」

「ええ、そりゃあ、そうしたいですけど」

「そうしたいですけど、か」

「彼は冴草さんや写真屋や姉の美也子さんの件については、一切否認を続けています。京都の殺人は彼と入れ替わろうとした古田重雄の犯罪としても、竹生島やそのアトの事件については、竹生島事件の発覚をおそれた彼の犯行であると当局はみています。ともかく、いまは雨森を落とさないといけないんです」

「そう。そうよね」

「ええ、そうなんです。なかなかシタタカなやつです」

いや、そういう意味で、〔そうよね〕と返事したわけじゃないんだ。けれども、高岡も刑事である限り、それは当然のことだろうということは、舞子にも了解できた。しかし、

「ああ、もう、何がどうなのか、よくわからない」

めずらしく不貞腐《ふてくさ》れたようなコトバを吐くと、高岡にペコリとお辞儀をして、舞子は玄関前の階段を早足に降りていった。

「舞子さん、傘は、傘！」

そう叫ぶ高岡の声が聞こえたが、強い風と雨の中を、かまわず濡れながら駈けた。いつ、自分のためだけに太陽が昇るのだろうかと、そんなことを思いながら。

6

舞台は第一幕の終盤、第五場にさしかかった。城壁に沿った空き地。城壁の戸が開き、亡霊とハムレットが登場する。御存知シェークスピア屈指の名作『ハムレット』の導入部のクライマックスの場面である。

舞子は特別指定席に鯊倉警視とともに座して、イギリス・オーソドクス・シアターの来日公演『ハムレット』を観劇していた。舞子の隣には、関口が恐縮したようすで椅子に身体を埋めていた。

鯊倉が、今度の事件解決の褒美《ほうび》に何かしてあげようと申し出たのに対して、舞子は観劇を希望したのである。誰かお友達を連れていらっしゃいという鯊倉の言葉に甘えて、舞子も彼女に吉報をもたらした関口を、誘ってやった。もちろん、鯊倉に関口が目撃した件を話してみるつもりだったからだ。

「しかし、『ハムレット』というのは、少し……大丈夫なのかね」

鯊倉は、劇のテーマが父殺しの復讐であることを知っていたので、少なからず心配したが、舞子は、だからこそ観たいんですと、鯊倉の杞憂《きゆう》を払拭してしまった。雨森逮捕から二週間を過ぎた、深まる秋の宵《よい》である。

ハムレット「どこまで行く気だ？　さあ、もう口をきけ。これよりさきへは行かぬぞ」
亡霊「ならば、いう」
ハムレット「おう、聞こう」
亡霊「もうもどらねばならぬ。地獄の業火《ごうか》に、われと我が身を責めさいなむ朝が近づいた」
ハムレット「地獄とな！」
亡霊「憐《あわ》れみはいらぬ。いまより語る事の顚末、心して聞け」
ハムレット「いえ。聞かずにはおくものか」
亡霊「聞けば、復讐の義務から逃れられぬであろう」
ハムレット「なに、復讐！」
亡霊「聞け、聞いてくれ！　お前が本当に父を思うていたのなら——」
ハムレット「いえ、復讐を口にするほどの、この世への妄執《もうしゅう》とは何だ！」

亡霊「非道、無残な殺人の罪の恨みをはらしてくれ！」
ハムレット「殺人！」
亡霊「人をあやめる、なんというむごたらしさ、わけても、かほど非道、無残な罪がまたとあろうか」
ハムレット「ええい、早く聞かせてくれ。さすれば、すぐさま敵のところへ飛んでいき、おお、みごと恨みをはらしてやる」
亡霊「――――」
ハムレット「おお、思ったとおりだ。私がにらんだとおり、やはり、あの――が犯人か！　おのれぇ！」

『ハムレット』を本場の役者の演じる舞台で観るのは初めてだと、鯊倉から舞子は聞いた。もちろん舞子もそうである。

映画などと違って、生身の人間の演じる芝居は、生々しいものがある。舞子は鯊倉の表情を舞台の進行に合わせて逐一盗見みながら、観劇していたが、特にこの一幕のクライマックスに鯊倉がどのような態度を見せるか興味があった。冷静沈着なる犯罪捜査のプロである警視が、こういう復讐劇をどんな顔でどんな心理で観るのだろう。

さすがに犯罪者と多く接して警視の地位までのぼった者は、感情の抑制の度合いが違う。鯊倉は表面上、眉ひとつ動かさずにいた。しかし、舞子はわずかだが鯊倉から伝わってくる心の動きを、無意識のしぐさから感じとった。鯊倉はネクタイを少し緩めて、膝に置いた手を拳に握った。やはり、演劇とはインパクトの強いものだなあと舞子はあらためて感心した。俳優の名演技は、こうして観客に伝わるものなのだなあ。それから、父のことと、雨森のことを、少しだけ思った。

終幕後、鯊倉の馴染みのレストランで、三人は揃ってステーキを食べた。

「鯊倉さん、少しお話があるんですけど、聞いてもらえますか」

食後のデザートとコーヒーを嗜《たしな》みながら、舞子は思い切って、鯊倉に相談を持ちかけた。もちろん、関口の目撃談についてである。高岡が相手にしてくれそうにないので、もうこうなったら、頼れるのは、警察の偉いひと、階級の高い鯊倉以外にはない。

「何だね」

鯊倉は恰幅《かっぷく》のいい肩を、それがたぶん癖なのだろう、時折チックの症状でもあるかのように、いからすようにすると、コーヒーカップをソーサーにもどした。

「今日、関口くんを連れてきたのは、理由があるんです」

「理由？」

関口は、この時あきらかに脅えていたのだが、それがわかるほど舞子のほうにも余裕がなかった。

「実は、この関口くんは、事件の夜、屋上にいたんです」

「事件の夜、屋上に」

「はい」

「というと」

「はい、目撃者なんです」

いまのいままでの鯊倉の優しい眼差しは、突然、警視の厳しさにもどった。

「雨森を目撃したのかね」

と、鯊倉は関口に問うた。

「いいえ」

返事をしたのは舞子である。

「雨森さんじゃなかったんです」

「雨森じゃなかった」

「はい」

答えて、舞子は関口を促したが、関口は、脅えを隠しきれないほど震え出した。

「どうしたの、関口くん」

「ごめん、ごめんだよ。堪忍してくれよ。嘘なんだ。あれは嘘なんだ」

驚いたのは、もちろん舞子のほうだ。

「嘘って、嘘って何?」

「何もみてないんだ。屋上へ行ったというのは、嘘なんだよう」

「何で、どうして、関口くん!」

小声ではあったが、舞子の強い口調に関口は肩をすぼめて頭を垂れ、身を竦《すく》めた。

「ああいえば、俺、お前につきあってもらえるかと思って、つい、あんなことをいっちまったんだよう」

血の気が引いていったのは、もちろん舞子のほうだ。世界のありとあらゆる真理が、すべて束《たば》になって舞子を裏切ったのである。

「関口くん……」

鯊倉は、舞子のふつうではないようすをみてとると、舞子の手にそっと自分の手を置いて、首を横に振った。

「まだまだ若いんだよ、君たちは。そういうことはよくあることだ。この子を責めてはいけない。それから、舞子さん。真実は如何にそれが残酷であろうと、真摯に甘受《かんじゅ》する勇気を持たないといけない」

その鯊倉の手の温もりも感じられぬまま、舞子は茫然《ぼうぜん》と、テーブルの上のケーキに視線を落とした。そんなものみたかったわけでもないのに。それから、必死の思いで「はい」と小さく悔恨《かいこん》を声にした。


帰りは車で伯母の家まで送ってもらった。関口も、どういうわけかそこで降りた。鯊倉は舞子とかたい握手をすると、何か困ったことがあったら、いつでも相談に乗りますと、舞子に励ましの辞令を述べて、職務があるからと去っていった。

もう、時刻は十時に近い。

「どうする、関口くん、お茶でも飲んでいく」

門前で、棒をつっ立てたように硬直して動かない関口を不憫《ふびん》に思って、舞子はそうコトバをかけた。

「あのよう」

関口は、ズボンの布地を両手で摑みながら、それでも、せいいっぱい余裕をみせようとしているふうであったが、何を興奮しているのか明らかに瞼が痙攣《けいれん》している。

「なによ〜う」

舞子は頑張ってお道化《どけ》て返事したが、いまさら謝られても、もうしかたないことだ。もうほんとうに何も彼も、無窮《むきゅう》の彼方に消え去ったのだから。

「あの刑事さんだけどよ」

「鯊倉警視のこと」

「歩くときとかに、右肩を、こう、ほら、こう、いからせるようにするだろ」

「ええ、そうね」

「俺の叔父さんがそうなんだよな。昔の怪我のせいで、筋肉が突っ張るんだっていってたんだけどよ」

「関口くん……」

まさか。舞子には関口の次のコトバがすでに想定出来た。

「俺、だから、叔父さんだと思ったんだよ。あの夜よ、屋上でよおお！」

「関口くん！」

しゃがみこんでしまった関口を、舞子は抱えた。

「顔みたんじゃないんだ。俺、あれをみたんだよお！」

「だって、関口くん、そんな」

「あの刑事さんをみたんだよおお。だから、あの時、さっきの飯の時にいえなかったんだ。嘘じゃないんだ、嘘は、さっきあの刑事さんの前でいったことのほうなんだよおお、信じてくれよう冴草ぁあ。ほんとなんだ」

関口は、子供が悔しくてそうするように、地面を拳で叩いた。

鯊倉が、屋上に。あの夜、父とともに屋上に。

鯊倉だったのか。

氷解。そんな感覚が舞子を包んだ。

彼なら、父からどんな情報でも収集出来る。父親の友人なんだから。しかし、その友人が何故、父を屋上から。いったい〔大きなおまけ〕というのは何なのだ。きっとその〔おまけ〕が事件に関与していると、直感した舞子は、この一連の事件を何とか結びつけようと、必死に脳髄《のうずい》を動かした。

先程観た『ハムレット』の中の亡霊が父の姿となって、舞子に頷いてみせた。そんなイメージが舞子の脳裏を鮮やかにスルーしていった。

7

西洋式の古い煉瓦のそれを模した暖炉には、せわしなく炎が蠢《うごめ》いていたが、まだ、それで暖をとるほど寒さがしみる季節ではない。彼は、封筒から六切サイズに引き延ばしてプリントされた十数枚の写真を取り出した。『犯罪心理の会・名簿』と書かれた書類が写っている。『極秘資料』と角張った朱印が押されていた。

「会そのものは、もううんと昔に消滅しているし、原本も焼却したんだが、ともかく、これが冴草の手から公表されでもしていたら、私や義父の人生は終わりだったろうと思うよ」

彼はネガを引っ張り出すと、シャンデリアの明かりに透かしてそれをみた。

「玉梨リストですね」

四十も半ばを過ぎたあたりだろうか。彼の傍らで、薄い化粧の女がその写真の束を見て口許で微笑んだ。冷たい眼の輝きと知的な顔だちは、年令からくるはずの美貌の衰えを感じさせない。そのせいか、微笑とはいえ、やさしさのない、慈愛とはほどとおい薄笑いであった。

その女の肩を軽く支えにするようにして身体をソファから離すと、彼は暖炉の傍に立った。炎のチロチロとした微妙な動きが、彼の顔に斑紋《はんもん》のある陰影をつくる。

彼は薄暗い病院の屋上を鈍く照らす水銀灯の、グラニュー糖のようなざらついた明かりの下で成した自身の行為を思い起こした。それに感応するかのように彼の右手が小刻みに震え出した。チッと舌を鳴らすと、彼は右手で拳を握り、二、三度それを軽く振った。

「冴草にとっては、この資料は彼の追っていた事件に関連して出てきた〈大きなおまけ〉だったわけだ。あの京都の情報屋がこんなものを冴草に届けていたとはなあ。〈おまけ〉でこっちの首が飛んじゃかなわない。何かの役にたつかと思ったが、やっぱりこれは処分してしまおう。そのほうがよさそうだ」

いうと、彼は写真とネガを封筒にもどして、そのまま暖炉に投げ入れた。

「私もそのほうがいいと思います。たぶん、そのコピーが出回るような可能性はもうナイんじゃないでしょうか。情報屋は始末がついていますから」

「そう願いたいね」

「書き置きを遺書に見立てて、あのまま自殺ですんでいれば簡単だったんですけどね」

女は暖炉に弾けた火の粉をみた。冴草警部補殺害の真相を語る、おそらく唯一の証拠品は、周囲から黒く焦げ始め、耐え兼ねたように音もなくいきなり燃え上がって灰となり、暖炉の奥へ舞い上がった。

「冴草舞子か。カエルの子はカエルということだな。冴草の娘だけのことはある。今夜もヒヤリとさせられたよ」

「ともかく、ファイルでは、二十三年前の偽装心中も、二十五年前の京都のシアン殺人も、雨森がやったことであると冴草警部補は結論を出していたんですからね。罪は全て雨森慎介が被ってくれるはずです」

女のコトバに満足そうに頷くと、彼はグラスを二つテーブルに置いて、カミュのブックを注いだ。琥《こ》珀色《はくいろ》の液体がグラスの中でゆらいだ。グラスを手にした女の座るソファの傍らには、先程女が脱ぎ置いたオレンジ色のベレーが、鮮やかに存在を主張していた。

と、この時、電話が鳴った。

「冴草舞子と名乗る女性から、お電話が入っております」

取り上げた受話器の向こうから、秘書の声がそう伝えた。

ようやくここで、私たちはこの物語の結末をむかえることになる。けれどもその結末が果たしてほんとうの結末といえるのかどうかは、たしかではない。それは、人生そのものがひとつのプロセスでしかないのと同じことだ。コトバをちがえていえば、人類の進化が未だに途上であるならば、私たちの存在は、永い道程のあるひと時を、生まれ落ちたここで過ごす未完の進行形であるというのと同義である。いや、さほどに大袈裟にいう必要はない。如何なる終結を読者がここで体験されようとも、冴草舞子の闘いはつづいていくということなのだ。読了《どくりょう》するのは読者の特権であるが、舞子自身にとって〈読了〉などという終わり方は存在しない。

8

関口にハーブ・ティを出してから、舞子は居間にある仏壇の前に座った。父の遺影に手を合わせるためである。自分が新たなスタート・ラインに立ったことを報告するためである。巡り合わせというものは、かくも運命的なのだ。父殺しの真相を知って、叔父と実の母に復讐を果たす『ハムレット』の観劇が、よもや、現実に自分自身の復讐劇の第二幕を上げる端緒になろうとは。これをご都合主義と呼ぶならば、ユングとパウリによって提唱された同期性（共時性、シンクロニシティ）など成立の根拠を絶たれるはずだ。

その同期性が、もう一度起こる。

舞子は、父の遺影を仏壇から取り出すと、しっかり胸に抱いた。

「私、やるから。間違っても間違っても、やるから。ほんとうのことを知るまでは、あきらめないでやるから」

と、遺影を退《しりぞ》けたところに、彼女は妙なものを発見した。

おそらく、パソコンで用いるＣＤ―Ｒディスクである。

手にとるとパッケージにシールが貼ってある。シールには『玉梨リスト』と記載されているのを、舞子は読んだ。

少年よ少女よ　ここにしっかりと立ちなさい
ここは　光にもっとも近い場所です
地球から逝《い》った数多の星の視線が　ここに集まってくるのです
少年よ少女よ　ここに愛する人を招きなさい
愛する人の愛をいまだ得ぬのなら　その人の名を呼びなさい
少年よ少女よ　拳　握って呼びなさい
少年よ少女よ　そうして　ルサンチマンのあらゆるものを　ここで泣きなさい
大人たちの偽りや　友人たちの背信や　自分自身への嫌悪のすべてを
泣きなさい
その一滴が海に流れて蒸発し　雲をつくり雨となって
ここに降るのです
（ああ一瞬の七千年）

その雫に濡れなさい
（冷たく潔く　命は生まれ　そうして消える）
少年よ少女よ　ここは屋上です
世界でいちばん悲しい場所です
〔詩集『屋上のこ・と・ば』より〕

水銀灯の明かりと冷たい月光の粒子が混濁《こんだく》して、屋上の全体を古の廃墟のように演出していた。この棟の患者は、新築になった病棟に殆ど移されたらしく、ここは無人に近い。

舞子は、最初の場所に戻ってきたのである。そこを鯊倉との会見の場所に彼女は指定したのだ。冴えざえとした空気の中に、いま十六歳の少女が、屹立していた。その影は真実を求道《ぐどう》する者から写像されたかのように鮮やかに床面をのびている。

靴音が階段を上がってきた。

屋上と階段の踊り場を隔てる扉が開く。

オレンジのベレー帽を被った女が姿を現し、舞子に真っ直ぐ近づいてきて、ヒールの靴音は舞子の目の前で停まった。

「鯊倉が来ると思った？」

「あなた、あなたは」

「おひさしぶりね。湖畔の宿で、御一緒して以来かしら。でも、私はあなたのことはずっと監視していたから、そんな気はしないんだけど」

「鯊倉さんは、どうしたんですか」

「甘いわ、あなた。……ここには一人で来たの」

「そうです」

「いったい、何を握っているの。『玉梨リスト』って、何のことか知ってるの」

「私のほうが聞きたいくらいです。ディスクに、ある秘密クラブの名簿と、そのクラブの写真らしいものがデータされていたんです」

「ディスクか。ふーん、最近の情報屋は、そんなものを使うのか。藤太郎にはプリント・アウトした『玉梨リスト』を差し出して、用心のためにあなたのほうには、ディスクを献上したわけね。迂闊ね。そこまでは勘定に入れなかったわ」

　情報屋と聞いて、舞子は、父の葬儀の際に出会った京都の私立探偵のことを憶い出した。そうか、あの時、彼はディスクを仏壇に供えるつもりで、父の遺影の裏に置いたんだ。

「私が受け取ったわけではありません。たぶん、万一に備えて父が依頼したんだと思います。でも、ひょっとすると、あの探偵屋さん……」

「まあ、いいわどっちでも。で、それをみたのね」

「そうです。だから、話を聞きたかったんです」

「答える義務はないわ。でも、そのディスクは頂いておこうかな」

「それは出来ません。私は鯊倉さんと話がしたいんです」

「お嬢さん、いえ、冴草舞子さん。私がいまあなたからディスクを奪って、あなたをここから突き落としたらどうなる？　……父を慕《した》って後を追った、可憐《かれん》な娘の話が新聞に載るかしら」

舞子の足が、自然に数センチあとずさった。

「そんなことはしないわよ。でも、鯊倉もヤキがまわったわね。せっかく、みんな上手くかたずいたのに。……運のツキということかしらね」

「父を殺したのは、鯊倉さんなんですか」

「答える義務はないわ」

「どうして、ですか。何故父を」

「何度も同じことをいわさないで。答える義務はないといってるでしょ」

女の科白は極めて冷静に吐かれている。それが却って、舞子を威圧した。

「長い交際だったけど、潮時かもね」

いうと女は、微かに笑った。

「私と鯊倉のことよ。ほんとは、私はあなたと『玉梨リスト』を始末しなくっちゃならないんだけど。でも、チャンスをあげるわ。一人でノコノコというか、まあ、ここまで出向いたその勇気と決断に敬意を表してね」

女はブルゾンのポケットからリボルバーを取り出すと、いったん弾を全て抜き取って、一発だけを弾倉に装塡《そうてん》した。

「こういうショーをやってたのよ、秘密クラブ『犯罪心理の会』ってやつでね。玉梨って女はそこの資料を写真に盗み撮りして逃げたのね。いざという時は、それ盾にするつもりだったんでしょうけど」

女は慣れた手つきで、弾倉を回転させると、銃口をピタリと舞子の額にあてた。

「金属って冷たいでしょ。でも、そんなことを感じる余裕もないでしょうけど」

「殺す気ですか」

「チャンスをあげるっていったでしょ。弾は一発だけよ」

舞子は、こんな状況に追い込まれて、自分が脅えも、震えもしないのが不思議だった。何故だろう。

この覚悟めいたものは何だろう。何がこんなに自分を支えているんだろう。

「私の恋人は、革命家でね、逮捕されて監獄に放り込まれたんだけど、釈放と引き換えを交換条件に、私は鯊倉の女になったの。当時の鯊倉の義父はそれくらいの力はあったのよ。でも、恋人は獄死《ごくし》したわ。自死したの。彼の好きだった歌を聞かせてあげようか。子守歌だと思って聞けばいいわ。ひょっとすると、あなたにとっては永遠の眠りにつくために聞く子守歌になるかもしれないけれどね」

女の指に力が入った。撃鉄《げきてつ》が後退した。

「〜俺が〜死んだら〜裸〜のままで〜　ゴビの〜砂漠に〜　うっちゃっ〜て　お〜くれ〜吹けよ〜たつまき〜アルタ〜イ越えて　俺は〜走るさ〜　命〜の限り〜」

たしかにその歌は、子守歌のように聞こえた。どこかで、誰かから聞いたことがあるようにすら、舞子には思えたのである。

「聞いていいですか」

「答える義務はないと再三いってるでしょ。ここまで、捜査したのなら、自分で考えなさい。最近の若い人は、〔答え〕ばかりを欲しがるのよね。何故、そんなに答えが欲しいの。この世界に答えがあると思っているの。答えがないと生きていけないの。私はわからないからこそ、生きてきたつもりだけど」

哲学を論じている余裕だけは、舞子にもなかった。

「写真屋さんを殺したのは、誰なんですか」

「しょうがない人ねえ、じゃあ、こうしましょう。答えるその都度、引鉄《ひきがね》を一回引くわ。あなたの運がよければ、幾つかの答えは聞けるってことね。そういうゲームはどうかしら」

「写真屋さんを殺したのは、あなたですか」

「あなたと『あげは』で同室した時、あなたの留守のあいだに、写真屋から電話があったの。雨森が出たわ。私はそれを盗み聞きしたの。写真とか、ネガとかいう話をしていた。私はてっきり、『玉梨リスト』の片割れが存在していたんだと思って、あなたの名前を騙《かた》って、その写真屋を誘《おび》き出したの。宿の女将が教えてくれたのよ、電話番号も住所も。で、先回りして、写真屋の末松に会ったの。写真を渡しなさいと脅したんだけど、拒《こば》んだのよ彼は。私のことを、雨森の関係者だとばかり思ったんでしょうね。残念ながら、写真は雨森を撮ったスナップだったわ」

引鉄が引かれた。空の金属音が舞子の額に聞こえた。

「美也子さんは、誰が」

なおも舞子はゲームを続行した。

「まだ、続ける気なの。勇気だか、意地だかしらないけど。命を粗末にしちゃいけないわよ」

「美也子さんは、どうして」

「あれは、自殺なの」

「自殺!?　……」

「そう、彼女は自殺したわ」

「な、何故！」

「さあてねえ、人には、それぞれ人生の都合と事情があるんじゃないの。調査してみると、美也子の父親にしても、幾分かは不自然な死に方をしているようだったしね」

「不自然て」

「ずいぶん、美也子という女は父親のことで苦労していたみたいね。そこから先はわからないけど、あの時は結婚が近かったのだけど、弟が生きているなんてことをいわれて、きっと、生き直せる自信がなくなったんじゃないのかな。あるいは、その最後の幸せを逃した我が身を哀れんだのかな。あれは、自殺なのよ」

もし、彼女のいうことがほんとうなら、自分たちに責任があるのかも知れない。そんなに、苦しいものなんだろうか、生きることは。舞子は唇を噛んだ。

引鉄が引かれた。

ガチリという重い音が、舞子の額に伝わった。舞子の瞳から、ひとすじ、涙が零れた。恐怖からではない。舞子はとても悲しかった。

「運がいいわね。でも、ゲームはこれでお終い。私はこれで、おさらばするわね。あなたが、そのディスクをどう使おうと私の知ったことじゃないわ。もちろん、鯊倉のところにも、もう私は帰らないつもりよ」

彼女は舞子を凝っとみつめた。気の流れが女と自分自身を循環するのを舞子は感じた。女はベレー帽を脱ぐと、首をくるっと振った。長い髪が廃墟の時間の中で、サロメのそれのように踊った。

と、屋上の入口に、現れた者がいる。

高岡だ。

「高岡さん」

その声を聞いた瞬間、女は手にしていたリボルバーを高岡に向けた。反射的に高岡もホルダーから拳銃を抜いた。

もちろん、タイミングからは、高岡は女の銃弾に射ぬかれているはずであったが、女の拳銃の撃鉄はまた、空音をたてた。しかし、高岡の銃も発砲されなかった。それどころか、高岡は銃をホルダーに戻したのである。

「サスペンス映画だと、舞子さん。真犯人を前にしたヒロインを救いにナイトがやって来るというラストシーンなんでしょうけど、実は僕はそのようなキャストじゃないんです」

何をいっているのか。高岡が何を自分にいっているのか、舞子にはまったくわからないでいた。ベレーの女が笑い出すまでは。

「鯊倉は、彼、高岡もあなたにつけたの。もちろん、彼の役目は冴草藤太郎殺しの犯人をあなたにみつけださせることよ。でも、そうは問屋が卸さなかったみたいね」

「高岡さん。それって」

高岡はあさってのほうを向いてぼそっともらした。

「世話になったのは、冴草のオヤジさんだけじゃないんです。舞子さん、これを機会に警察なんてものを信用しないことですよ」

恐ろしい。舞子は屋上に来て、初めて恐怖を感じた。それはこの情況に対する恐怖ではなかった。もはや、孤立無援となった自身への哀れみのようでもあった。

「高岡さん」

まるで許しを乞うような声であった。舞子は精一杯、その名を呼んだ。

そんな舞子に女がいった。

「びっくりついでに、もっとサプライズ。私はね、鯊倉からこの高岡に乗り換えたのよ。あなたから頂戴するディスクは金のなる木でね、その名簿に記されている方々からは、ザックザックとお金が入ってくるの。もちろん、あなたには死んでもらう。ここから飛び下りて」

「私は死なない。どうして死ぬもんですか。殺されてたまるか」

舞子は咆哮《ほうこう》した。しかし、女も高岡もいたって冷静に舞子をみつめていた。

「でも、死にたくなるわよ。死にたくなるようにさせてあげる」

「どういうこと」

「あなたは自分の意志で死ぬのよ」

何のことか、まったく舞子にはわからない。この女は、いったい何を自信ありげに語っているのだろう。

「お父さんは、あなたの母親の写真を全部処分したでしょ。たぶん、あなたの周縁《しゅうえん》には母親の写っている写真は何もなかったはずよ。どうしてかというとね、藤太郎は気づいたの。あなたの母親が鯊倉の愛人であることに。あなたは藤太郎の実子ではないの。あなたの父親はね」

反射的に、一瞬、身体の機能のすべてが停止したのではないかと舞子は思った。

「いうなあああ！！」

両膝をついて、舞子は叫んだ。

「わかったわよね。冴草藤太郎を殺したのは、あなたのほんとうの父親よ。そうして、あなたを産んであげたのが、私」

おそらく、並の神経の持ち主なら発狂していたかも知れない。

「さあ、もう、あなたには希望なんてひとつも残されていやしないのよ。さっさとディスクを渡して、ここから飛び下りなさい。藤太郎が待っているところへ行きなさい」

全身を震わせて、舞子は虚ろに苔の生えた床面をみていた。

「ディスク、持ってきたんでしょ。そういう約束よ」

女は高岡を促した。

「舞子さん、もう観念したほうがいいですよ。ディスクは何処です」

と、出入り口の扉付近から、こんな声がした。

「ご要望のディスクなら、ここにあるよ」

女と高岡が振り向くと、関口と、たぶんその叔父さんなんだろう。松葉杖の男が、銀色の円盤《ディスク》を手にして立っていた。

「そこのお嬢さんから預かったんだ。別に、これを渡してもいいんだが、同じものを何枚かバックアップしてある。それは届けるべきところに届けた。それと、いまの会話はすべて録音させてもらった」

叔父さんは小型の録音機を取り出してみせた。

「元ゼンキョートーを舐めんじゃないぜ。ははは」

舞子がゆっくり立ち上がった。それから、静かに女に近づくと、

「産んでくれてありがとう」

と、語調は弱々しかったが、ハッキリそういった。さらに今度は高岡に向き直った。

「高岡さん、わりとオモシロイものね。何がかってイロイロとだけど」

たぶん、関口の叔父が連絡したのだろう。パトカーのサイレンらしきものが近づいてくるのがわかった。

「私、死なない。さっきもいった通り、こんなことで死んでたまるもんですか」

殆ど虚脱した状態で、舞子はそれだけをいうと、ぼんやりと暗い空をみつめた。

現場検証が終わろうとする頃、次第に東の空が白ずんできた。夜が明け始めたのだ。昇りつつある太陽のイオンの風が舞子の頬を撫でた。舞子は雨森から聞いた詩を、自分のために意訳しながら頭の中で諳んじた。

この深い紺碧の　空は誰のものか
冬の予兆の　冷やかな風は誰のものか
屹立する十六歳の肉体とそこに流れる血潮は誰のものか
昇りくる　太陽の輝きは誰のものか
そうして　瞳にうつる世界の全風景は誰のものか
おう　それは誰のものでもない　まがうことなく　私自身のものだ

それから、肩でひとつ呼吸をすると、

「to be or not to be……往《ゆ》け、往《ゆ》かないのか、往《ゆ》くのだ舞子」

といってみた。

それは一語一語、静謐《せいひつ》に、美しい決意をともなって発音された。


――終幕《カーテンフォール》――

【作家紹介】

北村　想（きたむら そう）

1952年滋賀県大津市生まれ。県立石山高校卒業後（第6期生）単身名古屋に。中京大学演劇部でニセ学生を4年ほど。1973年OBとともに劇団を旗揚げ。1984年第28回岸田國士戯曲賞受賞。1990年第24回紀伊国屋演劇賞受賞。劇団を終えてのちも戯曲，小説，エッセーなどを執筆，絵本も手がける。戯曲執筆数は140曲をこえる。小説作品は『怪人二十面相・伝』『少女探偵夜明』シリーズ，など。現在，名古屋市天白区在住。

ぶらい、舞子　Y.A.Books

2008年11月15日　第1刷発行

作・北村想
発行者・小峰紀雄
発行所・㈱小峰書店
〒162-0066 東京都新宿区市谷台町4-15
電　話・03-3357-3521
FAX・03-3357-1027

組版／印刷・㈱三秀舎
製本・小高製本工業㈱
乱丁・落丁本はお取り替えいたします.

NDC913
ISBN978-4-338-14429-2　468p 19cm
http://www.komineshoten.co.jp/